SENZA SEGRETI

Montgomery Ink

CARRIE ANN RYAN

Senza segreti

Un romanzo alla Montgomery Ink

Carrie Ann Ryan

Senza segreti
Un romanzo alla Montgomery Ink
di Carrie Ann Ryan
Traduzione di Well Read Translations

© 2021 Carrie Ann Ryan

eBook ISBN: 978-1-63695-123-2
Paperback ISBN: 978-1-63695-217-8

Traduzione di Well Read Translations

La serie Montgomery Ink continua con il fratello in cerca del proprio riscatto e la donna che lo ha sempre amato.

Alex Montgomery ha perso il suo primo amore e ha cercato consolazione nell'alcol. Solo lui e l'ex moglie conoscono il vero motivo che lo ha spinto verso quella strada buia, una strada che mai avrebbe immaginato di prendere. Ora però è sobrio, è uscito dalla riabilitazione e sta imparando di nuovo ad essere un Montgomery, un compito tutt'altro che semplice.

Tabby Collins è membro onorario della famiglia Montgomery, nonché la mente organizzativa dietro la Montgomery Inc., l'impresa edile di famiglia. Ama le agende, gli amici e un bel moro che non l'ha mai degnata di uno sguardo.

Alex si sta riaffacciando al mondo, passo dopo passo, ma i demoni che ha dovuto affrontare in passato continuano a fare capolino: dovrà imparare a fare affidamento sugli altri per riuscire a farcela. Quando Alex scopre che la vita di Tabby è in pericolo, non solo trova un modo per aiutarla, ma ha anche l'occasione per conoscere la donna che si cela dietro a quei sorrisi timidi, la donna che lui ha sempre visto nei paraggi. La loro non sarà una storia semplice, ma una passione così mozzafiato non è mai semplice.

Capitolo Uno

ALEX MONTGOMERY NON AVEVA BISOGNO DI BERE.

Eppure *desiderava* disperatamente farsi un goccio.

Non era una sensazione nuova, no. Quel desiderio era sempre lì, gli ribolliva nelle vene, gli attanagliava la spina dorsale e gli bruciava la gola. Lo graffiava, lo seduceva, lo incitava. Era come avere un difensore furibondo che gli urlava in un orecchio mentre una tentatrice seducente gli sussurrava parole languide nell'altro; entrambi gli dicevano di farsi un drink.

Solo un drink, lo provocavano. *Solo uno.*

Non era mai soltanto un drink.

Perché Alex era un alcolista. Da più di un anno non placava l'arsura che lo divorava, né aveva affogato i propri demoni nel tanto amato coraggio liquido. A volte, ancora stentava a crederci, eppure in certi momenti sembrava che fosse passato molto più tempo. Sobrio da sedici mesi, ma comunque un alcolista. Non importava quanti giorni fossero passati o a quante bevute avesse rinunciato, sarebbe sempre stato un alcolista. Negli ultimi mesi aveva imparato ad affrontare quella realtà, ma a volte saperlo non rendeva più facile cercare di vivere una vita normale.

"Sei arrivato presto," disse Marie Montgomery mentre lo raggiungeva. Alex era rimasto fuori nonostante il clima freddo di Denver, ma la madre lo aveva trovato comunque. Lui amava l'odore delle montagne e la tranquillità che sembrava permeare la casa in cui aveva trascorso l'infanzia e guardare la donna che lo aveva cresciuto lo fece sentire molto più vicino a ciò che aveva perso… e molto più lontano da dove era partito.

La madre era invecchiata bene, pensò tra sé. A dire il vero, non era sicuro che fosse invecchiata affatto. Se la famiglia poteva contare su quell'eredità genetica, allora la maggior parte dei fratelli non avrebbe avuto problemi, una volta soffiate le candeline dei cinquanta o sessanta. Alex aveva sistemato a dovere il fegato durante gli anni di depressione, per cui, quasi di sicuro, avrebbe avuto un destino diverso. Iniziare a bere era stata una sua scelta e a un certo punto gli era sfuggita di mano. Era giunto però il momento di affrontare le conseguenze delle proprie azioni, proprio come gli avevano suggerito il suo sponsor e il terapista.

La madre gli cinse la vita e lo abbracciò stretto. Alex ignorò l'istantanea morsa allo stomaco che lo colse e ricambiò l'abbraccio, un gesto meccanico, quasi arrugginito. Nei mesi passati, non era stato facile ripensare a quanto un tempo la famiglia fosse stata amorevole con lui. Pian piano aveva allontanato tutti e solo ora stava cercando di capire come tornare indietro, se ci sarebbe mai stata la possibilità di tornarci. Chiuse gli occhi e inalò a fondo l'odore che un tempo riusciva a calmarlo; pregò di riuscire a trovare di nuovo quella pace.

Aveva iniziato a bere per dimenticare e poi, visto che non conosceva altro, aveva continuato per quella strada. Adesso doveva fare i conti con i ricordi, dannazione.

Baciò la madre sul capo e fece un passo indietro. La donna era diversi centimetri più bassa di tutti i figli e anche delle tre figlie. Come Marie Montgomery fosse riuscita a crescere otto bambini, oltre a tutti gli amici che affollavano di continuo la loro casa, per Alex era un mistero.

"Sono contenta che tu sia qui." Gli accarezzò la schiena e gli rivolse uno sguardo preoccupato. Ormai da troppo tempo quella preoccupazione non abbandonava gli occhi della madre e Alex sapeva che la colpa era tutta sua.

"Non vorrei essere da nessun'altra parte," disse in tutta sincerità. Lo sguardo della madre si addolcì e lui capì di aver detto la cosa giusta. "So che la cena di famiglia inizierà tra un paio d'ore, ma volevo arrivare prima per poter dare una mano, se serve." Nonostante la loro fosse una famiglia allargata per gli standard dei tempi moderni, tutti i familiari più stretti vivevano a non più di trenta minuti di distanza l'uno dall'altro, nella periferia di Denver. Alcuni si erano allontanati per un anno o due per motivi di studio o di lavoro, ma alla fine erano tutti tornati a Denver. Quando era uscito dalla comunità di recupero, Alex aveva pensato di trasferirsi e ricominciare tutto da zero, ma non avrebbe fatto altro che ferire le persone che più gli volevano bene e che gli erano state accanto nonostante tutte le stronzate che aveva combinato. Erano rimasti con lui, lo avevano spronato a prendere la strada più giusta e alla fine era contento di essere rimasto in città.

Almeno, in quel momento si sentiva così. La sua mente continuava a frullare in mille direzioni diverse e avrebbe potuto cambiare idea da un momento all'altro.

I genitori erano entusiasti di avere tutti i figli vicino e organizzavano due cene di famiglia al mese. A volte riuscivano a incontrarsi più spesso, altre si ritrovavano insieme solo una volta, ma tutti i fratelli di Alex facevano del loro meglio per esserci sempre. Gli altri membri della famiglia nell'ultimo periodo avevano avuto dei bambini e la casa dei nonni si era riempita di vita, trasformando quelle cene in convivi affollati, caotici ed estenuanti.

Di nuovo, Alex ignorò la morsa allo stomaco.

Posso farcela, si ripeté.

Un tempo era una persona normale. Poteva almeno provare a far finta di esserlo ancora.

"Comunque, potevi venire direttamente in casa, Alex," proseguì la madre. "Non c'era bisogno che passassi dal cortile sul retro. Saresti potuto entrare dalla porta principale. Non dovevi neanche bussare, è casa tua questa. Da quando ha finito la chemio e la radio, tuo padre non fa neanche più il suo riposo pomeridiano."

Il padre di Alex, Harry, aveva dovuto affrontare un cancro alla prostata l'anno precedente, proprio mentre Alex era completamente assorbito dalla propria personale spirale di autodistruzione e non era in grado di essere il figlio di cui Harry aveva bisogno al proprio fianco in quella battaglia per la vita, che lo aveva visto uscire vincitore. Fortunatamente, Alex aveva quattro fratelli molto più in gamba di lui e tre sorelle formidabili.

"Volevo fare il giro lungo prima di entrare." Fece spallucce e la madre gli rivolse uno sguardo incuriosito. Alex sospirò e fece un cenno verso il grande tavolo da picnic del patio che il padre aveva costruito una decina di anni prima insieme a suo fratello Austin. Austin aveva qualche anno più di Alex ed era sempre stato bravo nei lavori manuali. Ciononostante, erano stati i due fratelli più piccoli, Wes e Storm, a unirsi ad Harry nell'impresa edile. Austin invece aveva aperto un negozio di tatuaggi con la sorella Maya.

"Ho portato la macchina fotografica nel caso volessi qualche foto e ho pensato di dare un'occhiata qui fuori per vedere se qualcosa catturava la mia attenzione." Non la guardò mentre parlava, improvvisamente impacciato. Era un fotografo e fotoreporter di professione, ma aveva perso molti contatti quando aveva toccato il fondo. Nell'ultimo anno aveva cercato di espiare i propri peccati, creare nuovi contatti e riallacciare quelli che aveva distrutto, ma aveva ancora molta strada da fare.

La madre gli appoggiò una mano sul braccio e Alex tornò a guardarla. "Penso che sarebbe fantastico. Niente di formale direi, visto che non abbiamo avvertito nessuno, ma mi piacerebbe tanto avere qualche scatto spontaneo, mentre tutti si rilassano e si godono del tempo insieme. Hai sempre avuto un talento naturale per catturare l'essenza di certi momenti." La donna aveva gli occhi pieni di lacrime e sbatté le palpebre per allontanarle, ma non abbastanza velocemente da impedire ad Alex di provare una fitta di dolore, consapevole che era lui la causa di quel turbamento. "Non vedo l'ora di scoprire cosa tiri fuori. Hai davvero tanto talento."

Alex annuì e mandò giù il nodo che gli si era formato in gola. Forse un giorno avrebbe smesso di sentirsi un estraneo nella casa in cui era cresciuto, ma quel momento non era ancora arrivato. Cavolo, si sentiva un estraneo perfino dentro il proprio corpo, figurarsi lasciare che gli altri vedessero chi era.

Neanche lui *sapeva* più chi era.

"Signora Montgomery?"

Alex si voltò al suono delicato di quella voce, il cuore che improvvisamente aveva accelerato i battiti anche se non ne capiva il motivo.

Tabitha gli andò incontro, un sorriso impacciato dipinto sulle labbra mentre scrutava lui e la madre. Aveva i capelli ramati raccolti in una coda di cavallo, ma Alex ricordava che un tempo era stata bionda. Forse era stato solo un riflesso della luce. Se doveva essere del tutto sincero con se stesso, non ricordava poi molto degli ultimi anni. Lei era un po' più alta della media e con delle gambe lunghissime, gambe su cui Alex aveva posato lo sguardo più volte in passato.

Aveva sempre allontanato quei pensieri, proprio come stava facendo in quel preciso istante. Era in via di recupero, dannazione, e nonostante avesse superato il traguardo di un anno di sobrietà, che era il periodo in cui si sconsigliava di intraprendere una relazione, Alex sapeva che Tabitha non sarebbe comunque stata la donna con cui impegnarsi quando sarebbe stato pronto.

Lavorava con i suoi fratelli, Storm e Wes, alla Montgomery Inc. Era l'assistente amministrativa nell'impresa edile che i genitori di Alex avevano avviato prima che lui nascesse ed era più che certo che gestisse la società in modo efficiente. Wes poteva anche essere super organizzato e diligente, ma Alex sapeva bene che Wes e Storm non sarebbero riusciti a far funzionare le cose senza Tabitha.

"Tabby!" La madre le andò incontro e l'abbracciò.

Tabitha sorrise affettuosamente, stavolta mettendo da parte qualsiasi imbarazzo, e ricambiò il gesto. "Salve Signora Montgomery. Ho pensato di arrivare un po' prima per vedere se ha bisogno di una mano in cucina. Il signor Montgomery mi ha fatto entrare e dalla finestra ho visto che eravate qui fuori."

Alex affondò le mani nelle tasche e rimase a guardare la madre che accoglieva entusiasta la nuova arrivata. Non poteva certo biasimarla. Tabitha era davvero una brava ragazza; ogni volta che la vedeva, era sempre impeccabile e pronta a dare una mano. Alex non sapeva se avesse qualcuno a casa ad aspettarla o una famiglia nelle vicinanze, ma per i Montgomery era parte del clan. Avevano l'abitudine di accogliere nel gruppo le persone a cui tenevano e che ammiravano quando si trovavano a far parte della loro rete.

"Quante volte ti ho detto di chiamarmi Marie, Tabby?" Marie prese Tabitha per mano e scrollò il capo, ma Alex sapeva che la madre stava ridendo.

"Ogni volta che la vedo. A quanto pare non riesco a eliminare quest'abitudine." Tabitha rivolse uno sguardo ad Alex e sorrise, ma non era lo stesso sorriso che aveva rivolto alla madre e lui non riusciva bene a decifrarlo. "Ciao, Alexander."

"Ciao." Trovava sempre strano che fossero gli unici a chiamarsi con il rispettivo nome completo, ma era una di quelle cose iniziate molti anni prima e non sapeva come cambiarla. A dirla tutta, non voleva cambiarla.

"Comunque, tocca a Storm aiutarmi in cucina, ma una mano fa sempre comodo," intervenne Marie. "Gli altri arriveranno più tardi con i bambini." Lanciò un'occhiata oltre la spalla di Tabitha e si rivolse al figlio. "Alex, tesoro, prendi la macchina fotografica e vieni dentro. Se ti annoi, puoi aiutarci anche tu a preparare."

Di nuovo, Alex provò una fitta allo stomaco all'idea di essere incluso, ma stavolta non era una sensazione spiacevole. No, provava una specie di calore che non riusciva a comprendere. Era quasi piacevole.

"Posso farlo," disse piano, prima di prendere la macchina fotografica. Trotterellò verso il tavolo e prese la borsa con tutta l'attrezzatura. Gli tremavano le mani e si costrinse a fare un respiro profondo e a contare fino a dieci.

"Va tutto bene?"

Si voltò e spalancò gli occhi. Non aveva sentito Tabitha seguirlo e dovette mandar giù il groppo che aveva in gola, il cuore che batteva all'impazzata nel petto. "Sì, devo solo prendere la macchina fotografica."

Lei inclinò il capo e lo osservò attentamente. "Ok. Tua madre è andata in cucina per prendere la lista. Storm a quanto pare arriverà tra qualche minuto. Spero non sia un problema che sia arrivata presto per dare una mano. Non sapevo che saresti venuto prima e non voglio certo mettermi in mezzo se tu e tua madre avevate dei programmi."

Alex scrollò la testa mentre si sistemava la tracolla della borsa sulla spalla. Continuò a giocherellarci visto che, per qualche strano motivo, provava l'irrefrenabile istinto di allungare una mano e toccare Tabitha per rassicurarla. Toccarla però era qualcosa di cui non aveva assolutamente bisogno.

"Non hai interrotto niente." Si lasciò sfuggire una risatina e lei lo guardò incuriosita. "Sei parte della famiglia adesso, lo sai. Anzi, direi quasi che ultimamente sei più una Montgomery di quanto non lo sia io." Non aveva minimamente messo in programma quella frase e si sarebbe preso a calci da solo appena sentì quelle parole uscire dalla propria bocca. Non era sua intenzione aprirsi in quel modo.

Tabitha tuttavia non sembrò impietosirsi. Al contrario, lo guardò ancor più attentamente. "Tu sei un Montgomery, anche se in questo momento non la pensi così. Sei sempre stato un Montgomery e non solo per il nome." Si lasciò andare a un lungo sospiro; per un istante, i due rimasero in silenzio, entrambi in imbarazzo. "Comunque, dovremmo entrare e vedere se serve una mano." Si voltò e Alex sospirò prima di seguirla.

Non capiva cosa ci fosse in Tabitha Collins che lo avesse portato ad aprirsi, anche solo quel minimo, ma non era sicuro di volerlo scoprire.

Quando entrarono in casa, videro Storm con un sorriso enorme stampato sul viso che si stava chiudendo alle spalle la porta d'ingresso principale. Storm e Wes erano gemelli eterozigoti, di conseguenza non erano identici, ma tra tutti i Montgomery erano quelli che si assomigliavano *di più*. Avevano tutti i capelli scuri e gli occhi azzurri e molti di loro avevano piercing e tatuaggi. Considerando che due fratelli gestivano un negozio di tatuaggi, la cosa aveva perfettamente senso. Erano un gruppo eclettico, ma alla fine erano tutti dei Montgomery, e quello era ciò che contava.

Almeno fino a quando Alex non aveva mandato tutto all'aria.

Allontanò quei pensieri dalla mente e andò a salutare Storm. Si scambiarono il classico abbraccio tra uomini che Alex non aveva mai compreso fino in fondo, ma che continuava a fare per abitudine, poi si spostarono in cucina. Storm abbracciò forte Tabitha e poi le diede un bacio sulla testa prima di mettersi all'opera.

"È così che tratti il tuo staff sul posto di lavoro, tesoro?" gli chiese Marie con gli occhi che brillavano. Alex era quasi sicuro che Marie volesse far sposare Tabitha con qualcuno dei Montgomery e pensava che la scelta sarebbe potuta ricadere su Wes o Storm.

Dopotutto, Alex non contava.

Storm le fece l'occhiolino e le diede un bacio sulla guancia. "Solo fuori dall'ufficio, mamma. Non ti preoccupare."

Tabitha arrossì e gli fece cenno di smetterla. "Se solo provassero a comportarsi così in ufficio, li prenderei a calci nel sedere. Non scherzo."

"È vero," disse Storm mentre cercava qualcosa nel frigo. "Potrebbe rimetterci tutti in riga."

Alex inarcò un sopracciglio. "Buono a sapersi."

Se possibile, Tabitha arrossì ancora di più prima di rimettersi al lavoro. Alex si stranì di fronte a quella reazione e sistemò la custodia della macchina fotografica prima che la madre gli trovasse qualcosa da fare. Fintanto che non era a casa da solo a rimuginare su cosa fare, avrebbe accettato qualsiasi cosa gli fosse capitata.

Ci misero un paio d'ore, ma alla fine la cena fu pronta. La madre aveva optato per un menu italiano, così avevano preparato un paio di teglie di lasagne, delle fettuccine alla Alfredo e spaghetti con le polpette per i più piccoli. Avevano anche preparato delle insalate, contorni vari e qualche antipasto. Dato che erano otto fratelli, la maggior parte dei quali avevano una dolce metà e dei bambini, a cui si aggiungevano persone come Tabitha che erano state praticamente adottate dalla famiglia, quella montagna di cibo era necessaria. C'erano tante bocche da sfamare. I Montgomery di certo sapevano come prendersi cura l'uno dell'altro, anche se in quel caso si trattava solo dei loro stomaci.

La madre si era occupata personalmente dei dolci e Alex sapeva che si sarebbero trovati di fronte una tavolata di delizie da leccarsi i baffi, a fine pasto. Si passò una mano sul ventre e sospirò. Non era sicuro che alla fine avrebbe avuto spazio per il dessert e non voleva esagerare. Lo aveva già fatto abbastanza nella vita.

Man mano che il resto della famiglia iniziava ad arrivare, tirò fuori la macchina fotografica. Non era la prima cena coi parenti a cui partecipava, da quando era uscito dalla comunità, ma non aveva ancora la forza necessaria per affrontarli tutti insieme.

La famiglia lo amava. Ne era consapevole. Erano stati loro a fargli prendere coscienza della propria condizione e gli erano stati vicini per raccogliere i cocci quando era andato in pezzi. Non era stato abbastanza forte per farlo da solo: provava ancora molto risentimento verso se stesso per averli messi in quella condizione.

Era più semplice stare dietro all'obiettivo e fare foto dei parenti che parlavano tra loro, rispetto a doverci interagire. Era sempre *lì*, ma poteva rimanere lontano e osservare.

Concentrò l'attenzione su un lato della stanza, scattando un paio di foto alla sorella Meghan che gettava la testa all'indietro ridendo per qualcosa che le aveva detto il marito Luc. Luc teneva in braccio la figlia, Emma. La piccolina doveva avere poco più di cinque mesi, se non ricordava male. In effetti, tutte e tre le sorelle avevano partorito cinque mesi prima: un'altra dimostrazione di quanto i Montgomery fossero uniti. Avevano allargato le rispettive famiglie quasi seguendo la stessa tabella di marcia in modo che i bambini potessero crescere insieme. Nonostante Alex sapesse che non lo avevano fatto di proposito, la cosa gli sembrava un po' bizzarra.

L'altra sorella, Maya, si appoggiò a uno dei mariti, Border, mentre l'altro, Jake, teneva in braccio loro figlio, Noah. Dietro di loro, Miranda, la sorella minore di Alex, teneva in braccio il figlio, Micah, mentre il marito, Decker, era in piedi accanto a loro con un sorriso da papà orgoglioso stampato sul viso.

Alex andò avanti a fare foto, ignorando il dolore nel petto alla vista dei membri della famiglia che stavano ognuno trovando il proprio percorso e costruendo nuovi nidi.

Lui aveva mandato all'aria la famiglia che aveva creato e sapeva che non avrebbe avuto una seconda opportunità. La sua ex moglie se ne era andata da tempo, per fortuna, e lui non aveva nessuna intenzione di cadere di nuovo in quella trappola.

Non pensava di essere abbastanza forte da provarci ancora.

Di nuovo, si costrinse ad allontanare quei pensieri dalla mente e continuò a scattare. Griffin e Autumn che si facevano le coccole in un angolo. Austin e Sierra che calmavano il loro erede al centro della stanza. I genitori che ballavano sotto gli sguardi divertiti di Tabitha, Storm e Wes. Ad ogni click della macchina, Alex catturava un ricordo che sarebbe durato in eterno senza mai averlo realmente vissuto in prima persona.

Del resto, era il suo lavoro e almeno in quello non poteva permettersi di fallire.

Il timer suonò alle sue spalle e lui si voltò proprio mentre la madre batteva le mani per richiamare l'attenzione. "Ok, ciurma, accomodatevi. Storm e Alex venite a darmi una mano con i piatti."

Quando la madre parlava, tutti ascoltavano, così Alex mise via la macchina fotografica e aiutò a sistemare il cibo in tavola. A turno i fratelli aiutavano come aiuto cuochi e camerieri durante quelle cene, così anche lui fece come gli avevano detto. Per fortuna, quelli di loro abili a lavorare con le proprie mani avevano costruito un tavolo enorme in grado di accomodare tutta la famiglia. Con l'arrivo dei bambini, presto si sarebbero dovuti stringere.

Alex si ritrovò seduto accanto a Jake da un lato e

suo nipote Leif, figlio di Austin, dall'altro. Tabitha era seduta di fronte a lui con Storm e Wes accanto a lei. La madre non aveva messo nessun segnaposto, ma lui aveva come la sensazione che quella disposizione precisa non fosse poi tanto casuale. La madre voleva *davvero* che Tabitha diventasse parte della famiglia.

Tutti riempirono i piatti di cibo, ma lui fece particolare attenzione a prendere solo piccole porzioni di ogni pietanza. Erano tutti cibi grassi e pieni di carboidrati e doveva stare attento a non esagerare. Non che avesse problemi a mangiare certi alimenti, ma ora che non aveva più l'alcol su cui indulgere, e visto che non aveva mai fumato, aveva paura di sfogarsi sul cibo. Troppi tra quelli conosciuti in comunità ci erano caduti e lui non voleva passare da un vizio a un altro. Il suo terapista era d'accordo sul modo in cui gestiva la cosa, per il momento, ma Alex sapeva che sarebbe stato sempre in bilico tra l'ossessione e una nuova dipendenza.

"Ne hai preso abbastanza?" gli chiese Leif. Il nipote era quasi un adolescente, il che terrorizzava il padre e anche lo zio. "Posso passarti le fettuccine alla Alfredo se ne vuoi ancora."

Alex scrollò la testa. "Va bene così. Grazie."

Leif fece spallucce. "Prego."

"Sicuro che stai mangiando abbastanza?" gli chiese Storm e Alex assottigliò lo sguardo.

"Sì. Giuro." Doveva aver usato un tono più alto di quanto pensasse visto che intorno a lui calò il silenzio per un istante. "Sto mangiando e molto, giuro." Ed era così, anche se in passato era abituato a mangiare molto di più. Ora che aveva iniziato ad allenarsi di più, aveva aggiunto più proteine alla dieta, limitando i carboidrati. Odiava doversi giustificare, ma aveva incasinato le cose diventando un alcolizzato e immaginava che la famiglia non si fidasse molto di lui.

Non che potesse biasimarli.

Neanche lui si fidava fino in fondo di se stesso.

Continuarono a mangiare e chiacchierare e Alex parlò tranquillamente con Jake e gli altri, quando gli chiedevano qualcosa. Non era ancora del tutto a suo agio in quella situazione e preferiva rimanere seduto ad osservare gli altri piuttosto che partecipare.

"Ehi, potrei avere un lavoro per te se ti interessa," disse Storm interrompendo il corso dei pensieri di Alex.

"Davvero?" Aveva bisogno di soldi e se Storm poteva aiutarlo a trovare un lavoro rispettabile, avrebbe accettato. Non voleva l'elemosina, ma era pronto a darsi da fare.

"Sì. A dire il vero è stata un'idea di Wes e Tabby."

Alex si voltò verso gli altri e inarcò le sopracciglia.

Tabby arrossì, ma fu Wes a rispondere. "Stiamo lavorando al nuovo sito internet e vorremmo fare un paio di libri stampati da tenere in ufficio. Ancora non sappiamo bene cos'altro stampare. Vogliamo concentrarci su quello che sappiamo fare ed esporlo per i nostri clienti. Io e Storm potremmo fare delle foto, ma non sarebbero neanche lontanamente all'altezza delle tue."

"Ti pagheremo la tua tariffa standard," aggiunse Storm. "Non ci aspettiamo che tu lo faccia solo perché sei parte della famiglia."

Alex si accigliò. "Ma *dovreste* aspettarvelo."

"Ehm, no," intervenne Maya. "Tutti pagate per i tatuaggi quando venite in negozio."

"E io vengo pagata per il lavoro che svolgo alla Montgomery Inc. anche se faccio parte della famiglia," disse piano Meghan. "Lavoriamo tutti insieme *perché* siamo una famiglia, ma abbiamo comunque bisogno di un'entrata."

Alex mandò giù il nodo che gli si era formato in

gola, ben consapevole che tutti lo stavano fissando. Si sentiva esposto, messo a nudo, ma cercò di ignorare quelle sensazioni. Si era sentito molto più esposto quando beveva senza ritegno, solo che stavolta non aveva l'ebbrezza a intorpidire il disagio.

"Penso di poterlo fare. Dovete solo dirmi cosa volete."

Non gli sfuggì il gesto della madre che strinse la mano del marito mentre entrambi lo guardavano come se avesse appena fatto un salto gigantesco.

Si lasciò sfuggire un sospiro e cercò di ignorare lo sguardo dei membri della famiglia. Alla fine, fu Tabitha a rompere la tensione lasciandosi sfuggire un gridolino. Si era protesa per prendere il bicchiere pieno d'acqua che le si era rovesciato sulle gambe e a terra. "Oops! Scusate!"

La ragazza gli fece l'occhiolino, ma Alex non era sicuro che qualcun altro lo avesse visto. Si alzò per aiutarla, ma Storm e Wes se ne stavano già occupando. Non capiva perché Tabitha avesse fatto quel gesto per distogliere l'attenzione da lui, ma gliene era grato. Nel giro di qualche minuto, gli altri tornarono alle loro chiacchiere e Tabitha prese un altro bicchiere e dei tovagliolini.

Una volta terminata la cena, ognuno portò il

proprio piatto in cucina. Alex prese una Coca Cola e anche se non gli servivano altri zuccheri, la caffeina della bevanda lo avrebbe aiutato senza dover ricorrere al classico caffè.

Austin e Wes tirarono fuori un paio di birre mentre discutevano del nuovo tatuaggio di Wes. Quando Austin stappò la bottiglia, il suono riecheggiò in tutta la cucina e fu percepito chiaramente da tutti. Rimasero pietrificati e si voltarono mortificati verso Alex.

Durante le prime cene, la famiglia aveva deciso di non bere alcolici, ma ad Alex quella soluzione non era piaciuta. Nessuno di loro aveva mai abusato degli alcolici ed erano sempre stati molto attenti a chi dovesse guidare, anche solo dopo una singola bevuta. Era riuscito a convincerli a fare come nulla fosse e riprendere a bere, ma la cosa non era stata così semplice. L'alcol non era qualcosa di negativo, ma Alex non sapeva dire no dopo un drink o due. Non ci riusciva, quindi doveva stare più lontano possibile. Dopo una lunga giornata passata a lavorare, nei cantieri sotto il sole o in negozio, se i fratelli desideravano una birra avevano tutto il diritto di berla..

Avrebbe imparato a convivere con quella situazione.

Un passo alla volta.

In risposta agli sguardi attoniti, Alex aprì lentamente la sua bottiglietta di coca, il tappo saltò con lo stesso rumore della birra di Austin. La tensione nella stanza si allentò e vide benissimo che tutti trassero un grosso sospiro di sollievo.

Un giorno forse lo avrebbero perdonato per aver tradito in quel modo la famiglia, ma mancava ancora molto tempo. Aveva tradito la loro fiducia e contemporaneamente aveva tradito anche se stesso.

Incrociò lo sguardo di Tabitha sull'altro lato della cucina: lei deglutì e spalanco gli occhi. Alex distolse l'attenzione e andò dritto verso il soggiorno, dove erano rimaste alcune persone. Non aveva il diritto di guardare Tabitha in quel modo. Lei era troppo dolce, troppo innocente per un uomo come lui.

Si meritava qualcuno che non si fosse scavato la fossa col fondo di una bottiglia. E lui si meritava… beh, non era sicuro di cosa si meritasse, ma certamente non lei.

Non si sarebbe mai meritato Tabitha.

Capitolo Due

Tabby Collins accese due grosse candele e sorrise. Non c'era niente di simile al delicato piacere di prepararsi per una serata interamente dedicata a se stessa. La faceva sentire *indulgente*. E se c'era una cosa che Tabby non era, era proprio essere indulgente. Dopo la giornata che aveva trascorso, aveva tutte le intenzioni di godersi quel momento.

Le candele proiettavano un bagliore caldo sul legno scuro della scrivania; sospirò e accese la lampada accanto al computer. Aveva bisogno di un po' più di luce per quello che stava per fare, ma le candele di cera organica che aveva comprato quasi per capriccio emanavano un buon profumo che la metteva dell'umore giusto.

Mise su della musica regolando il volume al

minimo e ondeggiò avanti e indietro sulle gambe al ritmo della traccia mentre si versava un bicchiere di vino. Solo un bicchiere scarso, visto che doveva concentrarsi e che la mattina successiva avrebbe dovuto svegliarsi presto per andare a lavorare. Un bel calice di Malbec dopo una giornata come quella era però necessario. Quando fu sicura di aver sistemato tutto al posto giusto, appoggiò il vino sulla scrivania e si stiracchiò le braccia sopra la testa. Quella sera, appena era tornata a casa dalla Montgomery Inc., aveva indossato i leggings morbidi e una canotta. Erano abiti più leggeri del pigiama invernale; se solo avesse potuto, si sarebbe vestita in quel modo anche per andare a lavorare. Chissà cosa avrebbero detto i Montgomery se si fosse presentata in ufficio con un paio di leggins con gli unicorni e una canotta rosa brillante con cuoricini bianchi a decorare le cuciture. Era ben diverso dal suo consueto look da lavoro (gonne a sigaretta, abiti da giorno, pantaloni eleganti) ma così lei si sentiva tremendamente a proprio agio.

Lasciandosi trasportare dal gusto dolce e delicato del vino e dalla musica che l'avvolgeva, si accomodò sulla sedia alla scrivania e sospirò.

Alcune donne accendevano la musica e le candele per rilassarsi o addirittura per darsi piacere in solitaria, Tabby invece stava per immergersi nella sua personale forma di beatitudine.

Con un sorriso serafico sul viso aprì l'agenda settimanale. Aveva speso fin troppi soldi sugli accessori e anche se aveva tutto già programmato sul calendario digitale, aveva bisogno di mettere nero su bianco la lista di cose da fare per il giorno successivo e doveva controllare le attività della giornata appena trascorsa. Non c'era niente di meglio che spuntare una voce dalla lista delle cose da fare. Provava quasi una sensazione di euforia. Le altre donne nel suo gruppo online di planner incallite erano come lei e questo la faceva sentire meno sola nella sua… dipendenza, ma ancora non riusciva a parlare in pubblico dell'amore per agende, diari e penne.

Immaginava che Wes Montgomery lo sapesse, visto che anche lui aveva un diario tutto suo, ma a parte ciò, in quel momento, quel diario spesso pieno di obiettivi, appunti e liste era solo ed esclusivamente per lei.

Aprì il contenitore di nastri adesivi e rifletté sul colore più adatto per i due giorni successivi. Visto che utilizzava un planner cartaceo giornaliero, aveva l'abitudine di utilizzare lo stesso colore per due giorni di fila. Sì, era matta e un po' ossessiva, ma quel rituale la rendeva felice e di conseguenza gli altri avrebbero dovuto adattarsi.

Finì rapidamente di aggiungere il nastro colorato che aveva scelto per quei due giorni, poi aprì il calendario digitale per assicurarsi di non dimenticare niente. Mettere per iscritto le cose la tranquillizzava e le garantiva di non perdersi nessun appuntamento, nessuna scadenza con i clienti.

La Montgomery Inc. contava su di lei e lei non aveva alcuna intenzione di deludere tale aspettativa. Molti scherzavano sul fatto che i Montgomery non sarebbero riusciti a stare al passo con tutte le incombenze dell'azienda senza di lei, ma Tammy sapeva che era un lavoro di squadra. Se il suo disturbo ossessivo compulsivo per le tecniche organizzative poteva aiutarli in qualche modo, per lei era solo un piacere.

Battendo un piede a tempo di musica, aggiunse alcune note per il giorno successivo, appunti per Wes e Storm. I gemelli gestivano l'impresa edile, mentre la sorella Meghan li aveva affiancati di recente per la progettazione paesaggistica. Tabby si assicurava ogni giorno che tutti e tre, così come il resto dello staff e degli operai, sapessero esattamente dove dovevano essere e a che ora. Quando non si occupava di ciò, Tabby lavorava in prima persona con i clienti per quanto riguardava fatturazione, tempistiche dei cantieri e tutto quello che gli altri non potevano gestire. Amava il suo lavoro e sentiva di essere proprio tagliata per quel ruolo.

Aveva però bisogno di quell'agenda per essere sicura di riuscire a farcela.

Bevve un altro sorso di vino, aggiunse qualche altra nota per l'appuntamento con un nuovo cliente che avrebbero incontrato l'indomani e anche uno sticker per ricordarsi di chiamare la madre e almeno uno dei tre fratelli.

Si fermò e rise tra sé.

D'accordo, forse aggiungere uno sticker appositamente per ricordarsi di chiamare la famiglia in Pennsylvania era un po' troppo, ma quando aveva visto quegli adesivi online se ne era innamorata e ora aveva trovato un modo per utilizzarli. Un modo assolutamente futile, ma pur sempre un utilizzo.

Scrollò la testa, terminò di annotare la lista infinita di cose da fare nei due giorni successivi e mandò giù l'ultimo goccio di vino rimasto nel bicchiere. Le mancava la famiglia, ma i Montgomery l'avevano accolta appena aveva accettato il lavoro di stagista alla Montgomery Inc. Non solo lavorava con loro durante la settimana e a volte anche nei weekend, ma partecipava anche a molte delle loro cene di famiglia. All'inizio si era sentita un po' fuori luogo, ma i Montgomery, tutti super tatuati e pieni di piercing, l'avevano messa subito a proprio agio.

Ognuno di loro l'aveva fatta sentire parte della famiglia. Beh, forse non proprio tutti. Alexander era sempre stato un po' distaccato nei suoi confronti, soprattutto nel periodo in cui era sposato e completamente risucchiato da una spirale di autodistruzione, ma da quando era uscito dalla comunità le cose erano cambiate.

Si accigliò e si alzò per sistemare la scrivania prima di andare a letto. Alexander era diverso con tutti da quando era sobrio. Non le riservava certo un trattamento speciale, avrebbe fatto bene a ricordarselo. Solo perché aveva una cotta per lui, o forse qualcosa di più, da anni, non significava che lui provasse qualcosa per lei. In effetti, era meglio così. Alex era sulla retta via e lei non voleva mettere a rischio la stabilità che aveva faticosamente ritrovato.

Alexander Montgomery aveva bisogno di tempo per guarire e Tabby non era parte della soluzione.

Non ne sarebbe mai stata parte. Lo accettava. O almeno avrebbe imparato ad accettarlo.

A un tratto, il cellulare prese a squillare, interrompendo la canzone e il pericoloso corso intrapreso dai suoi pensieri.

Quando lesse il nome sullo schermo, tornò a sorridere. "Ehi, Dare. Stavo proprio pensando a te."

Il fratello maggiore rise all'altro capo della linea. Nonostante sentisse i rumori del suo bar in sottofondo, doveva essersi spostato in un angolo silenzioso visto che riusciva a sentirlo piuttosto distintamente. "Mi stavi aggiungendo ai tuoi impegni in agenda?" la prese in giro.

Lei sbuffò. "Se tu fossi più vicino, ti darei un pugno."

"Se tu fossi più vicina, vivresti in Pennsylvania con il resto della famiglia e faresti scoppiare di gioia il cuore di nostra madre," ribatté lui secco.

Tabby fece una smorfia alla ripresa della discussione già affrontata milioni di volte. Si era trasferita in Colorado per il college quando aveva ottenuto una borsa di studio integrale per l'università del Colorado a Denver grazie agli ottimi voti che aveva al liceo. Non era l'università più grande del paese, ma desiderava tanto andare via dal paesino in cui era cresciuta e vivere in una città grande a pochi chilometri dalla montagna che faceva sembrare Denver un luogo fuori dal mondo. I tre fratelli maggiori erano rimasti a casa, ma da allora erano diventati ancora più protettivi nei suoi confronti.

"Sei andato dritto al bersaglio, Dare."

Lo sentì sospirare. "Scusami. È stata una giornata difficile al lavoro e ho pensato di chiamarti io questa settimana invece di aspettare che lo facessi tu. Volevo solo sentire la tua voce e assicurarmi che quei Montgomery ti stiano trattando bene."

Tabby si rilassò non appena sentì quelle parole e sorrise mentre continuavano a chiacchierare. Nonostante si trovasse a centinaia di miglia di distanza dai parenti, era sempre legata alla famiglia come quando vivevano tutti insieme. Dare, Fox e Loch le avevano fatto da balia appena era tornata dall'ospedale in cui era nata e i genitori glielo avevano permesso. Era stata protetta con tenacia, amata e adorata.

A dire il vero, l'avevano anche un po' soffocata. Ora che erano più lontana, capiva che avevano fatto tutto solo per amore.

Dopo aver chiuso la telefonata con Dare, sistemò il soggiorno e andò in camera, consapevole che non aveva più tutto il tempo programmato per fare un bagno. Si sarebbe dovuta accontentare di un breve ammollo per lavare via lo stress della giornata.

Aprì il rubinetto e aggiunse una sfera di sali da bagno che trasformò l'acqua in una nuvola lilla scoppiettante, che profumava di lavanda e limone. Nel frattempo, si spogliò e raccolse i lunghi capelli sulla testa prima di mettersi una maschera di argilla sul viso. Se aveva la possibilità di rilassarsi solo per quindici minuti, tanto valeva ottimizzare il tempo.

Mentre si guardava allo specchio, fece del suo meglio per rilassarsi e non dare troppo peso ai pensieri che erano tornati di nuovo ad affollarle la mente.

Doveva tornare indietro e cercarli.

No, si ripeté. Non poteva continuare a cercare, non solo doveva tenersi al sicuro, ma anche proteggere la propria sanità mentale. La stava uccidendo sempre di più ogni volta che li cercava e non trovava niente.

Tabby fece un lungo respiro e afferrò il bordo del lavabo.

Smettila. Smettila.

Con un gemito, si staccò dallo specchio e si costrinse ad allontanare quei pensieri mentre scivolava nella vasca. Chiuse il rubinetto e appoggiò il capo sul bordo: si sarebbe rilassata prima di andare a dormire, poi si sarebbe svegliata e sarebbe andata a lavorare come faceva ogni giorno.

Non ci sarebbero state altre ricerche di coloro che aveva perso.

L'immagine di un paio di occhi azzurri, anch'essi persi, le comparve nella mente e Tabby imprecò.

Non ci sarebbero stati neanche altri pensieri su Alexander Montgomery.

Quando alla fine scivolò sotto le lenzuola e appoggiò la testa sul cuscino, venne meno a quell'ultimo proposito. Alexander riempì i suoi sogni fino al mattino, quando si svegliò esausta, accaldata e in preda a un desiderio che non avrebbe mai potuto soddisfare.

Che imbarazzo.

"HAI IL FILE SUL PROGETTO LAYMONT?" chiese Wes mentre guardava accigliato il tablet. "Ce l'ho qui, ma mi sembra che manchi qualcosa."

"Forse se non trascorressi così tanto tempo sul tuo dannatissimo tablet invece che con un martello in mano, non avresti questa sensazione," ribatté secco Storm dalla propria scrivania.

Tabby, abituata ai loro continui battibecchi, estrasse alla svelta il fascicolo cartaceo dall'armadietto e lo passò a Wes. "Non manca niente nei file online. Ho appena controllato. I proprietari però non hanno ancora scelto tra le nostre ultime proposte e avevamo deciso di aspettare loro prima di procedere. Ricordi?"

Wes prese la cartellina e si strinse il naso con aria seccata. "Dannazione. Lo sapevo. Cosa ho che non va? Di solito sono più sul pezzo di così."

Tabby scrollò la testa e andò dritta verso la macchina del caffè che avevano in ufficio. Loro cinque, Wes, Storm, Tabby, Decker e Meghan, condividevano un grande open space e anche se c'era una sala relax in cui fare pausa con un'altra macchina per il caffè a disposizione di tutti, Tabby aveva ritenuto opportuno averne una sempre nelle vicinanze dei gemelli. Presto avrebbero aggiunto una nuova postazione di lavoro per il ragazzo nuovo, Harper, che si sarebbe unito al team; Tabby doveva ancora capire come gestire la situazione. Era raro che fossero tutti e cinque in ufficio contemporaneamente, visto che molti lavoravano nei cantieri, ma quando si ritrovavano tutti lì, di solito la tensione era palpabile.

Preparò una tazza di caffè per Wes e Storm e gliele porse. Quella non era proprio una mansione che avrebbe dovuto svolgere, ma non poteva farci niente, le veniva spontaneo. E poi, era meglio per tutti se i Montgomery avevano la giusta dose di caffeina sempre a disposizione.

"Abbiamo preso in carico quattro progetti nuovi quando di solito lavoriamo su uno, massimo due contemporaneamente," disse Tabby con condiscendenza. "I Gallagher hanno preso in mano quel progetto di restauro a cui abbiamo rinunciato perché, a dirla tutta, quello è più il loro campo, ma siamo comunque oberati di lavoro. Per questo hai assunto Harper, anche se non ha ancora iniziato, perché doveva concludere un progetto suo prima di venire da noi. Stai lavorando su cento cose contemporaneamente e continui a dimenticare che io sono qui per aiutarti. Devi smetterla di fare anche quello che dovrei fare io. Per non parlare del fatto che hai proibito a Decker di fare la propria parte sulla casa degli Henderson fin dall'inizio per poi metterlo in difficoltà solo perché sentivi il bisogno di controllare ogni singolo dettaglio, e questo non è da te, soprattutto non con lui. È il nostro capo appaltatore nonché tuo cognato, ed è davvero bravo nel suo lavoro, ma per qualche assurdo motivo, tu stai dando di matto. Quindi, ora ti rilassi alla scrivania, visto che stai mettendo *me* in uno stato di ansia, ti bevi un bel caffè e controlli le quattro liste di cose da fare che ti ho preparato. Ho usato il codice di colori che ti piace."

Wes sorseggiò il caffè e la studiò dal bordo della tazza. Poi mise giù la tazza e guardò Tabby dritto negli occhi. "Sai, la gente pensa che sia *io* la mente qui alla Montgomery Inc. Ora inizio a pensare che tu abbia preso il mio posto."

"Ehi, io sono seduto proprio qui," disse Storm secco dalla propria postazione. Scherzavano spesso con Wes sul fatto che fosse sempre lì, ma Storm aveva l'abitudine di lavorare ai progetti sui software piuttosto che sul campo.

Tabby alzò gli occhi al cielo. "Smettila. Ognuno fa la propria parte e se lavoriamo insieme diventa tutto più semplice. Quando provi a fare tutto da solo è normale che ti senta sopraffatto. Non sto parlando solo di te. Parlo di tutti noi."

Wes tornò alla propria scrivania e si lasciò cadere sulla sedia. "Odio quando hai ragione."

Tabby sbatté le palpebre velocemente e mise su un'espressione confusa. "Oh, povero cucciolo. Ti capiterà spesso, allora."

Storm scoppiò a ridere proprio mentre Tabby schivava la palla di post-it che puntava dritto alla sua testa. Wes aveva una mira decente e lei immaginò che l'avesse evitata di proposito. Lavorare con

Wes e Storm rendeva sempre più facile vivere così lontana dalla propria famiglia.

Si rimise all'opera, rispose ad alcune telefonate e controllò delle fatture mentre i due fratelli scherzavano tra loro. Era ancora presto e ci sarebbe stato un bel via vai di gente per tutta la giornata. La Montgomery Inc. era una delle imprese edili migliori di Denver. Operavano in tutta la città e nelle periferie, sia costruendo da zero che ristrutturando vecchi edifici. Si occupavano anche di ristrutturazioni di case private, così come di rinnovi completi su palazzi pubblici. L'unica impresa che non avevano ancora affrontato era costruire un grattacielo, perché non faceva parte della loro visione, ma Tabby aveva la sensazione che se i Montgomery avessero avuto i mezzi giusti, l'avrebbero presa come una sfida e avrebbero realizzato qualcosa di strabiliante.

Quando erano tutti lì, lavoravano quasi sempre nella stessa stanza, ma avevano anche altri uffici per quando avevano bisogno di privacy o per gli incontri con i clienti. A Tabby piaceva molto la disposizione di quell'ambiente e non si era mai sentita esclusa dal gruppo o inferiore a qualcuno.

Poco prima di pranzo, la porta d'ingresso si aprì e Meghan, Decker e Harper entrarono in ufficio.

"Si congela fuori, eppure ancora non si vede un fiocco di neve," disse Meghan con un sospiro mentre si toglieva il cappotto. "Voglio dire, dovrebbe essere inverno, ma abbiamo avuto a malapena due nevicate."

"E visto che siamo a Denver, la neve si è sciolta in un paio d'ore," aggiunse Decker. "Per noi in realtà è un bene. Possiamo lavorare sugli esterni. E dato che tu lavori proprio col terreno, se non è ghiacciato è molto meglio."

Tabby sorrise e inclinò la testa in segno di saluto mentre tutti i nuovi arrivati raggiungevano le rispettive scrivanie. Beh, non tutti. Harper non aveva ancora una postazione, visto che tecnicamente avrebbe iniziato a lavorare per la Montgomery Inc. da lì a un paio di settimane. Almeno ufficialmente.

"Ciao, Harper."

Harper sollevò il mento. "Ciao, Tabby. Ho il resto dei documenti che ti servono. Ho pensato di passare a lasciarteli prima di tornare sul mio cantiere."

Le porse un plico di fogli e lei sorrise con calore mentre li prendeva. Avrebbe potuto usare le cartelle digitali condivise che aveva creato, ma molti dei ragazzi preferivano affidarsi al cartaceo. Lavoravano tutti con le mani per cui quell'inclinazione aveva senso.

"Grazie," disse mentre scorreva rapidamente le pagine. "Una volta sbrigate queste procedure dovrebbe essere tutto a posto. Benvenuto alla Montgomery Inc."

Storm li raggiunse e appoggiò una mano sulla spalla di Harper. "Benvenuto, bello. Siamo contenti di averti con noi."

"Cavolo, sì," disse con enfasi Decker mentre si passava una mano sulla barba. "Sono contento che tu venga a darci una mano." Harper avrebbe lavorato fianco a fianco con Decker per potersi confrontare in caso di bisogno. Decker era il capo appaltatore, ma avevano bisogno di un'altra persona così che Wes non dovesse farsi in quattro per gestire tutto.

"Voi ragazzi siete i migliori," disse Harper con un tono semplice e genuino. "E io voglio lavorare con i migliori."

"Puoi dirlo forte," disse Wes facendogli l'occhiolino.

"Sai di cosa abbiamo davvero bisogno?" disse Decker dopo un momento. "Di un nuovo idraulico. Harrison è andato in pensione l'autunno scorso e dover programmare tutti i lavori di idraulica appaltando a società esterne manda all'aria le nostre tabelle di marcia."

Tabby prese appunti mentre parlavano, anche se non era una vera e propria riunione. Prendeva sempre appunti nel caso qualcuno dicesse qualcosa che richiedeva un intervento urgente, o comunque per non dimenticare nulla. E poi, era lei che li aiutava con le tempistiche dei lavori, dunque sapeva bene che avevano un disperato bisogno di un idraulico in sede.

"Posso dare un'occhiata agli archivi e vedere se trovo qualcuno. Avete nessuno in mente?" propose Tabby.

Storm aprì la bocca per dire qualcosa, ma si fermò.

"Cosa?" chiese Wes. "Stai pensando a qualcuno?"

Storm scrollò la testa. "Forse. No. Non proprio."

Tabby si scambiò un'occhiata con Wes. Beh, era piuttosto criptico. Prima che Storm potesse dare una spiegazione, la porta si aprì di nuovo e comparve Alexander. A Tabby venne la pelle d'oca e fu quasi pervasa da un fremito. Dannazione. Di solito era più brava a nascondere quello che provava quando lui era nei paraggi, ma da quando era tornato, più silenzioso e introverso, non era riuscita a mascherare bene i propri sentimenti.

"Ehi!" disse Storm con il sorriso stampato sul volto. "Sei venuto."

Alexander affondò le mani nelle tasche del cappotto spingendo la macchina fotografica che aveva con sé leggermente indietro. Si dondolò sui piedi e guardò gli altri, leggermente sulla difensiva. La stanza era diventata silenziosa quando era entrato e Tabby aveva la sensazione che non gli piacesse per niente tutta quell'attenzione.

"Me lo hai chiesto tu," disse piano. "Se non è un buon momento, posso tornare più tardi."

Wes gli andò incontro. "Sei sempre il benvenuto. Dopotutto, è un'azienda di famiglia."

Un'espressione contratta comparve per un secondo sul volto di Alex e Tabby strinse la penna che aveva in mano così forte da lasciarsi il segno sulle dita. "Allora, di cosa hai bisogno esattamente?"

Storm si schiarì la voce. "Non lo so di preciso. Pensavo di lasciarti carta bianca, valuta tu quello che può funzionare meglio. Probabilmente la persona migliore con cui parlare è Tabby visto che sa sempre dove sono tutti, o quasi sempre."

Alexander incrociò il suo sguardo e lei si costrinse a non arrossire, o almeno ci provò. Non poteva veramente controllare quella reazione biologica.

"Pare che abbiamo un piano," disse lui secco.

"Andiamo in uno degli uffici così ti mostro quello che abbiamo in mente."

Tabby si alzò e prese il suo planner, la sua ancora di salvezza, prima di incamminarsi verso di lui. Nonostante conoscesse a memoria l'ambiente e indossasse spessissimo i tacchi alti, la punta del piede sinistro toccò il parquet proprio nel punto giusto, o nel punto più sbagliato se la si guardava da un'altra prospettiva.

Inciampò e prese a dimenare le mani davanti a sé. L'agenda finì da un lato della stanza, la penna dall'altro. Gli altri sussultarono e mentre tutto si svolgeva in una manciata di secondi, sentì la voce di ognuno di loro e vide distintamente lo sguardo pieno di panico di Alexander.

Prima di cadere a terra però, un paio di braccia forti la afferrarono e la strinsero contro un petto massiccio. Per un attimo trattenne il fiato e cercò con i piedi il pavimento per ritrovare l'equilibrio. Alexander la stava tenendo stretta a sé, la testa china. Lei lo guardò mortificata.

"Ehm, grazie."

"Stai bene?" Aveva la voce bassa, un po' roca e

aveva un effetto assurdo su di lei. Non voleva far altro che spingersi contro di lui e dargli un morso sul mento.

Quella *non* era Tabitha Collins.

Lei non era una che si avvinghiava agli uomini e perdeva i sensi come un'eroina vittoriana.

Dannazione.

Si tirò su e si sistemò i vestiti. "Grazie per avermi presa al volo. A quanto pare ho fatto notare la mia presenza… anche se ero già nella stanza." Storm le porse l'agenda che aveva raccolto da terra e lei dovette resiste all'impulso di stringerla al petto per assicurarsi che non si fosse fatta niente.

"Bene, ora che ho messo in mostra le mie meravigliose doti in fatto di equilibrio, direi che possiamo andare in ufficio." Girò sui tacchi, stavolta facendo più attenzione, e si diresse a grandi passi verso gli uffici sul retro dell'edificio, attenta a non incrociare lo sguardo di nessuno.

Si era appena resa ridicola di fronte all'uomo che non riusciva a dimenticare e ora avrebbe dovuto lavorare fianco a fianco con lui sul nuovo progetto.

Evidentemente sarebbe stata una lunga giornata.

Molto lunga.

Capitolo Tre

ALEX TRATTENNE UN SUSSULTO MENTRE IL fratello maggiore, Austin, scavava più a fondo per imprimere l'ombreggiatura sul suo nuovo tatuaggio. Era disteso su un fianco e Austin torreggiava su di lui per completare l'albero che Alex aveva scelto di tatuarsi sulle costole. Poteva anche essere un *cliché* volere un simbolo di rinascita impresso sul corpo, ma in molti lo facevano anche senza un vero motivo.

Stava provando a essere un uomo nuovo e doveva ricordare le proprie radici per poter crescere ed ergersi forte contro il vuoto oblio che aveva racchiuso il suo passato.

"Ti serve una pausa?" gli chiese Austin mentre

ripuliva dell'inchiostro misto a sangue dopo il passaggio dell'ago.

"Abbiamo quasi fatto, no?" gli chiese Alex. Trattenne il respiro mentre il fratello passava su un punto particolarmente doloroso. La maggior parte della gente di solito raggiungeva un punto in cui il dolore diventava piacere, Austin invece si era fermato appena Alex aveva percepito quel cambiamento, mentre lo stava tatuando. Non voleva in nessun modo associare i tatuaggi al piacere: avrebbe potuto farsi prendere la mano e sbagliare di nuovo.

Tatuarsi era una vera e propria dipendenza, per qualcuno, ma lui non poteva permettersi di caderci ancora.

"Sì, quasi," borbottò Austin proseguendo il lavoro. "È solo che non mi piace vedere le tue smorfie di dolore."

Alex ridacchiò cercando di rimanere fermo per non disturbare il fratello. "Pensavo che a tutti i fratelli maggiori piacesse prendersela con i più piccoli."

Austin sorrise, un bagliore bianco sotto la folta barba. "Sì, e tu sei il più piccolo dei fratelli, quindi è normale che tu la pensi così, ma no. Vi voglio troppo bene per continuare a prendervi a pugni, soprattutto ora che ho superato i quarant'anni."

Alex era il maschio più giovane del clan Montgomery. Miranda poi era l'ultima degli otto fratelli. Eppure, a parte Meghan e il suo primo matrimonio, era stato proprio lui quello col matrimonio più lungo, prima di divorziare. Aveva solo diciannove anni, giovanissimo e stupido, quando si era sposato. Ora si sentiva molti più anni di quelli che aveva realmente; divorziato, distrutto e molto più forte di prima.

O forse era solo più debole.

Non lo sapeva più neanche lui.

"Come se la sta cavando Austin?" chiese Maya venendogli incontro. Gli sorrise con la sua smorfia consueta e Alex non voleva far altro che sospirare. Quanto gli era mancata la smorfia che Maya rivolgeva ai fratelli come segno d'amore. Beh, Maya forse gli voleva ancora bene, ma era sempre tremendamente cauta quando gli stava vicino. Tutti lo erano.

Non poteva biasimarli.

"Abbiamo finito," disse Austin. "Sta bene, Maya. Sei solo gelosa che sia venuto da me invece che da te."

Alex sorrise vedendo Maya che mandava Austin a quel paese. I due erano proprietari della Montgomery Ink, che gestivano insieme; litigavano di continuo su chi dovesse tatuare amici e familiari. Proprio come gli altri fratelli, Alex faceva a turno tra i due e per puro caso il primo tatuaggio dopo la comunità era toccato ad Austin. Il fatto che fosse anche il tatuaggio più grande che avesse mai fatto non faceva altro che peggiorare il fastidio di Maya e Alex immaginava che prima o poi avrebbe dovuto ripetere tutto il calvario anche sull'altro fianco. Un giorno si sarebbe ritrovato pieno di tatuaggi dalla testa ai piedi, proprio come il resto dei fratelli.

Austin aiutò Alex a mettersi a sedere e gli strinse le spalle. "Ormai conosci tutta la procedura per disinfettarti, ma rivediamola insieme lo stesso."

Alex si mise in piedi e lo ascoltò mentre guardava il nuovo tatuaggio allo specchio che Austin aveva sistemato vicino alla propria postazione. Era la loro seconda e ultima sessione e il risultato finale non faceva che sottolineare il talento del fratello.

"Santo cielo. Hai fatto un ottimo lavoro."

Austin si mise accanto a lui, il riflesso di entrambi nello specchio. "Certo che ho fatto un ottimo lavoro. Pensavi che ti avrei fatto un tatuaggio brutto?"

Maya raggiunse Alex e controllò il lavoro. Alex era in mezzo al fratello e alla sorella che osservavano il nuovo dipinto sul suo corpo e per un istante riuscì a rilassarsi. Avevano tutti gli stessi capelli castani, gli stessi occhi azzurri e lo stesso aspetto tipico dei Montgomery. Era passato tanto tempo dall'ultima volta in cui aveva provato quella sensazione, ma con loro due accanto si ritrovò a pensarci. Forse poteva farcela. Forse sarebbe riuscito ad essere… normale. O almeno abbastanza *normale*.

"Magari poteva essere una brutta giornata," disse Alex con voce strascicata. "Una distrazione e all'improvviso l'albero sulle mie costole diventava una foresta in fiamma o qualcosa del genere."

Austin serrò lo sguardo mentre Maya rideva come una matta. "Dillo di nuovo e potrei tatuarti quell'unicorno sul fondoschiena come ti ho minacciato quando hai compiuto diciotto anni e sei sgattaiolato fuori fino a tardi per pomiciare con…"

Alex emise un sospiro dal naso e fece del suo meglio per non lasciar trasparire il colpo sordo che aveva percepito alla bocca dello stomaco. Lui e Jessica avevano fatto coppia fissa al liceo, erano stupidi e innamorati e facevano di tutto per ignorare il resto del mondo *e* i loro stessi problemi. Avevano fatto sesso quando erano ancora troppo giovani e non erano minimamente pronti per le conseguenze. Erano così assorbiti l'uno dall'altra da non rendersi conto che non si piacevano poi tanto profondamente. Alex era sgattaiolato fuori di casa innumerevoli volte, facendo preoccupare i genitori, solo per trascorrere la notte con lei. Jessica era il suo tutto.

Era stata la sua prima dipendenza.

Era stato il desiderio spasmodico che nutriva verso di lei a spingerlo a rinunciare al college e a concentrarsi sulla propria versione personale degli studi con una macchina fotografica in mano. Quello che aveva fatto realmente era stato buttarsi anima e corpo su Jessica e sul loro matrimonio irreale mentre passava da un lavoro all'altro nell'attesa di cogliere l'occasione della vita grazie al proprio talento per la fotografia per garantire a entrambi una vita perfetta. Gli ci era voluto un po' per capire come coltivare quel talento e adesso stava provando a farlo di nuovo.

Non poteva incolpare nessuno se non se stesso per la strada che aveva intrapreso, ma sapeva che c'erano stati dei motivi scatenanti.

La sua ex-moglie era uno di quelli.

"Sgattaiolavo via molto più spesso di quanto tu immagini," disse Alex alleviando la tensione che si era creata. "Certo, a volte uscivo solo per guardarti limonare con la ragazza di turno."

Austin gli ringhiò contro. "Scusami?"

Alex ridacchiò, ricordando piacevolmente quegli episodi. "Griffin e io uscivamo di nascosto anche prima che Griff prendesse la patente e venivamo a spiarti, visto che tu sapevi cosa stavi facendo e che forse potevamo imparare qualcosa guardandoti."

Maya ridacchiò e si voltò verso Austin. "Io non vivevo neanche con voi quando avevate l'età per fare certe cose."

Alex rise. "Ci facevamo dire dove andavi da Shep e i gemelli e poi ti seguivamo." Shep era uno dei loro cugini che adesso viveva a New Orleans, mentre Wes e Storm avevano solo qualche anno meno di Austin.

"Fratelli minori, Austin. A quanto pare ne hai troppi."

Austin assottigliò lo sguardo. "Accidenti. Basta che non insegni niente di tutto ciò a Leif o Conner."

"Lo scopriranno da soli comunque," ribatté Alex. "Alla velocità con cui state facendo figli, tra poco ci sarà tutta una nuova generazione di Montgomery ad animare la casa e a combinarne di tutti i colori."

Appena pronunciò quelle parole, sentì un conato di bile riempirgli la gola, ma si costrinse a rimandarla indietro. Loro non sapevano, *non potevano* sapere. Gli altri non potevano vedere.

"Comunque, ora devo andare. Ho un appuntamento. Sono a posto?"

I fratelli si scambiarono un'occhiata per il suo improvviso cambio di tono, ma Alex li ignorò. Poteva anche piacergli che stessero iniziando a trattarlo normalmente, ma non poteva fargli vedere tutto.

Non poteva e basta.

"Ti pulisco per bene e poi puoi andare," disse Austin cauto. La conversazione non proseguì, ma non poteva incolpare altri se non se stesso. Mentre usciva dal negozio diede un bacio sulla fronte alla sorella e salutò Austin. Doveva tenere le emozioni sotto controllo. Tra il ripensare a Jessica e, beh.. tutto il resto, si sentiva sull'orlo di un precipizio.

Aveva bisogno di un dannatissimo drink.

Ma non avrebbe bevuto.

Non in quel momento.

Non nelle ore successive

E neanche il giorno dopo.

Andò dritto in palestra, percepiva la tensione in ogni muscolo del corpo e aveva le mani serrate sul volante. Non aveva mentito al fratello e alla sorella quando aveva detto di avere un appuntamento, ma non era con il suo sponsor o con un dottore, come probabilmente avevano immaginato loro due. Doveva aspettare la mattina dopo per quel tipo di supporto, quindi per il momento doveva gestire la tensione nell'unico modo che conosceva.

Buttare tutto fuori.

Brody e Harper erano già nello spogliatoio quando arrivò con l'attrezzatura in spalla. Gli lanciarono un'occhiata di passaggio e lui fece spallucce.

"Che c'è?" chiese con un tono più aspro di quanto volesse.

"Non pensavo saresti venuto oggi," disse Brody col suo accento strascicato. Era stato lontano dal Texas per più di dieci anni, ma di tanto in tanto l'inflessione dialettale tornava a farsi sentire. "Pensavo che dovessi andare alla Montgomery Ink per finire il tatuaggio sul fianco."

Alex si tirò su la maglietta e fece vedere il lavoro appena concluso, ancora avvolto nella pellicola. "Oggi non posso fare tanto, ma posso mettere le fasce alle mani e esercitarmi un po' da solo."

Harper si abbassò per guardare meglio il tatuaggio e fece un fischio. "Austin ha fatto un lavoro pazzesco."

"Come fanno sempre i Montgomery," disse

Brody. "Penso di essermi fatto tatuare da tutti quelli che lavorano nel negozio. Mi manca soltanto la ragazza nuova, Blake."

Alex alzò gli occhi al cielo per il tono di Brody. "Tu vuoi morire, lo sai. Sta con il genero di Maya, Graham, e tu continui lo stesso a flirtare con lei."

Brody gli fece l'occhiolino. "Io flirto solo quando mi danno corda. E comunque non lo faccio mai di proposito, e neanche loro."

Alex sapeva che era la verità perché Hailey, Blake e perfino Maya ridevano e scherzavano sempre con lui. Brody era fatto così. Non aveva mai messo una donna a disagio, gli andava riconosciuto.

Quell'uomo era un bravo ragazzo che ci teneva a quelli nella sua cerchia di amici.

Alex invece non riusciva neanche a far restare nella stessa stanza l'unica donna che non riusciva a togliersi dalla mente.

Doveva smettere di pensare a *lei*.

Scrollò le spalle e fece del suo meglio per ignorare la sensazione di fastidio che provava sul fianco. "Ragazzi, voi siete pronti ad allenarvi?"

Harper lo osservò attentamente ma non disse nulla e Brody si limitò ad annuire. I tre si erano incrociati in giro di tanto in tanto senza conoscersi realmente fino a quando non si erano ritrovati tutti insieme nella stessa palestra per prendere lezioni di pugilato. Da allora, si allenavano insieme e facevano boxe, combattevano tra di loro e imparavano nuove tecniche per affrontare gli avversari sul ring. Erano tutti e tre single e tutti nel pieno di una fase di cambiamento della vita, per cui ritrovarsi lì per buttar fuori i problemi a suon di pugni li aveva fatti diventare amici. Certo, era un'amicizia particolare, ma ad Alex andava bene così.

Non lo conoscevano prima della comunità e di conseguenza non lo avevano visto al suo peggio.

Lo vedevano solo ammaccato, dolorante e sudato dopo aver combattuto i propri demoni nell'unico modo in cui poteva.

Non poteva più continuare a bere per seppellirli.

Doveva provare a vincerli un pugno dopo l'altro.

TABBY STAVA FACENDO TARDI, ma non era colpa sua. Nonostante ciò, si sentiva stressata. Il telefono non aveva smesso un istante di squillare da quando era arrivata in ufficio la mattina e lei era quasi sul punto di sbatterlo contro il muro. C'era stato un problema con delle tubature in uno dei cantieri e Wes era rimasto fuori tutto il giorno per occuparsene. Storm era rimasto incastrato in una riunione con un nuovo cliente, riunione che sarebbe dovuta durare solo due ore, ma che si era protratta per sette, perché il committente continuava ad aggiungere richieste che avrebbero intaccato l'integrità strutturale della casa. Era poi dovuto scappare ad un altro incontro fuori dall'ufficio e Tabby non aveva neanche avuto il tempo di scambiarci due parole.

Decker, Luc e Meghan erano tutti impegnati nei cantieri presi da mille problemi; anche se non era insolito, erano passate molte persone in ufficio per parlare con loro. Tammy non capiva cosa ci fosse di tanto difficile nel fare una chiamata per assicurarsi che i progettisti fossero effettivamente in sede, prima di presentarsi di persona con cento domande da fare. Nonostante ciò, si era occupata di tutti.

Erano quasi le cinque; anche se di solito lavorava fino alle sei passate, voleva tornare a casa in orario perché aveva in programma di preparare l'arrosto. Aveva anche scritto sul planner di chiamare la madre e le loro telefonate duravano quasi sempre due ore.

Le scoppiava la testa al pensiero di quante cose

dovesse ancora fare, ma doveva farcela e se qualcuno era lì a guardarla, lo avrebbe fatto col sorriso stampato in faccia.

Dannazione.

Il telefono squillò di nuovo e lei mormorò tra sé chiedendosi se qualcuno avrebbe notato che non rispondeva. Dopotutto, non c'era nessun altro in tutto l'ufficio. Non era però un comportamento da Tabby e alla fine doveva tenere duro solo per un'altra oretta o poco meno.

Rilassò le spalle e lasciò andare un lungo sospiro, prima di rispondere all'ennesima telefonata della giornata. Di solito le faceva piacere occuparsi di tutto. Mettere insieme i pezzi e organizzare le cose per farle funzionare, ed era molto brava a farlo.

"Pronto, Montgomery Inc., parla Tabby, come posso aiutarla?"

La porta dell'edificio si spalancò mentre la persona all'altro capo della linea parlava, lei si voltò e vide Alexander entrare, scrollarsi la neve dal cappotto e guardarsi intorno nella stanza quasi vuota fino a quando non incontrò lo sguardo di lei.

Tabby si leccò le labbra, non sopportava la propria incapacità di trattenersi davanti a quell'uomo che la portava a comportarsi come un'adolescente.

"Pronto?"

Sbattè le palpebre mente Alexander le fece cenno col capo e le si avvicinò. Non stava nemmeno camminando, si aggirava cauto in quell'enorme spazio deserto. Tabby non era neanche sicura che si fosse reso conto di quello che faceva.

"Mi scusi, sì, possiamo fissare un appuntamento." Annuì e aggiunse una nota sul calendario del computer prima di chiudere la chiamata. "Alexander, non sapevo che saresti venuto oggi."

Alex si tolse il cappotto e posò la borsa del computer. "Sono stato al cantiere di Decker quasi tutto il giorno a fare foto di uomini e donne che lavorano e a rubare alcuni scatti del dietro le quinte. Ho pensato di passare da qui per delle foto di persone a fine giornata, ma non pensavo che avrei trovato solo te."

Alex dondolava da un piede all'altro e lei deglutì il nodo che aveva in gola. "È un problema che ci sia solo io qui?" Forse non voleva rimanere da solo con lei? E perché le importava così tanto?

Si stava facendo venire un bel mal di testa e aveva davvero bisogno di calmarsi.

Lui scrollò la testa. "No, sono solo sorpreso.

Tutto qui. Rimani spesso qui da sola quando fuori è già buio?"

Tabby si accigliò. "Ha iniziato adesso a imbrunire e visto che stiamo andando verso la primavera, ci sarà più luce col passare dei giorni. E comunque non ho problemi a stare da sola. I tuoi fratelli hanno messo in sicurezza l'intero edificio."

Alex mise le mani davanti a sé in segno di resa. "Scusami. È solo che mi preoccupo per le mie sorelle e non mi piace l'idea che tu sia qui da sola quando fuori fa buio e la neve ha ricoperto le strade."

Tabby digrignò i denti. "Io non sono tua sorella."

Gli occhi di lui divennero più scuri, o forse lei se lo era solo immaginato. Un gioco di luce magari. "Lo so."

Si leccò le labbra. "Bene." Il telefono squillò ancora. "Devo rispondere."

"Fa' pure. Io faccio qualche scatto qui intorno e vedo se qualcosa mi ispira. Ti dispiace?"

Gli fece un cenno di assenso e rispose al telefono cercando di ignorare quell'uomo e i muscoli delineati che riusciva a intravedere sotto il maglione, mentre lui estraeva la macchina fotografica dalla custodia. Accidenti a lui, era troppo attraente.

E accidenti a lei che non solo non riusciva a staccargli gli occhi di dosso, ma che non poteva fare a meno di non pensare a quell'uomo.

Prese qualche appunto sui problemi riferiti dal cliente al telefono e provò a distogliere l'attenzione da Alexander, che scattava foto delle scrivanie vuote. Quando si voltò verso di lei con la fotocamera tra le mani, Tabby si pietrificò, l'orecchio ancora incollato al telefono.

Lui allontanò il viso dall'obiettivo e la guardò, prima che lei abbassasse la testa, imbarazzata per averlo sorpreso mentre le scattava delle foto. Tabby sapeva che Alex avrebbe fatto foto di tutti quelli che lavoravano alla Montgomery Inc., ma non si era soffermata a pensare all'effetto che le avrebbe fatto.

Terminò la chiamata mentre lui sistemava la borsa: "Hai finito?"

Alex annuì. "Sto ancora cercando di capire bene come sarà il progetto finale."

Tabby scrollò la testa. "Io sono così abituata a pianificare tutto che probabilmente avrei già riempito quattro agende per avere uno schema di tutto ciò che c'è da fare."

"Sfortunatamente il mio cervello non funziona così. Mi piacerebbe, perché probabilmente renderebbe il mio lavoro un po' più semplice. Con questi progetti però riesco solo a farmi una vaga idea di cosa mi può servire fino a quando a un tratto tutto prende forma."

"Beh, se mai dovesse servirti un quaderno per provare a fare un po' di pianificazione, ne ho qualche decina." Si zittì con gli occhi spalancati mentre sentiva le guance arrossire. Non aveva intenzione di rivelargli quella sua passione da nerd.

"Solo qualche decina?" le chiese con un sorrisetto. "Mi sembri Wes."

Fece spallucce. "Evidentemente c'è un motivo se mi ha assunta."

Alexander la studiò attentamente. "Lo vedo."

Si guardarono per qualche istante senza parlare; Tabby non sapeva cosa dire né cosa stesse accadendo tra loro. C'era… qualcosa. O forse se lo stava solo immaginando.

"Hai finito, per oggi, qui in ufficio?"

Tabby si costrinse ad allontanare quei pensieri e annuì. "Sì direi di sì. Forse devo finire qualche cosa a casa, ma il mio orario di lavoro è finito."

Alex si rimise il cappotto. "Se per te va bene vado a sbrinare la tua macchina."

"Oh, non c'è bisogno che tu lo faccia."

Le rivolse un'occhiata. "No, ma voglio farlo. E

comunque devo farlo anche con la mia. Almeno non sarai da sola nel parcheggio al buio.”

“Ci sono i lampioni,” ribatté secca.

“Lasciamelo fare e basta,” disse porgendole la mano. “Per favore. Se mi dai le chiavi intanto accendo anche il motore per riscaldare la macchina.”

Lei si lasciò sfuggire un sospiro. Aveva tre fratelli maggiori e lavorava con i Montgomery ormai da tempo, per cui sapeva che era meglio non incaponirsi e lasciare che si comportassero come uomini delle caverne. Prese le chiavi dalla borsa e gliele porse.

“Sai qual è?” Avevano un parcheggio privato in comune con altri edifici in cui tutti i dipendenti lasciavano l’auto.

“Certo. Ormai ti conosco da un po’, Tabitha. Anche se non sembra così.”

Lei incrociò lo sguardo di Alex, consapevole che tra loro stava accadendo qualcosa, anche se non riusciva a decifrarlo chiaramente. “Grazie.” Si schiarì la voce. “Per la macchina.”

Lui annuì e la lasciò da sola a sistemare le ultime cose. Appena fu fuori dalla porta, Tabby si lasciò andare a un lungo sospiro. Doveva solo finire una cosa al volo e poi sarebbe tornata a casa. Non poteva certo lasciarlo da solo al freddo per troppo tempo.

Aveva la schiena rivolta verso la porta quando la sentì aprirsi di nuovo. "Hai fatto in fretta," disse voltandosi e ritrovandosi di fronte qualcuno che non era Alexander.

No, era un uomo più grosso, con una pancia enorme e le braccia muscolose. Lo riconobbe subito come uno dei loro clienti. Mantenne un'espressione tranquilla, ma il suo corpo era in allerta. Non sapeva perché quell'uomo fosse lì e aveva la sensazione che non sarebbe andata a finire bene.

"Come posso aiutarla?" gli chiese con una voce sorprendentemente calma.

"Hai già aiutato abbastanza, stronza. Pensavate che avrei pagato tutte le vostre commissioni senza battere ciglio? Voi Montgomery non siete altro che un branco di imbroglioni. Bugiardi e traditori. Non ho intenzione di pagare neanche un centesimo. Fanculo."

Senza staccare gli occhi dall'uomo, si protese verso il telefono. "Mi dispiace che abbia avuto problemi col conto."

L'uomo a quel punto si mosse e lei provò a scappare, ma lui fu più veloce. Le afferrò le braccia e la sbattè contro il muro. Sentì la testa rimbalzare contro la parete e si morse la lingua così forte da farla sanguinare. Fu pervasa dalla paura e il cuore prese a batterle all'impazzata. Quell'uomo era dannatamente massiccio.

Non poteva reagire.

Era completamente inerme.

Come… com'era possibile?

L'uomo si avvicinò ancora di più al suo viso e le strinse le braccia. "Fottiti."

Lei gli diede un calcio e lui le sferrò uno schiaffo dritto in faccia. Le lacrime presero a rigarle le guance mentre provava a difendersi, ma non era abbastanza forte.

Prima che il tipo la colpisse di nuovo, qualcuno lo allontanò da lei.

Tabby cadde a terra, ansimando in cerca d'aria mentre cercava di calmarsi e di capire cosa stesse accadendo. Alexander era sopra all'uomo e lo stava prendendo a pugni in faccia. Tabby temeva che l'uomo che l'aveva aggredita, Charles, ecco come si chiamava, fosse morto.

Con le lacrime che ancora le rigavano il viso, si rimise in piedi nonostante le gambe tremanti e si avvicinò ad Alexander.

"Smettila," bisbigliò. "Smettila," disse di nuovo,

stavolta con più veemenza mentre gli appoggiava una mano sulla spalla.

Alexander si fermò e guardò verso di lei con gli occhi spalancati. "Stai bene?"

Era sotto shock, quindi non sapeva se stava bene e glielo disse.

Alex imprecò e si rimise in piedi, lasciando Charles a terra: si vedeva che stava ancora respirando, anche se era svenuto. "Tu chiama la polizia. Io mi assicuro che questo tipo non si svegli."

Lei annuì, consapevole della vicinanza che c'era tra di loro, anche se non si stavano toccando. Aveva bisogno di…. non sapeva di cosa aveva bisogno.

Tabby serrò le labbra e provò a muoversi. Non ci riusciva.

"Oh, maledizione," disse Alexander a mezza voce e la abbracciò. Diversamente da quando Charles l'aveva toccata, adesso non era impaurita.

Non sapeva cosa provava esattamente.

Alex la strinse a sé e le accarezzò la schiena mentre le sussurrava all'orecchio. "Mi dispiace non essere arrivato prima. Mi dispiace da morire." La tenne tra le braccia mentre chiamava la polizia e raccontava quello che era appena accaduto. Quando chiuse la telefonata, rassicurato che i poliziotti sarebbero arrivati in pochi minuti, la abbracciò stretta.

Tabitha scoppiò a piangere e provò subito a ricomporsi. "Scusami. Odio non avere il controllo della situazione."

Alex si lasciò sfuggire un sospiro forzato. "Conosco la sensazione."

Ovvio che la conoscesse. "Mi dispiace."

"Fanculo il *mi dispiace*. Non essere dispiaciuta, Tabitha." Sospirò. "D'accordo, faremo così. Quando ti sarai ripresa e starai meglio, ti farò vedere come puoi avere il controllo sempre, ok? Ti farò vedere come puoi proteggerti da sola. Non ho nessuna intenzione che questo schifo ti capiti di nuovo, dannazione."

Si appoggiò di nuovo a lui anche se la polizia stava entrando nell'ufficio. "Promesso?"

Alexander allungò una mano come per accarezzarle il viso, ma poi la ritirò. "Promesso."

Per qualche motivo, quella promessa valeva più di ogni altra cosa.

Capitolo Quattro

ALEX CHIUSE GLI OCCHI E CERCÒ DI CALMARSI.
Solo da calmo si rese conto che stava vivendo come
in un sogno e che non poteva far altro che rimanere
ad osservare... non poteva far altro che arrivare
troppo tardi.

Tutto si muoveva al rallentatore, eppure lui era
addirittura più lento di tutto il resto, come intrappolato in una nebbia che conosceva fin troppo bene, la
stessa nebbia in cui era rimasto per anni, perché
non era stato abbastanza forte da salvarsi.

In quel momento non sarebbe stato abbastanza
forte per salvare *lei*.

Tabitha scalciava e urlava per liberarsi dalla
presa dell'uomo che la teneva contro il muro stringendole la gola, ma Alex non riusciva a raggiun-

gerla abbastanza in fretta. Non riusciva a sentire cosa dicevano, percepiva solo le urla. Sapeva che se non avesse provato ad arrivare da lei, lei non ce l'avrebbe fatta.

In quel preciso istante, Tabitha si voltò verso di lui, gli occhi spalancati, pieni di terrore e rimprovero.

"Aiutami."

Alex vide le labbra di lei che si muovevano per pronunciare quelle parole, eppure non riusciva a sentirle: erano coperte dal suono delle sue stesse grida. Non si era neanche reso conto di aver iniziato a urlare.

La raggiunse, ma il suono delle grida si trasformò in un ronzio più lungo e più acuto che lo fece svegliare. Con un gemito, si voltò e spense la sveglia che aveva impostato sul cellulare.

Non voleva iniziare la giornata, non dopo tutti gli incubi che aveva fatto durante la notte, ma rimanere a letto a rimuginare sui propri pensieri non lo avrebbe fatto sentire meglio.

Con un lungo sospiro, si alzò e si trascinò in bagno completamente nudo. Dopo aver trascorso tutta la serata a parlare con la polizia e ad assicurarsi che Tabitha stesse bene, una volta a casa si era spogliato gettando i vestiti sul pavimento ed era caduto a faccia in giù sul letto, abbandonandosi a un lungo sonno, nudo ed emotivamente devastato. Quello stato di incoscienza non era durato a lungo.

Gli incubi lo avevano tormentato, avevano preso gli eventi del giorno precedente e li avevano trasformati in quello che era successo più di un anno prima. Vetri che si infrangono. Urla. Accuse. Lacrime. Orrore. Disperazione.

E Alex al centro di tutto, sanguinante sul pavimento e completamente incapace di aiutare gli altri.

Wes e Storm erano arrivati in ufficio subito dopo la sua telefonata, la preoccupazione e lo stress trapelavano chiaramente nella loro espressione. Alex vi aveva anche scorto incertezza e forse una sottile accusa, ma non poteva esserne sicuro. Poteva sempre trattarsi dei suoi demoni che parlavano, Alex non si sarebbe mai perdonato un altro fallimento.

I gemelli erano venuti a vedere cos'era successo e per assicurarsi che Tabitha tornasse a casa sana e salva dopo i controlli dei paramedici. Lei non era voluta andare in ospedale, ma aveva insistito per tornare a casa. Alex non era sicuro che fosse stata la scelta giusta, ma non era riuscito a parlare molto, una volta che i fratelli erano arrivati.

Comunque non sapeva cosa dirle.

Tabitha non si era più fatta sentire, ma avevano in programma di vedersi quel giorno. Lei voleva imparare come proteggersi e lui, da bravo idiota, le aveva detto che potevano incontrarsi in palestra nel pomeriggio.

Aveva visto i segni rossi sul viso, che ormai dovevano essere diventati dei lividi; il solo ripensarci gli fece venire una voglia indescrivibile di prendere tutto a pugni. Per fortuna, sarebbe andato in palestra più tardi, sperava solo che il tempo passasse in fretta.

Si sentiva al limite, pericolosamente vicino a cadere; c'era solo un modo per mettere a tacere quei pensieri, in quel momento. Rassegnato, aprì la doccia e scivolò sotto l'acqua. Avvolse la mano intorno all'uccello e prese a fare avanti e indietro lungo l'asta, quasi al limite del dolore.

Gemette mentre le immagini di Tabitha gli affioravano nella mente: in fondo era uno stronzo e non riusciva ad allontanare quei pensieri. La immaginò inginocchiata davanti a lui mentre gli succhiava le palle, giocherellava con le dita sui suoi punti più sensibili, prima di leccargli il cazzo e fargli sentire i denti che sfioravano la punta sensibile.

Immaginò le proprie mani affondate nei capelli di lei mentre lentamente faceva scivolare l'uccello tra le sue labbra carnose. Immaginò i gemiti di lei che sussurrava "Alexander" mentre lui le stuzzicava la bocca.

Alex ansimò, prese del sapone e continuò a masturbarsi sotto il getto caldo dell'acqua, aumentando il ritmo. Era vicino all'apice del piacere e anche se desiderava lasciarsi andare, voleva continuare a indugiare su quelle immagini.

Deglutì, mentre nella fantasia Tabitha si alzava in piedi. Così poteva baciarla e poteva evitare che le ginocchia le facessero male. Non voleva farle del male. Voleva solo farla venire.

Lui voleva venire.

Alex strinse la base dell'uccello mentre immaginava di assaporare i capezzoli di Tabitha. Aveva trascorso troppo tempo a fantasticare su quella parte del corpo. Erano forse scuri? Bruni e carnosi. O forse di un rosa pallido, da leccare e mordicchiare. Magari sarebbero diventati rosso acceso dopo averli succhiati per ore.

Si sentiva sempre più eccitato e si costrinse a scacciare via l'immagine di lei dalla mente mentre si masturbava senza tregua. Eppure, anche quando venne, gli sembrava che *lei* avesse tutto il merito.

Finì in fretta di fare la doccia, consapevole di aver di nuovo superato il limite. Si vestì, anche se sarebbe rimasto a casa quasi tutto il giorno, poi si preparò un caffè. Aveva già un bel po' di scatti dei fratelli che lavoravano, poteva iniziare a lavorare su quel materiale per cercare di capire il senso generale del progetto. Inoltre, stava lavorando anche su altri progetti non legati alla famiglia e aveva ancora del lavoro da sbrigare. Un tempo, avrebbe dato di matto crollando sotto la pressione degli impegni, ma ormai non poteva che essere grato per l'opportunità che aveva: fare il lavoro che amava e per cui in passato era stato davvero bravo.

Aveva anche un progetto imminente che non era ancora in opera, ma su cui aveva fantasticato per qualche mese. Da quando era uscito dalla comunità, si era più volte chiesto cosa avrebbe fatto da lì in poi e quell'idea gli era frullata in testa più e più volte. Non sapeva che sviluppi avrebbe potuto avere, ma valeva la pena iniziare. Qualsiasi forma di ispirazione e di desiderio che non avesse a che fare con l'alcol o altre dipendenze valeva la pena di essere esplorata.

O almeno era quello che si ripeteva.

Lavorò qualche ora, modificando immagini e studiando se insieme potevano raccontare una storia. Non stava solo facendo delle foto, stava narrando un percorso che non aspettava altro che venire alla luce. A volte era più semplice, era l'oggetto a rivelarsi da solo, a volte lui doveva scavare, ma non gli importava. Amava quel lavoro ed era davvero contento di averlo ripreso in mano.

Quando la sveglia suonò di nuovo, lui si accigliò e si ridestò dai propri pensieri. Si era dimenticato di aver impostato il telefono per ricordargli l'appuntamento in palestra. Era passato tanto tempo da quando si era immerso nel lavoro a tal punto da scordarsi del resto; quanto gli era mancata quella sensazione!

Si alzò dalla scrivania e si stiracchiò la schiena. Forse avrebbe dovuto provare una di quelle postazioni di lavoro in piedi come aveva suo fratello Griffin. Aveva addirittura una specie di scrivania per il tapis roulant progettata appositamente da Autumn. Moltissimi parenti lavoravano con le mani ed erano sempre in movimento e non era un problema se ogni tanto dovevano stare seduti a una scrivania. Lui e Griffin invece avevano lavori sedentari. Fortunatamente, Alex doveva spesso uscire per scattare, ma col tempo le lunghe giornate passate davanti al computer a ritoccare gli scatti gli avrebbero distrutto la schiena.

Era un altro dei motivi per cui si allenava e combatteva quasi ogni giorno.

Preparò al volo il borsone e andò in palestra, doveva ancora elaborare un piano su come poter aiutare Tabitha. Non sapeva bene cosa stesse facendo e, a dirla tutta, ora che si era soffermato a pensare, capiva che quel piano era completamente folle. Il fatto che avesse seguito dei corsi professionali di pugilato e che riuscisse a badare a se stesso non significava che sarebbe stato in grado di insegnare a Tabitha.

Odiava l'idea che lei non avesse *nessuno* strumento per difendersi.

Aveva ancora davanti agli occhi l'immagine di lei che si dimenava e scalciava impotente contro quell'omone. Il bruto che poteva anche essere in prigione al momento, ma che presto sarebbe uscito su cauzione con una banale ordinanza restrittiva a suo carico.

Alex aveva le mani sul volante e dovette allontanare quei pensieri dalla mente. La rabbia che provava non poteva trovare sfogo in quel momento. Era stata proprio la rabbia ad avvicinarlo all'alcol, fin dall'inizio. Pensò a Tabitha e si maledisse di nuovo.

Raggiunse la palestra, stranamente su di giri e al tempo stesso sull'orlo di un crollo emotivo. Come poteva aiutarla, quando riusciva a malapena ad aiutare se stesso? Aveva iniziato col pugilato e con i combattimenti perché in quel modo riusciva a rimanere concentrato su ciò che metteva nel corpo e col passare del tempo aveva scoperto anche il divertimento di prendere a pugni qualcuno su un ring.

Alex scrollò le spalle, prese la borsa e andò nella piccola palestra che negli ultimi anni era diventata il suo rifugio. Stava ancora imparando come essere di nuovo un Montgomery per potersi riconnettere appieno con la famiglia e sentirsi utile, ma, per qualche ragione, percepiva lo stesso legame anche lì, in quel piccolo edificio di pietra puzzolente di sudore che aveva decisamente bisogno di qualche mano di vernice.

I ragazzi con cui si allenava non erano la sua famiglia di sangue, ma lo avevano accolto e non avevano fatto troppe domande. Harper e Brody erano diventati uno dei suoi sistemi di supporto e Alex sapeva che non avrebbe mai potuto sostituirli. I Montgomery erano la sua vera famiglia, lo conoscevano da sempre e lo avevano visto negli anni in cui era stato un alcolista. Alex voleva qualcuno che lo conoscesse da zero, senza i suoi trascorsi; Brody e Harper erano stati perfetti.

Tabitha sarebbe arrivata lì presto e lui doveva capire come aiutarla nel migliore dei modi. Probabilmente era ancora tutta dolorante dalla sera prima, per cui si sarebbe limitato a mostrarle la posizione da tenere e a spiegarle cosa avrebbero fatto le volte successive. Non voleva esagerare.

Diavolo, non voleva esagerare neanche con se stesso.

Harper e Brody si stavano allenando con la corda vicino al ring quando Alex entrò in palestra. Harper si fermò per primo e lo guardò serio.

"Ho saputo quello che è successo. Tutto bene? Tabby non era al lavoro stamani: se si fosse presentata, Wes le aveva giurato che l'avrebbe caricata in spalla e riportata dritta a casa."

Ad Alex non piacque il groviglio di sensazioni che gli invase lo stomaco. Non aveva motivo di essere geloso di Wes, dopotutto Alex non aveva niente a che fare con Tabitha in quel senso. Wes e Storm erano quelli che i genitori volevano mettere con Tabitha, entrambi sarebbero stati meglio di lui per la ragazza. E comunque, lei avrebbe anche potuto fare l'impensabile e sposare qualcuno che non fosse un Montgomery.

"Sta per arrivare," disse Alex accigliandosi. "Non l'ho vista tutto il giorno, ma le ho detto che l'avrei aiutata insegnandole qualche tecnica di autodifesa."

Brody inarcò un sopracciglio. "Ti serve una mano?"

Alex scrollò la testa. "Penso di farcela, ma nel caso, voi sarete nei paraggi tutta la serata?"

Harper annuì. "Brody vuol fare un po' di sparring, quindi saremo sul ring per un bel po'."

Alex si rilassò leggermente. Aveva paura di rimanere da solo con Tabitha e di mandare tutto all'aria. Almeno ci sarebbe stato qualcuno a fargli da cuscinetto.

Brody scrutò oltre le spalle di Alex e il suo sguardo assunse una sfumatura di rabbia. "Spero tu abbia picchiato a sangue quello stronzo."

Alex si voltò proprio mentre Tabitha faceva il suo ingresso in palestra; la vide esitante, gli occhi spalancati, scrutava ogni dettaglio dell'ambiente. Probabilmente avrebbe dovuto portarla in un posto più carino o nella palestra che il cognato, Decker, aveva allestito nel seminterrato di casa, ma quando l'aveva vista coi propri occhi tremare in quel modo aveva detto la prima cosa che le era passata per la testa. Magari si sarebbe pentito di quella vicinanza con lei, quando ancora non aveva ben chiaro chi fosse lui stesso, ma non avrebbe mai potuto tollerare di vedere di nuovo quello sguardo impietrito negli occhi di Tabitha.

"Sei venuta," disse piano. Per qualche motivo, Alex pensava che avrebbe cambiato idea e che sarebbe rimasta a casa. Non voleva pensare ai sentimenti che provava ad averla proprio lì. I sentimenti che la volevano al proprio fianco. Che la volevano *con* lui.

Si fermò per schiarirsi la gola prima di andarle incontro. I lividi che aveva sul viso erano un segno netto, in contrasto col pallore candido della sua pelle. Alex serrò i pugni lungo i fianchi, ma si costrinse subito ad allentare la presa mentre studiava la faccia di Tabitha.

Non si era preoccupata di coprire i segni col trucco, almeno non quella sera, non glieli aveva tenuti nascosti. Alex non capiva perché quel fatto lo compiacesse tanto e non poteva permettersi di indugiare su quei pensieri, in quel momento. Tabitha aveva i capelli raccolti nella tanto adorata coda di cavallo, la stessa che Alex aveva immaginato di avvolgersi intorno al polso, e aveva il viso scoperto. In quel modo i lividi bluastri e scuri lasciati dalla mano di quel bastardo non facevano altro che risaltare.

Indossava una felpa pesante sopra i vestiti per allenarsi e aveva in spalla un piccolo borsone. Se non fosse stato per la paura impressa nello sguardo e la tensione nelle spalle, Alex avrebbe potuto immaginare che fosse pronta per partire. Sembravano entrambi un po' spaesati e Alex doveva capire come comportarsi.

"Eccomi qua," disse lei finalmente. Studiò il posto con una rapida occhiata poi inarcò un sopracciglio. "Mi avevi parlato di una palestra, ma non immaginavo qualcosa del genere."

Alex si accigliò. "La gente viene qui ad allenarsi. È una palestra." Non era la classica sala con le pareti ricoperte di specchi, musica vivace e patiti del fitness in tute di spandex, ma era una palestra. La sua palestra.

Tabitha indicò uno dei ring al centro della sala. "Non vi allenate solamente, ma visto che è proprio il motivo per cui sono qui, non posso certo lamentarmi. E non avevo comunque intenzione di farlo."

Rimase in silenzio, spostando il peso da un piede all'altro.

Alex le si avvicinò, consapevole che Harper e Brody erano dietro di lui e che non avevano detto niente. Sicuramente stavano ascoltando tutto e avevano gli occhi fissi su loro due, ma per il momento decise di ignorarli. Era tutto concentrato su Tabitha.

Alex poi fece una cosa di cui probabilmente si sarebbe pentito, ma la fece lo stesso.

Le accarezzò una guancia facendo attenzione ai lividi sbiaditi ancora visibili. Ne aveva altri anche sull'altro lato del viso, voleva farli sparire a forza di baci.

Ma non lo fece.

"Che succede?" le chiese a bassa voce.

Lei spalancò gli occhi per quel contatto, le labbra schiuse mentre si lasciava sfuggire un sospiro affannoso, il petto che si sollevava e abbassava con un ritmo nuovo.

"Grazie."

Alex si accigliò. "Per cosa?"

Tabitha strinse gli occhi e lui fu entusiasta come non mai di vederle nello sguardo una scintilla di collera. Significava che non aveva perso il suo temperamento. Doveva solo fortificarlo.

"Per prima e per adesso. Non far finta di non capire."

Lei fece un passo indietro e il momento che si era creato tra di loro si interruppe. Alex non ne fu troppo dispiaciuto. Né troppo sollevato.

Diavolo, quella donna lo mandava in confusione e non era sicuro di poterselo permettere.

"Ciao, Harper," disse Tabitha spostandosi di

fianco ad Alex. "E tu sei Brody, giusto? Ti ho visto in negozio con Austin."

Tabitha aveva qualche tatuaggio nascosto? E perché lui stava indugiano così tanto su quel pensiero?

I ragazzi chiacchierarono un po' con lei mentre Alex faceva mente locale tra i propri pensieri. Doveva concentrarsi sull'allenamento, se voleva raggiungere gli obiettivi che si era prefissato e aiutare Tabitha a prendersi cura di se stessa.

"Sei pronta a iniziare?" le chiese. Lei si voltò verso di lui, i lineamenti contratti per il nervosismo, Alex si ripromise di fare tutto quello che era in suo potere per non vedere di nuovo quell'espressione sul viso di lei. "Possiamo andare in quella stanza là in fondo se vuoi un po' di privacy." Si fermò a riflettere sulle parole che aveva appena usato quando vide lo sguardo incuriosito di Tabitha. "A meno che tu abbia problemi a stare da sola con me." C'erano centinaia di motivi per cui sarebbe stato meglio evitare che fossero loro due da soli. Il fatto che non riuscisse a smettere di pensare a lei era solo uno.

Tabitha scrollò la testa. "Mi fido di te. Non sarei qui se non fosse così."

Alex deglutì a fatica, lo sguardo di lei pieno di sincerità.

Lei si fidava di lui.

Se solo anche lui fosse riuscito a fidarsi di se stesso.

"TIENI LE BRACCIA UN PO' più in alto."

Tabby si agitò di fronte ad Alex, fin troppo consapevole di quando fosse *grosso*. Fin troppo consapevole di... *tutto*. In generale, negli ultimi giorni aveva pensato molto a lui e non era più tanto sicura di riuscire a trattenersi come pensava. Appena aveva messo piede in palestra, si era resa conto che tutta quella situazione forse non era altro che un errore.

Quanto successo in ufficio l'aveva spaventata a morte e lei si era aggrappata alla prima cosa che aveva trovato. Anche stare lì per venti minuti mentre Alexander le parlava la faceva stare meglio. Più al sicuro.

Magari non sarebbe stata in grado di combattere come faceva lui, ma almeno sarebbe riuscita un po' di più a badare a se stessa.

"Va bene, non tenere il pollice così. Rischi di romperlo." Alexander appoggiò la mano grande sulla sua e lei cercò di non trattenere il fiato al contatto con la sua pelle. Ogni correzione, ogni minimo tocco non faceva altro che aumentare il desiderio che provava verso di lui.

Sì, era lì per un motivo, ma in quella stanza umida con loro due da soli, sudati, che si sfioravano, la sua immaginazione prendeva il sopravvento. Intravedeva il tatuaggio di Alexander dallo scollo della maglietta, ogni volta che lui si muoveva, ma voleva vederlo bene, assaggiarlo, leccarlo.

Dannazione, era stata *attaccata* la sera prima, eppure il suo cervello non riusciva a concentrarsi su altro che Alexander che si muoveva.

"Capito," disse e sollevò lo sguardo. Non si era resa conto che lui fosse così vicino. Le sarebbe bastato mettersi in punta dei piedi per potergli sfiorare le labbra con la bocca. Lo sguardo di Alexander scese sulla sua bocca e lei rimase a fissarlo mentre deglutiva a fatica. Lui si passò la lingua sul labbro inferiore e per tutta risposta Tabitha sentì i capezzoli diventare sempre più turgidi.

Alexander aveva il respiro affannato e Tabby provava quasi una sensazione di dolore.

Non poteva però avvicinarsi, non in quel momento. Forse mai. Lui non era pronto. *Lei* non era pronta.

Fecero entrambi un passo indietro, ma Tabby si rifiutò di prenderla sul personale. Dopotutto, aveva fatto anche lei lo stesso.

Alexander si schiarì la voce. "Penso che sia abbastanza per il momento. Hai bisogno di riposarti."

In altre circostanze, quell'ordine l'avrebbe irritata, ma era d'accordo con lui. Doveva riposare. "Grazie per questa lezione iniziale. Possiamo farlo ancora?" Si sarebbe presa a calci per averglielo chiesto. Avrebbe potuto prendere delle lezioni se avesse davvero voluto continuare e se da un lato voleva *davvero* imparare, dall'altro voleva che fosse *Alexander* a farle da insegnante.

Era una donna inarrestabile, eppure non riusciva a scostarsi da lui.

Lui la osservò per un istante prima di annuire. "Certo. Voglio solo che tu sia al sicuro."

Tabitha si sforzò di non vedere un significato troppo profondo in quelle parole, ma non riusciva a trattenersi. Quando si trattava di lui, non poteva proprio farci niente.

Gli rivolse un ultimo sguardo e lo salutò mentre sistemava le proprie cose, poi andò dritta verso la macchina, consapevole che le tremavano le ginocchia.

Sarebbe dovuta tornare a casa a fare una doccia, invece decise di andare nella sua libreria preferita. La proprietaria era una sua cara amica; visto che al momento lei non riusciva a far mente locale tra i propri pensieri, aveva bisogno che Everly la aiutasse.

Le altre amiche che aveva in città si erano sposate con dei Montgomery e non poteva parlare con loro di cosa stava provando.

Non appena parcheggiò, si maledisse. Non si era preoccupata di mettere il correttore prima di uscire, perché Alexander aveva già visto i segni. Con Everly però la situazione era diversa. In libreria non avrebbe sopportato gli sguardi pietosi della gente. Fortunatamente, era quasi orario di chiusura e Tabby sperava di passare inosservata tra i pochi clienti rimasti.

'Oltre la copertina' era una piccola libreria dal gusto indie con ogni genere di libro, ma con una predilezione per i romanzi. Era in assoluto il negozio preferito di Tabby; visto che era proprio nella zona centrale di Denver, aveva una clientela piuttosto variegata. Era anche molto vicino al bar della loro amica Hailey, dove tenevano quasi tutte le presentazioni dei nuovi libri. In un certo senso, erano riusciti a ricreare la sensazione di vivere in una piccola città nonostante fossero nel centro di una metropoli.

In quel modo Tabby riusciva a tollerare la lontananza da casa.

Everly era alla cassa e stava controllando un libro quando Tabby entrò nel negozio. L'amica spalancò gli occhi quando la vide e le andò subito incontro.

"Oh mio dio, Tabby. Il selfie che mi hai mandato non rende proprio l'idea. Vorrei proprio prendere a calci nel sedere quel tipo. Per fortuna ci ha pensato Alex al posto mio."

Gli occhi di Tabby si riempirono di lacrime, ma lei sbatté le palpebre per allontanarle. Fece del suo meglio per non piangere, aveva già pianto troppo. Voleva solo reagire e le lacrime non le sarebbero state d'aiuto.

"I lividi guariranno. *Io* guarirò."

"Lo so, tesoro. Dammi un minuto, chiudo il negozio e ci prendiamo una bella tazza di tè, prima che debba andare a prendere i bambini." Everly aveva due bambini che cresceva da sola: Tabby non riusciva a immaginare come l'amica riuscisse a farcela ogni giorno.

"Un tè sarebbe perfetto." Tabby si spostò di lato

mentre l'amica chiudeva la porta. "L'ho quasi baciato," disse tutto d'un fiato.

Everly si voltò di scatto, gli occhi spalancati per la sorpresa. L'amica sapeva della sua cotta, era l'unica a saperlo in realtà, ma quelle parole la colsero comunque alla sprovvista.

"Se non dovessi guidare, direi che ci servirebbe qualcosa di più forte del tè," disse piano Everly. "Cosa vuol dire 'quasi'?" le chiese con un sorriso.

Tabby rise e lasciò andare un po' di tensione. "Ci siamo andati molto vicini." Disse tutto d'un fiato. "Non so cosa fare, Ev."

"Beh, proveremo a capirlo."

Apparentemente la cosa era semplice, ma Tabby sapeva che non c'era mai niente di semplice quando si trattava dei Montgomery, e con Alexander ancora di più.

Capitolo Cinque

ALEX STAVA MANDANDO TUTTO ALL'ARIA. DI NUOVO. Non riusciva a credere alla propria stupidità, ma considerate le decisioni che aveva preso in passato, non poteva nemmeno incolpare se stesso.

Fu investito da una folata di vento che lo destò dai propri pensieri. L'aria gelida gli attraversò la pelle, ma Alex fece del suo meglio per non farci troppo caso. In quel momento non poteva muoversi per sistemare la sciarpa intorno al collo e ripararsi dal freddo pungente. Lasciò che il gelo gli penetrasse nelle ossa mentre si concentrava sul suo soggetto.

Mano all'obiettivo, regolava l'inquadratura al bisogno prima di scattare..

Clic.

Cambio angolazione.

Clic.

Stavolta più ravvicinato.

Clic.

Un cambio di posizione, di nuovo.

Clic.

Un sospiro.

Clic.

Alex abbassò la macchina fotografica e sbatté le palpebre per allontanare la sensazione di annebbiamento che provava ogni volta che scattava concentrato su un soggetto. Il suo cervello si concentrava non solo sull'uomo di fronte a lui, ma su centinaia di dettagli della location che lo circondavano in quell'area di Denver.

"Hai quello che ti serve?" borbottò l'uomo di fronte a lui. "Non capisco perché tu voglia delle foto di me seduto qui, ma se la cosa ti diverte, fai pure." Il senzatetto si diede una pacca sul giacchetto liso e rivolse ad Alex un sorriso ingiallito. "Io ho avuto il mio bel panino, non mi serve altro." Socchiuse gli occhi. "A meno che tu non abbia qualche dollaro da darmi."

Alex scrollò la testa. "Mi dispiace. Finiti. Ho del caffè se lo vuoi."

Il barbone sbuffò. A giudicare dall'aspetto, era

più vecchio di Alex, ma per quanto ne sapeva, poteva essere anche l'alcol ad aver invecchiato la figura di quell'uomo.

"No. Non la sopporto quella robaccia. Veleno per il mio stomaco." Alex gli fece un cenno di ringraziamento, ma aveva l'impressione che a quel tipo non importasse. Aveva anche la sensazione che non fosse il caffè la causa dei problemi di stomaco dell'uomo, ma il fatto che non fosse sbronzo. C'era un motivo per cui Alex non dava più dei soldi ai senzatetto. Lo aveva fatto qualche volta e aveva visto i risultati il giorno successivo. Non tutti spendevano i soldi in alcol, droga o sigarette, ma molti sì, così Alex aveva imparato la lezione.

Aveva anche capito che non tutti erano dei veri senzatetto. Era stato raggirato più di una volta da uomini, donne e perfino *ragazzini* che sembravano dei senzatetto, ma che a pochi isolati di distanza si erano allontanati su moto da migliaia di dollari o addirittura su delle Mercedes.

Lui aveva fatto del suo meglio per non giudicare, ma quel comportamento lo faceva incazzare più di ogni altra cosa. .

Invece di rimanere a guardare come certa gente spendeva i soldi, Alex aveva deciso di donare cibo, caffè e coperte. Lo faceva anche con chi non era disposto ad aiutarlo per il suo progetto, ma quelli che lo aiutavano ottenevano qualcosa in più. Sapeva che non era abbastanza, non si avvicinava neanche ad essere abbastanza, ma quel poco era tutto quello che poteva offrire, per il momento. Forse un giorno sarebbe stato in una posizione diversa per poter fare di più.

Alex aveva esplorato i vicoli bui del centro di Denver nel tentativo di catturare la situazione da più punti di vista. Scattava quando sentiva l'esigenza di catturare un particolare e ogni volta provava a raccontare una storia attraverso una singola immagine.

La città aveva un vero e proprio problema con i senzatetto, ma accadeva quasi in tutte le metropoli. Il problema di Denver era che, trovandosi sulla costa ovest, non c'erano molte grandi città in cui le persone potevano spostarsi. Le aree metropolitane sulla costa orientale invece erano molto vicine ed era più semplice per i senzatetto assecondare la propria natura di nomadi. Non che ci fosse niente di semplice, ma era comunque diverso rispetto a vivere lì, lontani da altre grandi città.

Durante il giorno, uomini in giacca e cravatta passavano per strada nelle loro auto lussuose per parcheggiare davanti ai grattacieli in cui vivevano.

Altri invece prendevano l'autobus o la metro e si spostavano in città dalle periferie. C'era anche una buona fetta di gioventù in città e la maggior parte voleva vivere proprio in quei palazzi di lusso fin troppo costosi per i gusti di Alex. In centro poi si trovava un'università piuttosto importante che condivideva un campus con un college più piccolo.

Ogni giorno per strada si incrociavano centinaia di persone di ogni età, etnia ed estrazione sociale. Ognuno di loro passava accanto a quella gente, uomini e donne, che giacevano agli angoli delle strade incoscienti per il poco cibo o per il troppo alcol.

La città era un grande calderone pieno di tutto e Alex voleva coglierne i dettagli.

Ecco perché il suo ultimo progetto si concentrava su come lui sarebbe potuto diventare se non avesse avuto la famiglia al proprio fianco. Aveva allontanato tutti, fin quasi al punto di perdersi per sempre, ma loro non lo avevano abbandonato. Erano rimasti anche quando lui aveva fatto di tutto per staccarsi da loro; alla fine, aveva avuto bisogno della loro presenza più di quanto avrebbe mai potuto immaginare. Senza di loro, si sarebbe perso. Senza di loro, avrebbe potuto diventare una di quelle persone che incrociava lungo la sedicesima strada, vicino al centro commerciale.

O forse avrebbe bevuto fino a morire.

Si lasciò andare a un lungo sospiro mentre una folata di vento lo colpiva dritto in faccia. Era troppo freddo per rimanere fuori come quella povera gente, ma i rifugi per i senzatetto avrebbero chiuso da lì a poco e non avevano abbastanza spazio per accogliere tutti. Alex aveva ancora una decina di minuti per provare a fare qualche scatto, prima di dover rientrare a casa. Non poteva rischiare di ammalarsi e rimanere indietro col lavoro. Quel progetto non aveva ancora un finanziatore e lui non era sicuro di come portarlo avanti, sapeva solo che *doveva* finirlo. I progetti per cui era assunto avevano ovviamente la priorità, erano quelli che gli permettevano di pagare le bollette e avere del cibo sulla tavola.

Col divorzio aveva perso la casa, ma non si era preoccupato troppo. Quando beveva poteva anche non dargli troppo peso, ma ora che la sua mente era lucida sapeva che non avrebbe mai potuto dormire di nuovo in quella casa. Al posto dell'edificio in stile ranch che aveva cercato di trasformare in un nido d'amore per sé e l'ex-moglie, aveva affittato un piccolo appartamento con due camere da letto in periferia. Aveva trasformato una delle stanze in una camera oscura, anche se ormai lavorava quasi solo col digitale. La sala da pranzo era diventata il suo ufficio e in qualche modo ogni cosa era andata al suo posto.

O almeno, era quello che sperava.

Affondò le mani nelle tasche del cappotto e svoltò in una delle stradine vicino al centro commerciale. Si guardò intorno, aveva percorso quelle strade centinaia di volte e conosceva benissimo la zona. Tutto ciò che aveva intorno era opera della sua famiglia, era il mondo che avevano creato da zero. Il negozio di tatuaggi, la Montgomery Ink, si trovava su un lato della strada. Di fronte si trovava l'Eden, il locale della cognata, illuminato e pronto ad accogliere i clienti, anche se mancava poco all'orario di chiusura. Accanto al negozio di tatuaggi c'era il Taboo, il bar di Hailey. Hailey era un'amica di famiglia e probabilmente Alex, tra tutti i Montgomery, era quello che lei conosceva di meno.

Colpa di Alex, senza dubbio.

Accanto al bar c'era una libreria in cui non aveva mai messo piede, ma che era frequentata dai suoi familiari; pensò quasi di fermarsi per vedere se suo fratello Griffin aveva qualche libro da ritirare.

Ad Alex piaceva prendere sempre nuovi libri, anche se aveva la casa piena. Però ne lasciava anche sempre qualcuno per chi volesse leggere gli stessi libri di cui lo stesso Alex andava pazzo.

Ognuno dei fratelli aveva un talento innato.

Alex sperava solo di riuscire a trovare il proprio, una volta rimessi insieme i pezzi.

Mentre raggiungeva la macchina parcheggiata dietro il negozio di tatuaggi, il telefono prese a vibrare in tasca e dovette sfilarsi i guanti per prenderlo. Imprecò per il freddo e si ripromise di comprare un paio di quei guanti high-tech in grado di rispondere al calore, così da non doverli togliere per utilizzare lo smartphone.

"Ciao, Storm, che si dice?" rispose Alex raggomitolandosi nel cappotto. Stava diventando sempre più freddo e non vedeva l'ora di salire in macchina. Non aveva intenzione di rimanere fuori tutto quel tempo, ma aveva incontrato quattro persone che volevano raccontargli la propria storia. Aveva preso appunti, fatto qualche scatto e aveva promesso che avrebbe dato un senso a quel progetto. Il significato che tutto ciò avrebbe avuto ancora non gli era chiaro, ma pian piano lo avrebbe capito.

"Perché sembra che ti manchi il fiato?" gli chiese Storm.

"Perché c'è più freddo delle palle del pupazzo di neve."

Storm ridacchiò. "Non sapevo che i pupazzi di neve avessero le palle. E tu come diavolo fai a sapere quanto sono fredde?"

"Non puoi vedermi, ma ti sto mandando a quel paese." Non era vero: c'era ancora un po' di gente in giro e non voleva passare per *quel* tipo di persona, ma il fratello non poteva saperlo.

"Vacci tu," ribatté Storm. "Che ci fai fuori, se c'è così tanto freddo?"

Ancora Alex non aveva parlato a nessuno del progetto: gli mancava un nome e, in tutta sincerità, era diventato più intimo di quanto pensasse. "Sto andando verso la macchina. Cosa volevi?"

"Beh, avevo intenzione di invitarti a cena stasera, ma se vuoi fare lo stronzo, ritiro la proposta."

Alex sentì lo stomaco annodarsi e scrollò il capo. Poi si ricordò che il fratello non poteva vederlo. Dannazione, a quanto pareva il freddo gli aveva rallentato i neuroni. "Possiamo fare domani?" Non aveva niente in programma per cena, ma voleva sistemare gli appunti che aveva preso per non dimenticare niente.

"Non c'è problema." Storm indugiò un istante. "Sono contento che tu voglia venire."

Alex provò una fitta di dolore, proprio come si aspettava. Aveva detto "no" a troppe cene di famiglia in passato e non aveva intenzione di riprendere quella cattiva abitudine.

Un lampo rosso catturò la sua attenzione e Alex si bloccò.

Quei capelli rosso ramato che sognava sempre.

"Ma che diavolo?"

"Cosa? Che succede?" chiese Storm, la preoccupazione che trapelava dal tono di voce.

"Mi è sembrato di vedere… lascia perdere." Alex scrollò la testa. "Devo andare. Ci vediamo domani per cena."

"Che cazzo succede, Alex?"

Alex chiuse la chiamata senza rispondere alla domanda del fratello, consapevole che avrebbe subito il terzo grado appena lo avrebbe visto. Alex doveva seguire quel guizzo rosso. Aumentò il passo, quasi correndo, per girare in un vicolo buio, i sensi tutti in allerta.

Eccola lì, col cappotto elegante, una sciarpa a ripararla dal freddo e l'espressione preoccupata. Avrebbe pensato che era dannatamente bella anche col naso e le guance rosse, ma i suoi pensieri non erano lucidi in quel momento, travolti da un'ondata di rabbia.

"Che diavolo ci fai qui fuori al buio?" gridò tutto d'un fiato.

Tabitha spalancò gli occhi non appena incrociò il suo sguardo. "Alexander."

Andò dritto da lei, consapevole che in quel momento doveva avere l'aria di un pazzo, ma non gli importava. "Cosa. Diavolo. Ci fai."

***

MERDA. Che ci faceva lì Alexander? Tra tutti i Montgomery che avrebbe potuto incontrare nella zona del centro commerciale, Alexander era l'ultimo della lista. Dannazione. Non voleva che la vedesse in quel modo. Aveva visto troppo, fatto troppe domande. Non era pronta a condividere quello che stava facendo o il *perché* lo stesse facendo.

Per qualche ragione però, sapeva che non sarebbe riuscita a nascondersi dall'uomo che stava ringhiando proprio di fronte a lei.

"Cosa. Diavolo. Ci fai."

"Qual è il problema?" ribatté alla fine con la gola secca. "Sto solo camminando."

Alexander la guardò come se avesse le rotelle

fuori posto e forse era così, non che quella fosse la prima volta che lo faceva. E non sarebbe stata l'ultima.

"Stai camminando. In un vicolo buio. Da sola. Di notte. Con un cappotto bianco che sembra quasi un invito a essere aggredita. Ma che diavolo fai, Tabitha?!"

Lei assottigliò lo sguardo. "Vuoi smetterla di ripeterlo?"

"No. Non ho nessuna intenzione di smettere di chiederti che diavolo stai combinando fino a quando non mi avrai dato una risposta."

"Non sono affari tuoi." Ed era vero. "Ho con me lo spray al peperoncino e un fischietto."

Alexander alzò gli occhi al cielo. "Buon per te. E visto che ti ho dato addirittura *una* lezione di autodifesa, sicuramente saprai cavartela benissimo da sola in un vicolo buio." Allungò una mano per accarezzare i lividi sbiaditi che aveva ancora sul volto, ma poi ci ripensò e gliela appoggiò sul gomito. La sensazione della propria mano su di lei, nonostante la stoffa pesante del cappotto, gli tolse il respiro.

Tabitha si lasciò sfuggire un sospiro tremulo. "Smettila di trattarmi come una stupida."

"Allora smettila di comportarti come una stupida," ribatté secco.

Lei ignorò quelle parole pungenti e provò a superarlo lungo la strada. *Loro* comunque non erano lì. Era stato un altro viaggio a vuoto. A quel punto avrebbe dovuto esserci abituata.

Alexander le strinse il gomito con più forza e lei si pietrificò. "Cosa ci fai qui?" Aveva abbassato la voce fino a raggiungere una tonalità che le scivolava addosso come velluto. Dannazione.

"Non sono affari tuoi. *Tu* piuttosto cosa ci fai qui?"

Lui si acciglió e sollevo la macchina fotografica. "Sto lavorando."

Sorpresa dalla risposta, Tabitha sbatté le palpebre. "Oh."

"Sì. Oh. Andiamo, ti accompagno alla macchina."

Lei scrollò la testa. "Ho preso la metro." La prendeva sempre, nel caso li vedesse.

Alexander si strinse la punta del naso. "Di notte. Da sola. Dannazione, Tabitha. Dai vieni, ti porto a casa. Ho parcheggiato dietro al negozio."

Tabitha puntò i piedi per terra e non si mosse. "Non puoi trascinarmi via come un uomo delle caverne. Ho dei diritti."

Lui imprecò tra sé. "Sì, ce li hai. E in questo momento stai usando quei *diritti* per comportati da idiota. Giuro che ti carico in spalla e ti porto via, se necessario."

Tabby voleva battere i piedi come una bambina di due anni, ma si rese conto che non sarebbe servito a niente. "Smettila di chiamarmi stupida e idiota. Non sono così. Sono venuta preparata."

Come eri preparata quella sera in ufficio?

Lui non lo disse, ma lei sapeva bene che lo stava pensando.

"Lascia che ti accompagni a casa." Si fermò. "Per favore."

Fu quel 'per favore' che la convinse, ed era sicura che lui lo avesse detto apposta. Si lasciò accompagnare fuori dal vicolo, fino alla macchina. Lui le teneva una mano sotto al gomito, ma lei non si sarebbe allontanata comunque. Non era stata una scelta molto saggia uscire con quel clima, ma era rimasta a casa fin troppi giorni dopo l'aggressione e aveva paura di perderli. Al contrario di quello che pensava Alexander, lei non era un'idiota. Portava sempre con sé lo spray al peperoncino e di solito non si addentrava nei vicoli bui.

Di solito.

Quando raggiunsero la macchina, lui le aprì la

portiera e non appena fu salita la sbatté per chiuderla. Evidentemente non si era calmato per niente.

"Devi salutare i parenti?" gli chiese quando lui si sistemò alla guida.

Alex le rivolse un'occhiata prima di avviare il motore. "Qual è il tuo indirizzo?"

Tabby sbatté le palpebre e glielo dettò mentre lui lo inseriva nel navigatore. Avrebbe potuto fornirgli lei le indicazioni, ma non era sicura che Alexander fosse dell'umore per conversare. Tabby si rese conto solo in quel momento che lui non era mai stato a casa sua. Wes e Storm ci erano andati spesso per lasciare documenti o anche per prendere delle pratiche, ma Alexander non aveva mai avuto un motivo per passare da lei.

Non fino ad allora.

Fu assalita dai dubbi su come aveva lasciato la casa, se aveva spostato il cesto della biancheria in soggiorno o se aveva lavato i piatti. Poteva anche essere un'amante dell'organizzazione, ma le pulizie di casa non la entusiasmavano.

Perché le importava così tanto?

Probabilmente Alexander l'avrebbe lasciata davanti al portone e sarebbe andato via, seccato dalla deviazione che lo aveva costretto a interrompere i propri programmi solo per salvare una povera damigella in pericolo.

Lei non era una dannata damigella.

"Ti romperai un molare se continui a digrignare così tanto i denti," disse Alex mentre guidava.

Lei gli rivolse un'occhiata. "Senti chi parla."

Alex accennò un sorriso, ma tornò subito ad accigliarsi. Le piaceva vederlo sorridere e avrebbe voluto vederlo sorridere più spesso. Per il modo in cui lui si stava comportando, però, lei non voleva avere nulla a che fare con lui. Forse le azioni di Alex le avrebbero fatto passare quella cotta una volta per tutte.

Aveva però la sensazione che sarebbe solo peggiorata. Dopo quel brevissimo scambio, non parlarono più, ma la tensione nell'abitacolo aumentava chilometro dopo chilometro. Non sapeva se lui provasse rabbia o qualcosa del genere, ma *lei* aveva un mix di mille sensazioni. In quel momento Alexander non le piaceva troppo, ma dannazione, lo voleva disperatamente. Si leccò le labbra, il respiro si fece più affannoso mentre faceva del suo meglio per ignorare il profilo meraviglioso dell'uomo seduto accanto a lei.

Lui le lanciò un'occhiata sfuggente, con gli occhi che sfavillavano sotto i lampioni, poi tornò bruscamente a guardare la strada stringendo le mani sul volante; lei si chiese cosa diamine gli passasse per la testa in quel momento.

Quando Alex accostò nel vialetto di casa di Tabitha, lei si aspettava che lui la facesse uscire per poi andarsene via. Invece Alex scese dalla macchina e la accompagnò fino all'ingresso. Lei non disse una parola mentre apriva la porta ed entrava in casa. Si voltò per salutarlo e ringraziarlo di averla accompagnata fin lì, ma lui la superò e si sbatté la porta alle spalle.

"Prego," disse seccamente. "*Non* ti ho invitato in casa mia. Se vuoi fare lo stronzo e giudicare tutte le mie azioni, puoi andartene subito. Evito volentieri."

"Mi piace quella scintilla che hai negli occhi, piccola. Vuol dire che non sei una stupida. Ma cazzo, Tabitha, ancora non mi hai detto perché eri là fuori."

"Non c'è bisogno che tu lo sappia." Nessuno doveva saperlo. "E non chiamarmi 'piccola'."

Lo sguardo di Alex assunse una sfumatura ancora più intensa mentre le si avvicinava. Lei indietreggiò e finì contro la porta, il petto che si sollevava mentre cercava di riprendere fiato. Lui si protese e le accarezzò la guancia con un dito, lo sguardo fisso nel suo.

"Cosa devo fare con te, Tabitha?"

Lei deglutì, incerta su cosa dire. Fu proprio quell'incertezza a spingerla a dire quello che disse subito dopo. "Cosa vuoi fare con me?"

Le pupille di Alex si dilatarono in modo impercettibile, come se le parole di lei lo avessero colto alla sprovvista. "Sei sicura di volerlo sapere?" Lui abbassò la testa e lei sollevò leggermente il mento.

"Dimmelo."

Invece di rispondere, Alexander appoggiò la fronte sulla sua. "Mi hai fatto morire di paura. Non farlo mai più."

Lei chiuse gli occhi. "Questo non posso promettertelo."

Lui imprecò sottovoce. "Allora la prossima volta fammi venire con te. Non andare da sola." Si fermò. "Ti prego."

Di nuovo, era stato quel "ti prego" a farla cedere. "Alexander..."

Non ebbe il tempo di finire la frase, non che sapesse bene cosa stava per dire. Alexander premette la bocca sulla sua afferrandole il mento e costringendola a mettersi in punta dei piedi. Lei rimase pietrificata per un istante mentre si chiedeva come fossero arrivati a quel punto. Poi, lui le prese il seno e Tabby allontanò dalla mente i pensieri per godersi soltanto le labbra e le mani di Alex.

Lei gemette contro di lui, oscillando col corpo e spingendosi forte contro di lui, che le palpava i seni con le mani. Mentre lui la toccava, lei lo abbracciò e gli affondò le dita nella schiena, poi nel sedere. Spostò le mani ovunque potesse aggrapparsi.

Quell'uomo era un fascio di muscoli e c'erano diversi punti su cui fare presa.

Le baciò il collo e le tirò il colletto del giaccone. Lei lo aiutò togliendolo al volo e lasciandolo cadere sul pavimento. Il tessuto che aveva intorno ai piedi la eccitava ancora di più. Anche Alex si tolse il cappotto in fretta e tornarono subito l'uno nelle braccia dell'altra, con le mani che si toccavano, le labbra che si conquistavano, mentre la passione li lasciava senza fiato.

Alex gemette prima di scendere a baciarle il seno e le succhiò un capezzolo attraverso la stoffa del maglione e del reggiseno. Lei inclinò la testa all'indietro fino a sfiorare il portone mentre si teneva stretta a lui, perché era sicura che le ginocchia stessero per cederle.

"Cosa stiamo facendo?" ansimò, maledicendosi immediatamente per la domanda che aveva fatto.

Lo sguardo di Alex si fissò nel suo mentre lentamente si insinuava sotto i leggings. Le appoggiò una mano sugli slip e Tabby rimase senza fiato.

"Tu cosa vuoi fare?"

"*Tutto*," gli rispose con un gemito.

"Bene." Alex allontanò di colpo la mano e le abbassò i leggings. Prima che lei se ne rendesse conto, si ritrovò la mano di lui dentro le mutandine e le dita che scivolavano tra le sue pieghe bagnate quasi all'inverosimile.

Tabitha chiuse gli occhi e si abbandonò a tutte quelle sensazioni.

"Gli occhi, piccola. Fammi vedere i tuoi occhi."

Lei spalancò le palpebre e rimase a bocca aperta. Quando lui la penetrò con un dito, lei gemette e inclinò la testa all'indietro, ma tenne gli occhi fissi in quelli di lui.

"Sei così bagnata per me, Tabitha. Così. Fottutamente. Bagnata. Potrei venire subito solo con una mano sulla tua passera. Ti rendi conto di quanto riesci a farmi eccitare?"

Per tutta risposta lei roteò i fianchi sulla sua mano, come a cavalcarla, ed entrambi gemettero.

"Così, piccola. Cavalcami. Fammi vedere quanto lo vuoi."

Tabitha aveva mai provato a parlare volgare con gli altri, lo aveva sempre considerato qualcosa di sciocco, ma Alexander ribaltava ogni sua convinzione. Le accarezzò il clitoride con il pollice e lei venne, le pareti interne che si stringevano intorno a quel dito mentre il corpo si perdeva tra le braccia di lui.

Quando lei si riprese dall'orgasmo, Alex posò la testa sulla sua, la mano ancora dentro alle mutandine. "Non ho un preservativo. Cazzo. È passato…" non finì la frase.

Era passato del tempo. Tabby lo sapeva. Negli ultimi anni lui si era concentrato soltanto sulla propria guarigione. Ecco perché non portava un preservativo con sé.

"Nella mia borsa," gli disse sottovoce. "Ne ho sempre."

Arrossì mentre lui sorrideva malizioso. "Che c'è? Mi piace essere preparata e non dover far affidamento su un ragazzo per sentirmi protetta. C'è qualche problema?"

Alex fece scivolare via la mano dalle sue mutandine e si leccò le dita. "Nessun problema."

Per poco lei non venne di nuovo.

Poi Tabitha si chinò per recuperare la borsa che era caduta a terra e tirò fuori il preservativo che teneva nella tasca laterale. Di solito lo sostituiva dopo un paio di mesi visto che era passato *tanto* tempo dall'ultima volta che era stata con un uomo, ma non voleva arrivare impreparata.

Certo, niente avrebbe mai potuto prepararla per Alexander.

Lui si slacciò i pantaloni e tirò fuori l'uccello. Tabby colse solo una rapida occhiata mentre Alex srotolava il preservativo sull'asta, ma ciò che vide le piacque. Prima che si fosse ripresa completamente dall'orgasmo precedente, lui le abbassò del tutto i leggings. In qualche modo si ritrovarono avvinghiati, ciascuno appoggiato con un piede a terra, l'altro libero. Lui le spostò gli slip di lato e la guardò negli occhi prima di scivolare dentro di lei con un unico movimento deciso.

Lei gemette, il corpo che si distendeva per accoglierlo tutto mentre lui si bloccava, il sudore che gli imperlava la fronte. Avevano ancora indosso la maggior parte dei vestiti e lei non aveva visto come fosse Alex completamente nudo, né lui aveva visto lei, eppure aveva la certezza che quello fosse il momento più erotico della sua vita.

Tabby gli appoggiò le mani sulle spalle e si ancorò a lui. "Alexander..." sospirò.

Lui le baciò le labbra delicatamente, nessuno dei due chiuse gli occhi. Il cuore di Tabitha si fermò per un istante e in quel frangente si innamorò di nuovo di quell'uomo che credeva di conoscere, ma che solo in quel frangente stava scoprendo nel profondo.

Poi lui prese a muoversi.

Lei assecondava ogni suo movimento, mentre facevano l'amore, rapido e passionale, contro la porta. A ogni affondo sbattevano sulla porta di legno e i cardini cigolavano, chiunque là fuori doveva aver capito cosa stava accadendo, ma a Tabitha non importava.

Non voleva altro che venire sull'uccello di Alexander, voleva che lui la riempisse.

Voleva *sentire*.

Voleva *essere*.

Voleva *Alexander*.

Quando venne di nuovo, lui la sollevò così che lei potesse cingergli la vita con le gambe, poi la baciò.

"Sei dannatamente bella quando vieni," ansimò mentre continuava ad affondare in lei. "Ora voglio vederti *tutta*."

Alexander scivolò via da lei e Tabitha ne sentì subito la mancanza. Prima però che quella sensazione diventasse troppo forte, si ritrovarono entrambi nudi, le mani che correvano a esplorarsi. Quelle di lui giocavano sui seni di Tabitha, sul clitoride, per poi afferrarle il fondoschiena. Quelle di lei sempre sul fondoschiena di lui, sul suo petto, per poi afferrargli la base dell'uccello circondata da una peluria scura.

Lo strizzò e Alex imprecò.

"Non finché non sono dentro di te," gemette e la fece voltare con il viso rivolto verso lo schienale del divano. Tabitha si aggrappò al tessuto mentre lui affondava in lei da dietro. Le teneva una mano sui fianchi per tenerla ferma, mentre con l'altra le pizzicava i capezzoli per poi scendere più in basso.

"Prendimi tutto, Tabitha. Non ho mai provato niente di simile alla sensazione della tua passera che si contrae su di me mentre vieni. Riesci a sentirmi dentro di te? Senti quanto mi hai fatto eccitare?"

Lei gettò la testa all'indietro. "Scopami."

Lui rise; non era una risata ironica, ma piena di desiderio. "Lo sto facendo, piccola. Lo sto facendo."

Quando lui le accarezzò il culo con le dita, Tabby perse il ritmo. Alex però non si fermò; anzi, continuò ad accarezzarla, mentre delicatamente esplorava il bordo di quell'orifizio senza mai penetrarla fino a quando lei venne.

Era già venuta tre volte quella sera. Non era sicura di riuscire a finire di nuovo e lui non aveva ancora raggiunto l'orgasmo. Quando lui si staccò, Tabby provò a toccarlo.

"No, se mi tocchi, vengo subito." Le afferrò un polso e le tenne il braccio fermo dietro la schiena. Poi le passò un braccio sotto il fondoschiena e la sollevò fino a farla sedere sullo schienale del divano.

"L'idea era quella," lo stuzzicò mentre allargava le gambe per lui.

Alex si leccò le labbra e deglutì. "Sei molto bagnata, piccola. Per quanto non veda l'ora di venire, voglio farlo *dentro* di te. Niente bocca e niente mani sul mio uccello, stasera. Sì, anche io voglio divorarti, ma non adesso. Più tardi."

Ci sarebbe stato un più tardi?

Prima di poter fare quella domanda o di dire qualcosa di altrettanto stupido, Alex strusciò la punta dell'uccello tra le sue pieghe gonfie, sempre con gli occhi fissi in quelli di lei, mentre scivolava lentamente, molto lentamente, in profondità. Tabitha interruppe il contatto visivo per guardare in basso, dove i loro corpi si univano, una visione così erotica che sarebbe bastata per farle raggiungere di nuovo l'apice del piacere.

"Occhi. A me gli occhi, Tabitha."

E lei obbedì.

Quando vennero insieme, i loro sguardi erano

persi l'uno nell'altra. Tabitha sapeva che stava rischiando tutto, si erano esposti troppo. Eppure, in quel preciso istante, scorse negli occhi di Alex qualcosa che non riusciva a decifrare.

Cosa voleva dire?

Cosa voleva lui?

E soprattutto, cosa *diavolo* avevano fatto?

Capitolo Sei

Cosa diavolo aveva fatto?

Alex aveva l'uccello tra le gambe dell'unica donna che non avrebbe dovuto avere e aveva la sensazione di aver messo a nudo ben più del proprio corpo. Aveva messo a nudo qualcosa di peggio.

Se stesso.

Era un azzardo che non poteva correre. Non poteva mettere a rischio Tabitha esponendola a quello che lui nascondeva sotto la propria pelle.

Scivolò fuori da lei con tutta la delicatezza che poteva, l'asta già turgida per la vista che aveva davanti agli occhi. Lei era accaldata per gli orgasmi, i capezzoli scuri, proprio come aveva immaginato. Erano anche meglio nella realtà e non aveva ancora avuto l'opportunità di gustarseli. Non aveva avuto neanche l'opportunità di assaporare quella fantastica passera bagnata che aveva di fronte perché era stato troppo preso dalla foga di possederla.

Aveva mandato tutto all'aria e non aveva la minima idea di come poter rimediare.

"Alexander?"

La voce di Tabitha era esitante, quasi come se avesse paura che un rumore troppo forte potesse spaventarlo e indurlo a scappare via.

Beh, probabilmente aveva ragione ad avere quei timori.

"Devo occuparmi del preservativo."

Lei sbatté le palpebre. "Il bagno è in fondo al corridoio."

Alex annuì prima e le diede una pacca sui fianchi con fare goffo. Fece una smorfia di fronte allo sguardo confuso di lei, poi raccolse alla svelta i vestiti e andò dritto verso il bagno. Gettò via il preservativo e si spruzzò dell'acqua fresca sul viso, poi si rivestì.

Non aveva intenzione di fare l'amore con lei.

Maledizione, non aveva intenzione neppure di baciarla.

Però si erano baciati ed erano andati molto

oltre, ora dovevano fare i conti con quello che era accaduto.

Gli tremavano le mani mentre la sua dipendenza, come una tentatrice seducente, ricompariva a lusingarlo.

Aveva bisogno di un drink.

Invece mandò un messaggio al proprio sponsor e si lasciò andare a un lungo sospiro.

Lui non era abbastanza per Tabitha e lo sapevano bene entrambi. Quello che avevano fatto era un errore. Non poteva essere diversamente.

Tornò in soggiorno dove Tabitha si era avvolta nella coperta che poco prima era appoggiata sullo schienale del divano.

"Devo andare."

Lo sguardo ferito che lesse sul viso di lei fu come un calcio in pieno stomaco, ma Alex si costrinse ad ignorarlo. *Doveva.* Non era sicuro di essere abbastanza forte per poter rimanere.

Tabitha cercò di calmarsi prima di annuire. "Va bene."

Era uno stronzo. Il peggior tipo d'uomo. "Ci vediamo presto," le disse piano. Dovevano lavorare e anche allenarsi insieme, sempre che lei volesse continuare.

"Certo."

Il tono della sua voce non lasciava trasparire niente e Alex capì di averla ferita più di quanto potesse immaginare. Eppure… doveva andare via.

Fece un passo in avanti come per darle un bacio di saluto, ma si fermò. Lei lo guardò dritto negli occhi e annuì, forse lo capiva anche, ma ciò non rendeva il comportamento di Alex più corretto. Lui si voltò e uscì dalla porta principale per poi richiudersela piano alle spalle.

Quando salì in macchina, afferrò stretto il volante, fece un respiro profondo e cercò di ritrovare il suo centro per quanto possibile. Il sudore gli rigava la schiena, ma si costrinse ad avviare il motore. Uscì dal vialetto di Tabitha, consapevole che lei poteva essere alla finestra a guardarlo. Non poteva biasimarla se si fosse pentita appena se ne era andato. Se lo meritava. Non voleva ripensare allo sguardo che le aveva visto negli occhi, ma sapeva che avrebbe dovuto.

Lei si meritava molto più di quello.

Lei si meritava molto più di uno come lui.

Il telefono, collegato al Bluetooth dell'auto, prese a squillare. Appena vide il nome sullo schermo, Alex si lasciò andare a un sospiro di sollievo. Rispose, le mani ancora tremanti.

"Steve." Era il suo sponsor.

"Alex. Dimmi a cosa stai pensando." Alex gli aveva mandato un breve messaggio, il loro codice per quando avevano bisogno di aiuto, ma non erano ancora sull'orlo del baratro. Avevano alcune parole in chiave, dei codici.

"Io non ho intenzione di bere," disse allo sponsor. "Non stasera. Non domani."

Steve non fece un sospiro di sollievo né gli disse che era stato bravo. Fece l'unica cosa di cui Alex aveva bisogno in quel momento.

"Vuoi che ci vediamo?"

Alex scrollò il capo, anche se Steve non poteva vederlo. "No." Fece un respiro profondo. "No," ripeté, stavolta più convinto. "Mi serviva soltanto un promemoria."

"Quando hai bisogno, io sono qui." Silenzio. "Vuoi raccontarmi cosa è successo?"

Non c'erano segreti tra lui e Steve, almeno non da parte di Alex. Era l'unico modo per poter rimanere in riga.

"Sono andato a letto con Tabitha."

Steve si lasciò sfuggire un lungo sospiro e Alex non poté far altro che immaginare l'espressione sul volto dell'uomo all'altro capo del telefono. "Sapevo che ci avevi pensato, ma non mi ero reso conto che le cose fossero andate tanto oltre."

Alex non riusciva a tenere le mani ferme sul volante. "È stato… inaspettato." Era un eufemismo. Alex era così preoccupato per lei, così arrabbiato che potesse trovarsi di nuovo in pericolo, da non riuscire più a controllare i propri impulsi quando si erano ritrovati da soli uno di fronte all'altra. Era proprio quello che lo spaventava. Negli ultimi anni era stato in grado di tenere sotto controllo quello che provava per lei, di nascondere il fatto che la desiderava, anche se aveva imparato a conoscerla meglio solo di recente. Aveva perso il controllo e si era mosso troppo in fretta.

O forse non abbastanza velocemente.

Non riusciva a pensare a mente lucida, per quello doveva parlare con Steve.

Poi… poi avrebbe parlato con Tabitha.

"Va bene. Non ti dirò cosa fare, solo che devi respirare. Abbiamo già parlato del fatto che, visto che sei sobrio da più di un anno, potresti essere pronto a uscire con qualcuno. Se non ti senti ancora pronto però possiamo riparlarne e capire insieme cosa sta succedendo."

Alex si fermò in un parcheggio semideserto per poter pensare con un po' di calma. "Allora parliamone," disse piano.

"Parliamone."

. . .

A CASA, Alex provò a mettere in pratica la sua consueta routine, ma non riusciva a concentrarsi. La routine di solito lo aiutava a superare le peggiori tentazioni. In quel preciso istante quello che più desiderava non era un drink, ma la donna che aveva lasciato da sola a casa, nuda e vulnerabile.

Era davvero il peggiore degli stronzi.

Aveva bisogno di una doccia e di una bella dormita per poter affrontare il mattino successivo. Non aveva idea di cosa sarebbe successo o di come avrebbe superato quella situazione, sapeva solo che ce l'avrebbe fatta. Non avrebbe fallito, non di nuovo. Si rifiutava di farlo.

Si fece una doccia al volo, il corpo ancora fremente per il tocco di Tabitha, anche se si era già saziato. O così pensava. Riusciva a sentire il suo odore sulla pelle, dentro i pori. Eppure, nonostante sapesse di doverci provare con tutta la forza, non lo lavò via tutto. Non continuò a insaponarsi fino a eliminare ogni traccia di lei, perché da quel momento in poi avrebbe *sempre* conosciuto il suo odore. Avrebbe sempre conosciuto il suo sapore, la sensazione di lei intorno al proprio uccello, la sua espressione mentre veniva e come i capezzoli le si imbrunivano mentre lui li guardava.

Gemette e si afferrò la base dell'uccello, seccato di essere di nuovo così eccitato.

Non se la meritava.

Alex passò all'acqua fredda per farsi passare i bollori, sperando che il freddo lo calmasse. Funzionò solo in parte, ma anche quel poco contava qualcosa.

Una volta a letto, affondò nel materasso, consapevole che avrebbe dormito da solo anche quella notte. Ormai avrebbe dovuto esserci abituato.

Era stato da solo per molto più tempo di quanto la gente immaginasse.

QUEL GIORNO non andò in ufficio, anche se avrebbe fatto meglio ad andare. Aveva chiamato Wes per dirgli che voleva provare a fare il punto col materiale che aveva tra le mani. Il fratello non aveva sospettato niente, ma Alex sapeva che si stava comportando da codardo. Aveva bisogno di un giorno o due per capire cosa stesse succedendo, prima di rivederla. Con Tabitha nelle vicinanze, gli si offuscava il cervello e non riusciva mai a dire la cosa giusta o a fare quello che doveva.

Si preparò del caffè, tirò fuori la macchina fotografica e iniziò a lavorare. Non aveva mentito a Wes dicendogli che aveva già diverso materiale da valutare. Certo, avrebbe sempre potuto fare qualche scatto in più, visto che ancora non era sicuro della direzione da dare al progetto di famiglia, ma intanto poteva iniziare a lavorarci.

Mise da parte il lavoro della sera precedente e lo salvò su una cartella sull'hard disk e sul cloud. Non era ancora pronto a ripercorrere gli scatti dei senzatetto, perché a quel punto la sua mente andava dritta a Tabitha e a quello che era accaduto dopo.

La prima foto che aprì del progetto sulla Montgomery Inc. ritraeva Tabitha che guardava in basso, il viso leggermente distolto dalla fotocamera, le dita che accarezzavano un orecchio mentre arrossiva.

Deglutì.

Dannazione.

Aveva commesso un errore. Non avrebbe dovuto andarci a letto. Non si meritava minimamente una come lei che, invece, aveva bisogno di molto di più di un alcolista che ogni giorno lottava per rimanere sobrio.

Fece un respiro profondo e si rimise all'opera. Mentre scorreva le immagini, iniziò a svilupparsi una storia nella sua mente. Non funzionava sempre in quel modo, ma quando accadeva, sapeva di dover afferrare l'intuizione e non lasciarla andare. C'erano foto di Storm chino sul banco di lavoro, completamente concentrato sul progetto del momento, come se stesse calcolando al millimetro ogni angolo per dare al cliente esattamente quello che voleva e quello che lui, in primis, aveva in mente. Aveva delle immagini di Wes con un martello in mano, altre di lui al telefono a parlare con dei clienti mentre continuava a lavorare sul tablet. Il fratello era un asso del multitasking. C'erano altre foto del cognato, Decker, mentre dirigeva la squadra di operai o rideva con la moglie durante una visita al cantiere. Altre di Luc e Meghan che lavoravano fianco a fianco sui loro progetti, gli sguardi intimi che si scambiavano erano qualcosa di evidente agli occhi di tutti. C'erano poi scatti di membri del team, come Harper, e dei muratori, che ridevano sudati sotto il sole gelido tipico dell'inverno di Denver.

Ogni fotografia raccontava la storia di una persona e di quanto quella persona amasse il proprio lavoro. Tutte insieme, narravano una storia di solidarietà e duro lavoro. I Montgomery avevano costruito qualcosa di unico e perfetto.

Alex avrebbe fatto del suo meglio per mostrare

tutto ciò, non solo per il sito web e i cataloghi, ma forse anche per un progetto dedicato esclusivamente alla famiglia. I parenti si meritavano qualcosa del genere e lui sapeva che il padre avrebbe voluto vedere ciò che aveva lasciato ai figli, dopo essere stato così vicino a dover dire addio a tutto e tutti per sempre.

Gli tremarono le mani a quel pensiero, così decise di mettere da parte tutto.

Alex non era nei paraggi, quando il padre aveva scoperto di avere il cancro. Alex in realtà non era stato nei paraggi per un mucchio di altre cose.

Con un sospiro, si alzò dalla scrivania e andò dritto in camera da letto: si cambiò e indossò dei vestiti adatti alla palestra. Aveva bisogno di prendere a pugni qualcosa e sapeva esattamente quello che avrebbe fatto.

L'INSEGNA davanti alla palestra lo stava invitando e Alex rimase qualche istante a fissarla. Aveva già fatto dei combattimenti prima di allora, a volte aveva vinto, altre volte aveva perso, ma quello che stava per fare era leggermente fuori dalla sua portata.

Perfetto.

"Non fai sul serio," disse Brody spostandosi a fianco di Alex. "Potete anche essere nella stessa categoria di peso, ma quel tipo ha quasi dieci anni di esperienza in più rispetto a te."

Alex fece spallucce; c'era qualcosa dentro di lui che aveva bisogno di andare avanti in quella direzione, altrimenti sarebbe stato risucchiato in una spirale da cui non sarebbe più riuscito ad uscire.

"Non fare l'idiota," si intromise Harper.

Non si era accorto che l'amico li aveva raggiunti dopo il suo turno e questa era una grossa distrazione da parte sua. A quanto pareva, Alex stava iniziando a rimanere bloccato nella propria mente e non era buon segno per nessuno.

"È un combattimento regolare in palestra. Non sto facendo un incontro clandestino o roba alla Fight Club."

"Beh, sai la prima…"

Alex lanciò un'occhiata a Brody e non gli fece finire la frase del film. "Non tutti sono Brad Pitt."

"Continuo a non capirlo quel film," disse Harper. "Brad Pitt era vero o no?"

Alex si afferrò la punta del naso. "Quel film ha tipo quindici, vent'anni… perché ne parliamo ancora?"

"Perché stai per iscriverti per combattere con uno con molta più esperienza di te."

Alex sospirò e prese il foglio dalla bacheca. "Devo farlo."

Brody lo osservò bene. "Cazzo."

Sì, cazzo. Alex però doveva farlo. Doveva fare *qualcosa* in cui era sicuro di avere il controllo. Non poteva fare altro in quel momento e se fosse servito a fargli capire cosa era giusto e cosa sbagliato, allora doveva andare avanti.

TABBY ERA A CASA, pronta a sistemare l'agenda sulla scrivania, quando il cellulare prese a squillare. Lei fece del suo meglio per non rimaner delusa, quando sullo schermo vide un numero sconosciuto invece che quello di Alexander.

Non lo aveva risentito dalla sera precedente e lui non si era presentato in ufficio. Le faceva male lo stomaco al solo pensiero che lui si fosse pentito o che pensasse alla loro notte insieme come a un errore, ma aveva dovuto affrontare la giornata come se non fosse accaduto niente. I fratelli di Alex erano molto perspicaci e lei non si sarebbe mai perdonata se avesse lasciato intendere qualcosa di quello che era successo.

"Pronto?"

"Tabby? Sono Brody, l'amico di Alex, dalla palestra."

Si acciglió e fu colta da un'improvvisa preoccupazione. "Mi ricordo. Cosa posso fare per te, Brody?"

L'uomo all'altro capo del telefono sospiró. "Mi ha dato il tuo numero Harper, è appena andato via perché ha avuto un contrattempo con il suo vicino di casa per non so quale problema. Mi dispiace averti disturbato, ma ho immaginato che avresti voluto sapere che il tuo uomo sta per fare qualcosa di tremendamente stupido."

Il suo uomo.

Lei non aveva un uomo, non realmente, ma c'era solo una persona che Brody poteva considerare tale.

"Alexander sta bene?"

"Per il momento."

Tabby balzó in piedi e afferró al volo la borsa mentre contemporaneamente si infilava le scarpe. "Che sta succedendo, Brody? Smettila di essere così enigmatico." Alexander aveva avuto una ricaduta con l'alcol? No, non era possibile. Era stato così *forte* negli ultimi anni. L'unica cosa che era cambiata...

Dannazione.

No.

Non avrebbe fallito dopo tutti gli sforzi che aveva fatto.

Non per colpa sua.

"Non ha ricominciato a bere se è questo che ti preoccupa. Merda. Scusami. Sta per fare un incontro con un tipo e probabilmente perderà e ne uscirà ferito e ammaccato, ma a quanto pare è quello che vuole fare, stasera. Non so cosa sia successo tra voi due, ma da quanto capisco è proprio un problema di donne. A parte la sua ex, sei l'unica donna che penso potrebbe ridurlo così. Cazzo. Scusami. Non voglio dire che è colpa tua, perché non è così. Lui è un adulto e se ha deciso di combattere contro qualcuno con molta più esperienza, la scelta è solo sua, ma cavolo. Credo abbia bisogno di te, Tabby."

Lei strinse il telefono con forza e fece di tutto per non mettersi a urlare contro l'uomo all'altro capo della linea. Dopotutto, stava solo cercando di rendersi utile. "Cosa devo fare?"

"In realtà sono per strada, sto venendo a prenderti. Non sapevo se avrei dovuto chiedere il tuo aiuto di persona o meno. Però ho lasciato Alex da solo in palestra, pronto a fare a pugni con un tipo, quindi devo fare in fretta. Se Harper non avesse avuto un'emergenza, ci sarebbe stato anche lui."

"Come fai a sapere dove abito?"

"Harper. Aveva il tuo indirizzo su un file. Sa che potrebbe essere licenziato per avermelo dato, ma Alex è molto più importante."

Tabby si pizzicò il naso. Harper e Brody stavano solo cercando di aiutare Alex e in tutta onestà lei in quel momento non era nelle condizioni di guidare. "Tra quanto sarai qui?"

Un'auto accostò nel vialetto. "Ci sono."

"Ti vedo." Per fortuna non si era messa il pigiama appena rientrata, come era abituata a fare, così corse fuori, dimenticandosi quasi di chiudere la porta. Era tornata a casa dopo una lunga giornata in cui aveva finto di stare bene, si era infilata un paio di jeans, una canotta e una felpa col cappuccio per stare comoda. Il freddo la colse di sorpresa appena mise piede fuori dalla porta, ma non tornò indietro. Probabilmente avrebbe dovuto prendere il cappotto, ma in quel momento non aveva la lucidità per pensarci.

Non appena era uscita di casa, Brody si era

sporto per aprire la portiera dal lato passeggero. "Dovresti metterti un cappotto."

"Non ci ho pensato."

Lui scrollò la testa e prese un giaccone dal sedile posteriore. "Tieni questo, lo avevo dimenticato in macchina. Ti starà enorme, ma almeno Alex non mi farà il culo per averti lasciata congelare."

Tabby appoggiò il giaccone sulle gambe e si accigliò. "Perché pensi che ci sia qualcosa tra di noi?"

Lui le rivolse uno sguardo eloquente. "Vi ho visti insieme."

Lei si morse un labbro e rimase in silenzio a fissare la strada mentre Brody si dirigeva verso la palestra. "Cosa farà di preciso stasera?"

"La palestra organizza degli incontri regolari per chi si allena. Non ci sono premi e non si tratta di competizioni ufficiali, ma ci sono comunque organizzatori e staff nel caso qualcuno si faccia male. Non è una rissa da vicolo o roba del genere."

Tabby chiuse gli occhi. "Non mi sei di grande aiuto in questo momento."

Brody sbuffò. "Beh, Alex non sta facendo qualcosa di troppo intelligente. Ha già partecipato a qualche incontro, ma sempre con atleti al suo stesso livello. Il tipo di stasera? È più preparato e più cattivo. E fa incontri da molto più tempo di noi. Visto che sono nella stessa categoria di peso, Alex è stato accettato per l'incontro di stasera, ma anche l'altro deve accettare. Trattandosi di un vero stronzo, sono sicuro che non si farà problemi. Sì, l'incontro dev'essere iniziato circa cinque minuti fa, ma ci siamo quasi."

Tabby strinse il giaccone di Brody che aveva sulle gambe. "Quando arriveremo sarà già tutto finito?" gli chiese voltandosi verso di lui.

Brody per un attimo distolse lo sguardo dalla strada per guardarla negli occhi. "Non lo so, Tabby. In tutta sincerità, non so neanche *quale* risposta preferisco."

Detto ciò, rimasero in silenzio mentre Brody aumentava la velocità per raggiungere la palestra nel minor tempo possibile.

Tabby era tremendamente arrabbiata con Alexander. Non solo se ne era andato dopo che avevano fatto l'amore nel soggiorno di casa, ma non si era neanche degnato di scriverle. E ora lui si stava comportando da idiota preferendo i pugni alle parole. Certo, non era tornato a bere, ma stava cercando un altro modo per farsi del male.

Lei voleva davvero far parte di tutto ciò? Voleva davvero essere al suo fianco, quando lui cercava di trovare un appoggio? Lo aveva già fatto in passato e non aveva funzionato. Non era sicura di essere abbastanza forte da farlo di nuovo.

Stavolta però si trattava di *Alexander*, dannazione.

Lo aveva amato quando non avrebbe dovuto farlo e adesso si stava di nuovo innamorando di lui. Stavolta si trattava però di un uomo vero, che conosceva, e non soltanto dell'idea che si era creata di lui.

Non si sarebbe tirata indietro, non sarebbe andata via.

Doveva solo sperare che entrambi fossero abbastanza forti da affrontare le conseguenze.

Proprio mentre lei dava forma a quei pensieri, Brody si fermò nel parcheggio della palestra. Uscirono dalla macchina e corsero sull'asfalto ghiacciato fino all'entrata mentre lei indossava la giacca presa in prestito. Non appena furono dentro, Tabby fu sopraffatta dai rumori della palestra; non aveva idea di come avrebbe reagito alla vista di Alex.

Ma doveva vederlo.

Brody le appoggiò una mano dietro al gomito e la sospinse verso un punto da cui potevano vedere tutto. La palestra era molto affollata e intorno al ring c'era molta gente, ma per fortuna in uno degli angoli era rimasto uno spazio vuoto.

Era l'angolo di Alexander.

Quando lo vide, le mancò il fiato.

Aveva un paio di guantoni neri, anche i pantaloncini e le scarpe erano scure. Era madido di sudore e aveva qualche graffio e del sangue addosso. Non capiva da dove venisse, ma vederlo in quel modo le provocò una fitta di dolore.

Dannazione. Perché si stava facendo del male?

I muscoli si flettevano mentre ruotava le spalle, il corpo era teso e dannatamente sexy. Se lei non fosse stata così arrabbiata con Alex per quello che stava facendo, si sarebbe aggrappata a lui come al tronco di un albero e lo avrebbe toccato dappertutto.

All'improvviso, il cappotto di Brody era diventato troppo pesante e si sentiva accaldata.

L'altro uomo sul ring, grosso più o meno come Alex, scattò in avanti e Tabby spalancò gli occhi. Alexander si muoveva molto *veloce*, eppure l'altro lo era di più. Si presero a pugni, un jab, un montante e via così. Lei non conosceva esattamente i termini, ma capiva che ce la stavano mettendo tutta.

E Alexander stava perdendo.

Il rumore dei guantoni che colpivano fianchi,

menti, nasi la raggiungeva con prepotenza. Tabby non si sentiva bene, ma rimase lì, consapevole che Alexander poteva aver bisogno di lei, dopo l'incontro.

Francamente, stavolta non lo avrebbe lasciato andare via.

Dannazione.

"Merda," sussurrò Brody tra sé.

Tabby non si voltò a guardarlo, l'attenzione tutta concentrata sugli uomini sul ring. Sapeva perché Brody stava imprecando. L'altro uomo sul ring aveva sferrato un diretto potente sulla mascella di Alex e l'uomo che lei amava era caduto a terra.

Non si rialzava.

L'incontro fu dichiarato concluso e intorno a loro esplosero i festeggiamenti. Lei però aveva occhi solo per un uomo. Mentre si avvicinava al ring per vederlo, Alexander si mise a sedere e sputò via il paradenti. Si rabbuiò quando la vide, ma Tabby fece finta di niente. Poteva essere arrabbiato quanto voleva per la sua presenza, ma non poteva continuare a farsi del male in quel modo. Forse se avesse combattuto alla pari, non si sarebbe sentita in quel modo, ma non era quello il caso: Alex era stato uno stupido.

E lei non vedeva l'ora di dirglielo.

Certo, non stava bevendo, ma non stava facendo qualcosa di intelligente. Combatteva per sentire qualcosa, per fare *qualcosa*. Dai lineamenti esili del corpo, Tabby capì che Alexander non stava mangiando come faceva di solito. Mangiava abbastanza per sopravvivere, ma non per il gusto del cibo. Era in salute, ma chiaramente si tratteneva da tutto ciò che poteva diventare una nuova dipendenza.

Pregò che non si allontanasse anche da lei.

"Cosa ci fai qui?" borbottò Alex. "E perché hai il cappotto di Brody?"

Lei alzò una mano, incredula. "Dici sul serio? Hai intenzione di litigare per questo? Pensavo avessi superato questo istinto autodistruttivo."

Lui grugnì. "Non qui. Non adesso."

"D'accordo. Andiamo a casa tua così posso darti una sistemata. E non si discute."

"E la tua macchina?" ribatté lui.

"Sono venuta qui con Brody perché credeva che ti stessi comportando da vero idiota."

"Non qui, piccola."

"Non chiamarmi 'piccola', cazzo. Prendi la tua borsa, Alexander."

Lui borbottò e andò a prendere il borsone nello spogliatoio. Con la coda dell'occhio, Tabby vide

Brody che le faceva ok con il pollice in su. Non appena Alexander uscì dallo spogliatoio e le andò incontro, lei si voltò e filò dritta verso la macchina. Durante il tragitto non scambiarono neanche una parola, ma almeno lui non si lamentò.

Quando furono a casa di lui, Tabby gli ordinò di sedersi su una sedia in cucina e iniziò a ripulirlo. Non perse neanche un minuto a guardarsi in giro nell'appartamento, era troppo concentrata su di lui, voleva assicurarsi che stesse bene. Forse quando sarebbe riuscita di nuovo a prender fiato, allora avrebbe potuto far mente locale su dove si trovasse e su cosa potesse accadere dopo.

Su cosa *poteva* accadere dopo.

"Hai un aspetto orribile."

"Non mi sento troppo in forma ad essere sincero."

Tabby gli rivolse uno sguardo preoccupato. "Hai battuto forte la testa? Forse hai una commozione cerebrale?"

Lui scrollò il capo. "No, il dottore mi ha controllato prima di farmi uscire, per questo mi sono trattenuto nello spogliatoio, è il protocollo. Niente commozioni cerebrali, nessun trauma importante, solo qualche livido."

Aveva un occhio nero, un labbro gonfio e varie

contusioni in tutto il corpo. Non proprio roba da *poco*.

Gli appoggiò un impacco di ghiaccio sulle costole e Alex trattenne il fiato. "Perché?"

Solo una parola, ma che portava con sé una profondità abissale.

Tabby non era sicura che Alex le avrebbe risposto, poi, dopo un attimo di esitazione, lui aprì la bocca. "Perché ne avevo bisogno. Mi piace combattere. Mi piace avere il controllo mentre lo faccio. Non ho avuto il controllo su molte cose nella vita, Tabitha. Qui però posso averlo. Dipende da me."

Lei si lasciò sfuggire un sospiro e i loro sguardi si incrociarono. "Conosci il limite, allora? Sì?"

Alex mandò giù il groppo che aveva in gola e tornò a guardarla dritto negli occhi. "Lo fisso ogni giorno."

Quella frase le fece capire che Alex era molto più forte di quanto lui stesso si rendesse conto. Certo, faceva delle cose che lei non riusciva a capire fino in fondo, ma non avrebbe perso il controllo. Anzi, tutte le sue azioni erano un modo per avere il controllo su quello che accadeva.

L'unica cosa che non poteva controllare era lei.

E lei non era sicura di come pensarla al riguardo.

Così, invece di pensare, o di parlare, si inginocchiò davanti a lui.

"Cosa stai facendo?" le chiese Alex, la voce bassa e graffiante.

"Ti faccio stare meglio," sussurrò mentre lo spogliava. Era duro, lungo e grosso nella sua mano. Non riusciva a racchiuderlo tutto alla base e tremò ricordando la sensazione di averlo dentro di sé. "Non ho potuto farlo prima. Visto che sono dovuta rimanere a guardare mentre combattevi, posso farlo adesso. Ora sono io quella che ha il controllo."

Lui si leccò le labbra, sussultando mentre lui sfiorava il taglio e le passava la mano nei capelli, ormai il ghiaccio giaceva sul tavolo, dimenticato. "Sono sano. I dottori mi hanno fatto tutti i controlli, ma comunque sono stato solo con una donna, Tabitha. Beh… sono sano. Non devi preoccuparti."

Lei sospirò, grata che lui avesse avuto quella premura.

"Stasera non sono in grado di ripagare il favore, non con il labbro in queste condizioni."

Lei lo strinse, le piaceva il modo in cui lui la guardava.

"Non ce n'è bisogno. Non stasera." Fece un respiro profondo. "La prossima volta. D'accordo?"

Alex le tirò dolcemente i capelli. "La prossima volta," sussurrò.

Per tutta risposta, Tabby gli leccò la punta dell'uccello e lui gemette. Era tutto dolorante così decise di non stuzzicarlo troppo, di non arrivare al punto in cui entrambi venivano travolti dal bisogno di unirsi. Avrebbero potuto farlo più tardi. Per il momento, voleva solo dargli piacere, perché anche lei provava piacere. Era troppo grosso per accoglierlo tutto, così si aiutò con le mani.

Delicatamente e con lentezza.

Poi velocemente e con movimenti decisi.

Quando stava per venirle in bocca, Alex provò a tirarsi via, ma lei non glielo permise.

Voleva lui, completamente.

Quando ebbe finito, Alexander si alzò, si rivestì e la prese in braccio.

"Le tue costole!"

"Non sono rotte, neanche ammaccate. Solo un po' doloranti. Ti porto a letto, così possiamo dormire. Poi, nel cuore della notte, faremo l'amore, perché è ciò di cui entrambi abbiamo bisogno, ciò che entrambi vogliamo."

"D'accordo," sussurrò lei.

Poi Tabby raggomitolò tra le braccia di Alex, mentre lui la portava in camera: si sentiva amata, ma era consapevole che le cose potevano cambiare da un istante all'altro. Non avevano parlato di quello che stavano facendo, né di cosa sarebbe accaduto. Ma lo avrebbero fatto.

Lei avrebbe combattuto per lui, proprio come avrebbe combattuto per se stessa.

A volte era necessario vedere un'altra persona in una fase diversa della propria vita per capire quello che davvero si desiderava. A quel punto, toccava a Tabby capirlo.

STORM

Storm si sbatté la porta alle spalle e provò a placare la rabbia. Non era semplice, quando l'unica cosa che voleva fare era prendere a pugni qualcosa. Come era possibile che la sua famiglia fosse diventata un tale disastro? Un tempo le cose andavano bene, riuscivano ad andare avanti senza che i problemi li travolgessero da tutti i fronti. Eppure, negli ultimi anni quasi tutti i membri della famiglia avevano dovuto affrontare qualcosa di grosso.

Alcuni ce l'avevano fatta a superare quei momenti di buio, uscendone ammaccati e feriti, ma vivi.

Col fratello minore invece, non sapeva se sarebbe arrivata la fine del tunnel. Alex era uscito dalla riabilitazione, ma Storm quella sera aveva visto i lividi che aveva sul viso. Aveva visto lo sguardo diffidente del fratello quando lui e Wes lo avevano affrontato. Alex poteva anche non bere, ma combattere in quel modo non era qualcosa di sano.

Per non parlare del fatto che Storm aveva la certezza che stesse succedendo qualcosa tra Alex e Tabby. Aveva visto come si guardavano, la tensione che c'era tra loro. Agli altri poteva anche essere sfuggito, ma Storm aveva trascorso gli ultimi due anni a tenere d'occhio Alex. Storm aveva già incasinato le cose quando non era intervenuto prima che Alex perdesse la retta via, ma non si sarebbe perdonato se avesse sbagliato di nuovo nel suo ruolo di fratello.

Austin era il maggiore dei Montgomery, ma Storm veniva subito dopo e prendeva quella responsabilità molto sul serio. Wes era nato pochi minuti prima di lui, ma per Storm non aveva importanza. I fratelli più giovani avevano attraversato l'inferno prima di sistemarsi e ora toccava a Storm assicurarsi che anche Alex trovasse la pace.

Perché se non ce l'avesse fatta...

Storm non voleva pensare alle conseguenze.

Il campanello suonò e Storm aggrottò la fronte prima di andare a rispondere. Sulla soglia c'era

Jillian con una confezione di birre e uno sguardo torvo sul viso.

"Oggi è stata proprio una giornata di merda; visto che faccio l'idraulico, non sto parlando in senso figurato." La donna lo superò e Storm scrollò la testa.

Lui e Jillian si vedevano saltuariamente da un bel po', ma tra loro non c'era niente di serio. Erano amici che, quando avevano tempo e voglia, andavano a letto insieme. Insieme facevano scintille, era vero, ma avevano affrontato l'argomento già da tempo e funzionavano meglio come amici che si regalavano orgasmi a vicenda più che come coppia.

Quello era in parte il motivo per cui lui non le aveva offerto un lavoro alla Montgomery Inc. nonostante avessero un disperato bisogno di un idraulico. In realtà, anche se glielo avesse offerto, sapeva che lei avrebbe detto di no. Il loro obiettivo era quello di non complicare le cose e di andare a letto insieme quando ne avevano voglia, lavorare insieme sarebbe stato da veri idioti.

"Bevi questa," disse Jillian mentre gli porgeva una birra. "Io mi sono appena fatta una doccia e sono irritabile. Non capisco perché *tu* sei così irritabile però."

"Alex ha preso a combattere," le disse piano.

Jillian sgranò gli occhi. "Cazzo. Raccontami tutto."

Era per quello che erano amici. Le *poteva* dire tutto. Sapeva che sarebbe stato più semplice se entrambi fossero stati innamorati, se entrambi fossero riusciti a vedere un futuro. Le cose però non stavano così e non lo sarebbero mai state.

Quando aveva la mente in confusione come in quel momento, preoccupato per mille cose, avrebbe preso Jillian così com'era, perché sapeva che anche lei avrebbe fatto lo stesso.

Era tutto quello che aveva e, diavoli, era meglio di niente.

Capitolo Sette

ERANO TRASCORSE UN PAIO DI SETTIMANE DALLA prima volta in cui aveva avuto Tabitha tra le braccia, nel proprio letto, eppure Alex non riusciva a togliersela dalla testa. Certo non era d'aiuto il fatto che avessero trascorso insieme ogni notte da allora, anche se non sempre si trattenevano a dormire fino al mattino. Si stavano ancora studiando per capire che significato avesse il loro rapporto.

Alex sapeva bene che se non fosse stato attento si sarebbe fatto risucchiare.

Pensava di poter sopravvivere anche a quello, ma non voleva trascinare Tabitha insieme a lui, non voleva rischiare di ferirla.

Nelle due settimane dopo il combattimento, i lividi e i graffi erano guariti ed era riuscito a tenere nascosti alla famiglia quelli peggiori, ma i gemelli li avevano visti. Non voleva più avere segreti con i Montgomery, ma non voleva neanche presentarsi a cena davanti a tutta la famiglia con un occhio nero. Non sapeva se sarebbe riuscito a sopportare le domande che chiaramente gli avrebbero fatto.

Wes e Storm non si erano arrabbiati, ma avevano scoperto dove si allenava e per cosa. Immaginava che sarebbero comparsi all'incontro successivo e non c'era alcun modo di impedirglielo. Probabilmente anche il resto della famiglia era stato informato, ma gli stavano lasciando spazio. Non sapeva cosa pensare, era un atteggiamento insolito quello di lasciare spazio. O erano molto cauti nei suoi riguardi, oppure non sapevano più come comportarsi con lui.

Immaginava che fosse un mix di entrambe le cose.

Al momento era a casa della sorella, seduto insieme alla maggior parte degli uomini della famiglia per una serata tra maschi. Le donne avevano avuto la loro serata la settimana precedente quindi era il turno dei maschi Montgomery, insieme ai cognati. Il resto della famiglia si sarebbe occupato dei bambini.

"Cosa combini là in fondo?" gli chiese Wes con

un'espressione preoccupata sul volto. "Sei pensieroso ed è la serata degli uomini. Niente pensieri nella serata degli uomini!"

Jake, suo cognato, sbuffò. "Oh, bella questa. Non dirlo a mia moglie però."

Border, marito di Jake e terzo nella relazione con Maya, la sorella di Alex, scoppiò a ride. "*Nostra* moglie lo immagina già."

Alex scrollò la testa e ridacchiò tra sé. "Vi chiedo scusa per essermi messo a pensare. Prometto che per il resto della serata mi limiterò a grugnire e grattarmi."

Decker inclinò la birra verso Alex in un cenno di approvazione. "Bravo ragazzo. Ma non dimenticarti di mangiare e di parlare di calcio. Roba da uomini."

Griffin alzò gli occhi al cielo e si sedette accanto a Decker. "Considerando che *tu*, Austin e Luc avete parlato per venti minuti di pannolini, sono abbastanza sicuro che noi non rientriamo nella categoria."

Alex sorseggiò il suo tè freddo e trattenne un sorriso. Molti degli uomini nella stanza erano diventati padri e Alex ancora era sorpreso da come le cose fossero cambiate nel giro di pochi anni. Austin aveva moglie e due figli, Decker aveva sposato

Miranda e avevano avuto un bimbo, Micah, qualche mese prima. Luc aveva sposato Meghan, la stava aiutando a crescere i suoi due figli, avuti da un matrimonio precedente con uno stronzo, e insieme avevano avuto una figlia, Emma. Jake e Border si erano sposati tra loro e con Maya, poi era nato Noah, coetaneo di Emma e Micah.

Cavolo, persino Griffin aveva avuto una romantica fuga d'amore con Autumn per sposarsi, sorprendendo tutta la famiglia.

Erano rimasti solo lui e i gemelli, anche se Alex era già stato sposato in passato e non aveva alcuna intenzione di replicare in futuro. Ovviamente, appena formulò quel pensiero, gli comparve nella mente il volto di Tabitha, ma lo allontanò in fretta.

Non sapeva di preciso cosa stesse facendo con lei, ma non era sicuro che il matrimonio fosse una possibilità concreta. Non con il curriculum che lui aveva alle spalle.

Storm affondò nel divano accanto ad Alex e si lasciò andare a un lungo sospiro.

"Tutto a posto?" chiese Alex, grato che il fratello lo avesse ridestato dai propri pensieri. Si stava addentrando su un terreno pericoloso e doveva concentrarsi sul presente, non su cosa sarebbe potuto accadere e su cosa era accaduto.

Storm gli rivolse un'occhiata prima di guardare dritto verso Wes che gli fece saltare i nervi. "Questo stronzo ha deciso di dare inizio al cantiere sulla Richmond con un giorno di anticipo per non avere intoppi con un turno successivo. Non eravamo pronti e siamo un po' risicati visto che alcuni operai sono a casa con l'influenza, così Tab non è riuscita a far arrivare il grosso del gruppo in tempo sul cantiere."

Alex ignorò il colpo al petto che provò non appena sentì pronunciare il nome di Tabitha. Non gli piaceva quella sensazione, ma non sapeva come evitarla.

"Il che vuol dire che il nostro bel pigrone avrebbe dovuto lavorare sul serio," disse Wes con voce strascicata.

"Fottiti," borbottò Storm accarezzandosi la spalla.

"Per la cronaca, io tutti i giorni sollevo molto di più di voi due, quindi smettetela di lamentarvi," si intromise Decker. "E Storm, se ti fa tanto male la spalla, perché non chiedi alla tua fidanzata di farti un bel massaggio?"

Alex sbuffò e gli comparve un sorrisetto sul viso. "Sì, perché non ci racconti un po' di Jillian?" Era bello ridere e scherzare con la famiglia, anche se lui non era ancora sicuro di essere pronto ad avere tutta l'attenzione concentrata su di sé per poter parlare di Tabitha. Era una situazione delicata, lei lavorava con il resto della famiglia, e non avevano neanche definito cosa fossero. A dire il vero, avevano fatto del loro meglio per evitare del tutto quella conversazione.

Probabilmente non era un buon segno.

"Chiudi il becco," disse Storm con uno sguardo strano. "Io e Jillian usciamo e basta."

"Andare a letto insieme è qualcosa di più di uscire e basta," disse Austin.

Storm sospirò. "Vogliamo che rimanga una cosa leggera. Siamo entrambi super impegnati ed è difficile riuscire a vederci. Siamo amici che fanno sesso quando ne hanno voglia. Ora che ho parlato dei miei sentimenti, possiamo cambiare argomento o volete sapere anche come va il sesso?"

"Beh," scherzò Jake. "Visto che hai tirato fuori tu la questione..."

Border gli diede un pugno in un fianco e Jake arrossì per quello che l'altro gli stava sussurrando all'orecchio. Alex sorrise e bevve un altro sorso di tè.

Dannazione, quanto gli erano mancate serate come quella.

Mangiarono del chili, alette di pollo piccanti e altre schifezze del genere, parlando di bambini, sport e di come andava il lavoro. Nessuno di loro era più giovanissimo, quindi non mangiavano in quel modo molto spesso. Quando accadeva, erano sempre insieme. Alex prese una porzione abbondante, ma non andò oltre la prima. Il cibo era troppo gustoso e non voleva eccedere.

Storm controllò il telefono proprio mentre Alex alzava la testa e sorrise.

"Che c'è?"

"Jillian è passata a prendermi," gli disse Storm a voce bassa, ma chiaramente non abbastanza bassa.

"È solo un'amica, eh?" disse Wes con un sorriso sornione. "Voglio incontrarla. Com'è possibile che nessuno di noi l'abbia mai vista?"

Storm si afferrò la punta del naso. "È molto impegnata. Si sta facendo il culo al lavoro e ci vanno giù davvero duro con lei, quindi smettila di tormentarmi. Va bene? Ho lasciato il furgone in officina per il cambio gomme invernali e perché stamani mi ha dato qualche problema quando l'ho acceso. Mi ha portato lei al lavoro, poi mi hai portato tu qui, Wes, se ricordi."

Wes fece spallucce. "Pensavo che ti avrei riportato anche a casa. Nessun problema. Comunque, falla entrare, dai." Wes sbatté le ciglia con fare ammiccante e Alex scoppiò a ridere, sorpreso da quanto avesse riso e scherzato quella sera.

Gli altri lo fissarono per un momento e lui deglutì. A quanto pareva, anche il resto della ciurma aveva notato che era più allegro del solito.

"Le mando un messaggio," brontolò Storm assottigliando lo sguardo. "Ma non prendetela in giro, intesi? È una brava ragazza, ed è mia amica."

Wes mise le mani avanti. "Non ho intenzione di fare lo stronzo con una donna con cui stai uscendo, Storm. Visto che è qui, potrebbe incontrare tutta la banda."

Storm si allontanò dalla stanza mentre continuava a messaggiare. "Sarà interessante," borbottò.

Alex fece scivolare le mani in tasca e rimase in attesa mentre Storm si dirigeva verso la porta d'ingresso per aprire alla nuova arrivata. La prima cosa che sentì fu una risata brillante mentre una donna bionda entrava in casa. Indossava degli stivaletti da lavoro, un paio di jeans e un vecchio cappotto che sembrava fin troppo grande per lei. Dal viso e dalle gambe sembrava snella.

"Non pensavo che foste tutti grossi come Storm," disse di getto e tutti scoppiarono a ridere.

La tensione che si era creata nella stanza prima che Storm aprisse la porta si dipanò all'istante.

"Beh, alcuni di noi sono anche più grossi," disse Jake con un ghigno e Jillian alzò gli occhi al cielo.

"Certo dolcezza, se lo dici tu."

Ad Alex quella ragazza già piaceva.

"Quindi, beh, questi sono i ragazzi," disse Storm. "Ragazzi, lei è Jillian."

"Ciao, Jillian," risposero tutti in coro prima di scoppiare a ridere.

Jillian sorrise. "Ciao ragazzi. Avete anche dei nomi o ve ne andate in giro come una boy band di ragazzoni con la barba? Sapete, del tipo musicisti dopo il terzo album, troppo cresciuti per le solite canzonette, che cercano qualcosa di più spinto."

"Io continuo a dire che i Backstreet Boys erano di gran lunga meglio dei N'SYNC," intervenne Jake.

"Meglio i New Kids on the Block," disse Austin facendo l'occhiolino. "Non so nemmeno perché conosco il nome."

"Non stanno facendo un tour in questo periodo?" chiese Alex mentre si passava una mano tra i capelli. "E per quale assurdo motivo lo so?"

"Scappa, Jillian," disse Griffin impassibile.

"Scappa prima che inizino a cantare tutte le hit degli O-Town."

Jillian alzò le mani davanti a sé, lo sguardo divertito. "Mi dispiace aver nominato le boy band. Sto scoprendo *molto* di più di quanto avrei voluto."

Storm sospirò e cinse le spalle di Jillian con un braccio. Lei gli diede un colpetto coi fianchi e scoppiò a ridere. "Noi ce ne andiamo. E solo per vostra conoscenza, vi escluderò tutti dalla mia vita per aver parlato di boy band in questa occasione."

Alex annuì solennemente. "Capisco. È perché tu sei fan degli One Direction, giusto? Devi essere a pezzi per lo scioglimento del gruppo."

Storm lo mandò a quel paese e i ragazzi si misero a ridacchiare mentre lui si incamminava con Jillian verso l'uscita.

"È stato un piacere conoscervi!" gridò lei, ma nessuno ebbe la chance di risponderle perché Storm si sbatté la porta alle spalle.

Ci fu un silenzio imbarazzato per qualche istante, mentre nella stanza si guardavano tutti uno con l'altro.

"Quanto sarà difficile non raccontare alle donne di questa conversazione?" chiese Austin.

Silenzio.

"Proprio come pensavo," borbottò di nuovo il fratello maggiore. "Cazzo."

"Non è colpa nostra," intervenne Griffin. "Siamo bombardati ventiquattr'ore su ventiquattro da notizie, dobbiamo ascoltare ore di dibattiti schifosi in vista delle elezioni e gossip sui VIP. Queste cose ti si attaccano nella memoria."

"Giusto," disse Alex. "Usiamo questa scusa."

I ragazzi scrollarono il capo e finirono di rimettere a posto, prima che ognuno tornasse a casa propria. Alex si sentiva leggero, come non accadeva da anni. Aveva trascorso un'intera serata durante cui nessuno si era fatto troppi problemi a bere di fronte a lui e in cui lui non aveva sentito l'esigenza di farsi un drink. Era stato troppo preso dalla conversazione con la famiglia e dai pensieri su Tabitha per voler sgattaiolare in cucina per una birra.

Lo considerava un bel progresso.

Raggiunse l'appartamento di Tabitha senza neanche pensarci. Non l'aveva chiamata né le aveva scritto per sapere se era a casa, ma dalla finestra vide la luce accesa nel soggiorno. Magari era impegnata, e in quel caso se ne sarebbe andato, ma voleva vederla.

Non voleva pensare al *perché* desiderasse così tanto vederla.

Non appena bussò, lei comparve ad aprire, lo sguardo dolce. "Ti sei divertito alla serata tra uomini?"

Annuì, le mani affondate nelle tasche. "È un problema se sono passato?" le chiese. "Non ti ho avvertito."

Lei sorrise e fece un passo indietro. "Sei sempre il benvenuto. Sempre."

Alex non sapeva come gestire tutte le emozioni che presero vita in lui sentendo quelle parole.

"Hai mangiato? Ho degli avanzi di pollo nel frigorifero se ti va," disse Tabby chiudendo la porta alle loro spalle.

Alex le si avvicinò e la prese il viso tra le mani. Lei gli sorrise e si lasciò cullare dal suo abbraccio. Cosa aveva fatto per meritarsi una donna del genere che lo guardasse come stava facendo lei in quell'istante? Niente. Non aveva fatto assolutamente niente. Avrebbe però fatto l'egoista e preso tutto quello che poteva. E se lui aveva ancora qualcosa da poter dare, era tutto per lei.

"Ho mangiato un bel po' di cibo spazzatura a casa di Maya."

Lei sbuffò e gli fece scorrere le dita sugli addominali. "Le schifezze vanno bene di tanto in tanto."

Alex rise. "Ah sì? E quale nutrizionista lo direbbe?"

"Lo dico io. A volte è necessario cedere al cibo e alle risate per rilassarsi. So che tu stai molto attento a quello che metti nel corpo, ma devi sapere che *puoi* mangiare una patatina o anche cinque senza dare di matto."

Lui annuì, consapevole che Tabby lo conosceva molto meglio di quanto immaginasse; evidentemente, aveva notato quanto fosse cauto mentre mangiava. Alex non sapeva bene come sentirsi al riguardo.

"Ti ho fatto arrabbiare?" gli sussurrò. "Per il commento che ho fatto."

Alex scrollò il capo e giocherellò con i capelli di lei. "No." Si interruppe. Non le aveva parlato dei propri pensieri, ma quell'atteggiamento non giovava a nessuno dei due. "Ho iniziato a fare attenzione a quello che mangiavo mentre ero in riabilitazione. Prima non me ne importava niente di quello che buttavo dentro al mio corpo. Dolci, cibi fritti, bibite, alcolici." Tabby gli cinse la vita e lui si rilassò leggermente. "Mi allenavo tanto e non avevo messo su tanto peso, ma comunque non ero mai in forma come il resto della famiglia. Mentre ero in riabilitazione, ho visto alcuni ragazzi buttarsi sul fumo o sul cibo per tenere a bada il desiderio di qualcos'altro. Non volevo rimpiazzare una dipendenza con un'altra."

Lei annuì, sembrava quasi che stesse per dire qualcosa, ma poi non lo fece.

Alex era consapevole che combattere come faceva lui e prestare eccessiva attenzione al cibo non era negativo, ma non era neanche la cosa migliore da fare. Doveva riuscire a gestire le cose giorno per giorno.

In tutta onestà, il cibo o la boxe non erano certo le dipendenze da cui doveva stare attento.

Era la donna che aveva tra le braccia.

Un solo assaggio gli era bastato per capire che sarebbe stata la sua dipendenza, per sempre.

La cosa lo spaventava, molto più del cibo, molto più di essere preso a calci nel culo sul ring.

Alex non era mai stato troppo bravo a fare quello che era più giusto per sé; dannazione, non era sicuro che Tabitha fosse *sbagliata* per lui.

Non gli importava.

La voleva.

Quando lei si mise in punta dei piedi per baciargli il mento, gli occhi come due grandi universi pieni di desiderio, Alex capì che anche lei lo voleva.

Le accarezzò il collo. "Non sono venuto qui per questo," le sussurrò. "In realtà, non so perché sono venuto."

Lei gli accarezzò la schiena, le unghie che affondavano nei muscoli. "Va tutto bene. Non sei tu che prendi, se sono io per prima a concedermi a te."

La baciò lentamente, le labbra di lei sembravano velluto. "Andiamo piano stavolta."

Lei sorrise, un movimento accennato contro la sua bocca. "Lo hai detto anche l'ultima volta. E anche la volta prima. E non andiamo mai piano."

Le fece scorrere una mano lungo i fianchi per poi tornare su ad accarezzarle il seno. Quando le passò il pollice su un capezzolo, Tabby fremette tra le sue braccia. "Possiamo provare ad andare piano. Il problema è che sei così eccitante quando ti ho qui, che diventa difficile *continuare* ad andare piano una volta iniziato."

Lei allungò una mano tra i loro corpi e gli afferrò l'uccello. I loro sguardi si incrociarono e Alex si lasciò andare a una risata roca. "E se io non volessi andare piano?" gli sussurrò con voce maliziosa.

Gli piaceva quella Tabitha. La donna fiera che

aveva tra le braccia e che nessun'altro vedeva. Non sapeva cosa significasse tutto ciò, cosa dicesse dei sentimenti che provava, ma in quel momento, con le tette di lei tra le mani e l'uccello in quelle di lei, non riusciva a pensare.

La baciò di nuovo, la lingua che scivolava su quella di lei in una carezza erotica. "Piano," sussurrò. Le baciò il collo, poi le allentò la camicetta per leccarle una spalla. "Piano."

Lei gli fece scorrere le mani sulla schiena e lui la strinse a sé. Si bloccarono entrambi quando avvertirono la presenza rigida del suo uccello che premeva sul ventre di lei. "Beh, cavolo, altro che andare piano," disse Alex con una risata.

"Possiamo andare piano," sussurrò lei. "Lo prometto."

Alex le scostò di nuovo i capelli dal viso. "Sì?" Sospirò. "Non ti ho neanche portato fuori per un appuntamento, Tabitha. Cos'ho che non va? Le sessioni di allenamento in palestra non contano."

Lei si acciglió. "Contano, mi sono state utili. E in questo momento non me ne importa niente di un appuntamento. Voglio averti nel mio letto stanotte. Possiamo… possiamo uscire domani sera. O la sera dopo. Stasera fammi tua e basta, d'accordo?"

Alex si leccò le labbra. "Allora, vuol dire che ci frequentiamo?"

Lei ridacchiò tra sé. "Sì, immagino di sì. Ti sembra strano non averne parlato prima?"

Alex scrollò il capo. "Solo se tu pensi che sia strano. Penso che abbiamo fatto un ottimo lavoro a *non* parlarne prima d'ora."

Tabitha gli fece abbassare la testa e lo baciò, un bacio deciso, senza esitazioni. "Allora, stiamo insieme?"

A quella parola, il cuore di Alex accelerò. Era stato insieme solo con un'altra persona e lei gli aveva spezzato il cuore in modo irreparabile. Ma poteva farcela. Poteva.

"Penso di averti spaventato. Niente etichette?"

Alex scrollò il capo; aveva notato un velo di tristezza negli occhi, una tristezza che lei non era riuscita a nascondere. "Le etichette vanno bene. È solo che…" Sospirò. Era il momento di essere sinceri, no? "Ho avuto soltanto un'altra ragazza." Pronunciò l'ultima parte della frase così piano che quasi ebbe paura che non lo avesse sentito. Forse sarebbe stato meglio così.

Le pupille di Tabitha si dilatarono in modo quasi impercettibile, poi annuì. "Non ci avevo pensato. Eri molto giovane quando…" Si fermò.

"Va bene, ragazzo mio, possiamo uscire per un appuntamento, tu puoi comprarmi un gelato e roba del genere. Per adesso però, voglio *davvero* vedere se possiamo andare piano." Tornò a stringergli l'uccello e lui gemette. "Che ne dici?"

Lei trovava sempre la cosa giusta da dire e Alex gliene fu grato, anche se era un po' confuso.

Per rispondere alla sua domanda, Alex la prese in braccio e la portò verso la camera da letto, la bocca sigillata su quella di lei per tutto il tragitto. Aveva bisogno di lei molto più di quanto volesse ammettere e se da un lato la cosa lo spaventava, come era normale che fosse, dall'altro aveva l'assoluta certezza che non sarebbe stato in grado di lasciarla andare… anche se sarebbe stata la cosa migliore per entrambi.

La appoggiò a terra ai piedi del letto e lentamente la spogliò, baciandole la pelle man mano che si rivelava. Le leccò le spalle e la mordicchiò finché non prese a dimenarsi. Poi si spostò sul petto, proprio sopra alle coppe del reggiseno. Leccò ogni centimetro di pelle prima di mettersi in ginocchio di fronte al ventre.

La pelle di Tabitha era così morbida, così perfetta. "Voglio leccare ogni centimetro di te," le sussurrò sui fianchi.

Lei gli passò le mani tra i capelli e sorrise. "Mi sembra che tu lo stia facendo. Ti togli la camicia? Voglio accarezzarti."

Visto che glielo aveva chiesto, Alex la assecondò, senza mai distogliere lo sguardo da quello di lei. Lei si leccò le labbra e Alex sorrise prima di darle un bacio sulle anche che facevano capolino dal bordo dei jeans. Aveva i fianchi larghi, perfetti per le sue mani, e adorava il fatto che ogni volta che la prendeva da dietro poteva aggrapparsi alle sue natiche e spingere più a fondo. Il fondoschiena di lei si muoveva a ritmo con le sue spinte, sobbalzando in un modo che lo faceva impazzire. La sua ex era molto magra e, nonostante amasse il corpo femminile in generale, desiderava molto di più Tabitha.

"Sdraiati," le sussurrò, seccato per aver anche solo pensato a Jessica in un momento del genere. "Voglio banchettare col tuo corpo."

Lei arrossì, ma fece come le aveva detto. Aveva ancora addosso reggiseno, jeans e mutandine, ma non ancora per molto. Per il momento, Alex voleva concentrarsi sulle sue tette visto che le aveva un po' trascurate ultimamente. Si erano sempre lasciati travolgere dalla passione e non gli aveva dedicato la giusta attenzione.

Scivolò su di lei che gli sorrise lasciva. Quando

lui la sollevò leggermente per slacciarle il reggiseno, Tabitha si aggrappò alle sue spalle e si leccò le labbra. Erano così allettanti che decise di mordicchiarle e mentre le toglieva il reggiseno il bacio divenne più intenso.

Una volta nuda sotto di lui, la fece adagiare sul letto e prese a baciarle i capezzoli, proprio come aveva fatto con la bocca. Quando le afferrò i seni con le mani, per poi morderli e tornare a succhiare i capezzoli, Tabitha inarcò la schiena. Lei gemette, il corpo madido di sudore mentre lui continuava a morderla, a leccarla, a succhiarla fino a quando non sentì che era vicina all'apice.

"Io…io non posso venire solo così," gemette. "Ho bisogno di qualcosa. Toccami, ti prego."

Le baciò il collo, poi tornò sulla sua bocca. "È una sfida?"

Lei socchiuse gli occhi e lo fissò. "Mi toccherò da sola se necessario, Alexander Montgomery. Ora scopami."

Alex rise e tornò a banchettare sul suo seno, consapevole che lei stava scivolando con la mano verso l'apice delle cosce. Le afferrò il polso e glielo portò sulla testa. Brontolò ma si inarcò di nuovo con la schiena mentre lui continuava a prendersi cura di quel seno magnifico. Era vicina all'apice, ma Alex sapeva che avrebbe avuto bisogno di qualcosa di più intenso. Si appoggiò sui gomiti e con la mano libera scivolò sui jeans, nel punto caldo in mezzo alle cosce di lei.

Le bastò un tocco e fu travolta dall'orgasmo tra le sue braccia.

Era dannatamente bella mentre veniva.

Una dea tra le sue braccia.

Nella sua vita.

Mentre si riprendeva da quel picco di piacere, Alex le tolse velocemente i pantaloni e l'intimo e le allargò le gambe. Era ancora scossa dai tremiti dell'orgasmo quando le appoggiò la bocca sulla passera e prese a leccarla.

Tabitha urlò, i fianchi premuti sulla bocca di lui che continuò a leccarla, a morderla, a succhiarla. Aveva un sapore delizioso e Alex sapeva benissimo che avrebbe potuto perdersi tra quelle dolci pieghe per sempre. La penetrò con due dita, senza smettere di leccarle il clitoride; aveva il viso e la barba ricoperti dei suoi umori. Voleva farla venire di nuovo, voleva farla sbattere sul suo viso mentre perdeva il controllo.

"Vieni, piccola. Vienimi sulla faccia. Fammi vedere quanto sei eccitante quando hai la mia bocca sulla passera. Gioca con i tuoi capezzoli e ti premierò con l'uccello."

Lei lo guardò, lo sguardo perso e un sorriso seducente mentre si accarezzava i seni.

"Così. Strizzali. Immagina che siano le mie dita."

"Meno chiacchiere," ansimò. "E più fatti."

Alex ridacchiò e tornò al suo banchetto, le leccò le grandi labbra e giocherellava con la lingua dentro e fuori mentre la penetrava con tre dita. Era così stretta che sentiva che faceva resistenza, ma voleva essere sicuro che fosse pronta per quando l'avrebbe presa.

Quando le morse piano il clitoride, Tabitha venne di nuovo e lui leccò prima di farla girare sulla pancia. Lei si lasciò sfuggire un gridolino quando le schiaffeggiò il culo.

"Ehi!" disse guardandolo da sopra la spalla. "Mi hai sculacciato?"

Le fece l'occhiolino e si tolse i pantaloni, poi si chinò per prendere un preservativo che aveva sistemato prima nella tasca. "Sì. Vuoi che lo faccia di nuovo?"

Tabitha arrossì e lo guardò incuriosita. "Forse."

Lui sorrise e le colpì di nuovo il fondoschiena prima di prenderla per le cosce e farla sistemare a quattro zampe. "Mi piace questa tua attitudine." Abbassò la testa e le leccò la passera usando contemporaneamente le mani per allargarla. Lei appoggiò la testa sul letto e spinse il fondoschiena verso il suo viso. Alex la leccò e prese a giocherellare con il suo ano, godendosi i gemiti e i sussulti di lei. Utilizzò i suoi umori per prepararla, poi pian piano la penetrò con un dito. Tabitha trattenne il fiato, si irrigidì e lui le morse una natica.

"Rilassati, piccola, non ho intenzione di scoparti il culo stasera."

"Ma lo farai prima o poi?" gli chiese.

"Se tu lo vuoi." Lui lo voleva, certo.

"Non lo so. So solo che mi piace tutto quello che mi fai, anche se è qualcosa che non ho mai provato prima."

Le baciò la schiena mentre pian piano toglieva il dito. "Potremo farlo quando ti sentirai pronta. E se non sarai mai pronta, va bene lo stesso. Dipende tutto da te e da quello che vuoi, ok?"

Tabitha guardò oltre le spalle mentre lui si sistemava dietro di lei. "E quello che vuoi tu?"

Alex sbatté le palpebre; quelle parole lo avevano colpito. "Io voglio te." Sincero. Aperto. Era l'unica cosa a cui riusciva a pensare in quel momento… l'unica cosa che avrebbe sempre voluto.

"E io voglio te." Una dichiarazione appena sussurrata.

Alex si appoggiò su di lei e la baciò. "Allora prendimi." Mandò giù il groppo che aveva in gola mentre scivolava dentro di lei, consapevole che non si trattava solo di sesso. Con Tabitha non era mai solo sesso, e immaginava che non lo sarebbe mai stato.

Quella consapevolezza avrebbe dovuto spaventarlo molto di più, ma in quel momento non riusciva a pensare ad altro se non a quanto adorasse averla tra le braccia, sopra di lui, sotto, accanto, e a quanto amasse la sensazione della sua passera che gli avvolgeva l'uccello. Le afferrò il fondoschiena e la tenne ferma mentre lentamente scivolava dentro e fuori da lei. Le aveva promesso di andarci piano e ci sarebbe riuscito, dannazione.

Alex fece roteare i fianchi, mentre Tabitha lo guardava da oltre la spalla: santo cielo, quanto gli piaceva. Voleva di più, voleva *vederla*, così uscì da lei e la fece girare. Tabitha si ritrovò distesa sulla schiena al centro del letto. Alex si sdraiò sopra di lei, le prese una mano e la guidò sul suo uccello.

"Guidami dentro di te, piccola. Prendimi."

Tabitha si leccò le labbra, gli occhi velati di passione, e fece quello che le aveva chiesto guidandolo lentamente dentro di sé. Alex aveva il respiro affannato, il sudore gli scivolava lungo la schiena mentre si faceva strada in lei centimetro dopo centimetro. Quando fu tutto dentro di lei, rimasero così, fermi, persi nello sguardo l'uno dell'altra, connessi in un modo talmente intimo che Alex non aveva mai nemmeno immaginato. Intrecciò le dita con quelle di lei e prese a muoversi.

Fecero l'amore, mano nella mano, gli sguardi che creavano un legame perfetto.

Quando vennero all'unisono, Alex capì di essere nei guai.

Lei non era una dipendenza, non era una croce.

Lei era tutto il resto, tutto quello che Alex non aveva mai pensato di poter vivere.

E lo spaventava più dell'idea di volere una bottiglia.

Capitolo Otto

TABBY AVEVA LA TESTA CHE MARTELLAVA E LE
gambe indolenzite, ma si sentiva al settimo cielo.
Non solo lei e Alexander avevano in programma un
appuntamento per il giorno successivo, ma era
anche riuscita a completare tutti i punti sulla lista
delle cose da fare, con un'ora d'anticipo. Amava le
liste e completarne una significava aver portato a
termine mille attività, quel giorno; e non si sentiva
neanche stanca. Non c'era davvero niente di meglio
che spuntare una voce o evidenziare qualcosa da un
elenco una volta terminato il compito. Era una
sensazione di totale euforia.

Ripensò a un certo uomo nel proprio letto e a
quante volte era venuta solo grazie alla sua bocca.

Probabilmente *c'erano* un paio di cose migliori di una lista di cose da fare.

Molti dei colleghi erano usciti per raggiungere i cantieri, ma da quando c'era stata l'aggressione da parte di quel cliente, nessuno le permetteva di rimanere in ufficio da sola. Quel lato iperprotettivo un po' la irritava, ma ci era fin troppo abituata, visto che aveva tre fratelli, così aveva imparato a conviverci. Quando esageravano e le davano sui nervi, Tabby non aveva problemi a puntare i piedi. Per il momento aveva concesso ai colleghi di preoccuparsi e di comportarsi come mamme chiocce, perché sapeva che così sarebbero stati più tranquilli. Se doveva essere sincera con se stessa, anche lei si sentiva meglio. Anche se c'era un servizio di sicurezza più rigido in ufficio, anche se prendeva lezioni di autodifesa, non era abbastanza.

Non ancora.

"Devo uscire," disse Storm raggiungendola alla scrivania "Alex è sul retro a stampare delle cose, quindi non sei da sola, ma vuoi che rimanga comunque un altro po'?"

Lei scrollò il capo e cercò di non guardare Alexander che entrava nella stanza con un plico di fogli in mano. Non avevano detto a nessuno che si stavano frequentando, era stata una decisione condivisa. Una volta che i Montgomery lo avessero saputo, sarebbe diventato tutto più caotico e accelerato. Cavolo, le cose erano già abbastanza incasinate.

Dallo sguardo che le rivolse Storm, Tabby ebbe la sensazione che sospettasse qualcosa. Storm, tra tutti i Montgomery, era sempre stato quello più arguto. Dannazione.

"Lei è al sicuro," disse Alexander piano. "Vai pure. Chiudiamo noi."

Storm inarcò un sopracciglio sentendo Alexander che parlava per lei, ma Tabby fece spallucce. "Beh, ha ragione. Io ho quasi finito. Tu vai pure al lavoro e non preoccuparti per me." Storm assottigliò lo sguardo e lei sospirò. "Comunque grazie, ti comporti sempre da fratello maggiore e vuoi che sia al sicuro. Lo apprezzo molto. Ricordati però che ho già tre fratelli più grandi in Pennsylvania e non posso farcela a sopportarne un altro."

Storm incrociò le braccia al petto. "Loro non sono qui, no? I Montgomery ti hanno accolto quindi devi sopportare il fatto che noi tutti ci comporteremo sempre come fratelli maggiori nei tuoi confronti."

Tabby non riuscì a trattenersi dal lanciare

un'occhiata ad Alexander che per tutta risposta inarcò un sopracciglio.

Tutti noi? Sembrava volerle dire con gli occhi.

Decisamente non tutti.

"È al sicuro, Storm," brontolò Alexander e Tabitha sorrise. Si comportava proprio da orso brontolone, quando i fratelli mettevano su quell'atteggiamento da duri.

Storm la studiò per un istante e lei trattenne un sospiro. Sì, non aveva più senso nascondere i propri sentimenti di fronte a quel Montgomery in particolare, e tutti e tre ne erano consapevoli. Quando Storm uscì senza aggiungere altro, Tabby capì che probabilmente avrebbe mantenuto il segreto.

"Non dirà niente agli altri, se noi non vogliamo," disse Alexander avvicinandosi a lei. Non si toccarono, visto che l'ufficio era pieno di telecamere; avevano deciso di provare a tenere il lavoro separato dalla loro relazione.

Tabitha si morse un labbro. "Vogliamo che gli altri lo sappiano? Voglio dire, mi piace il fatto che sia una cosa solo tra noi due per il momento. Non fraintendere, io *adoro* la tua famiglia, ma a volte le cose hanno la tendenza a prendere una piega eclatante quando anche loro vengono coinvolti."

Alexander annuì e si appoggiò alla scrivania.

"In questi giorni sono già abbastanza preoccupati per me; preferirei trovare un equilibrio con te senza avere i loro occhi puntati addosso."

Tabitha trattenne il respiro, consapevole che Alexander si stava aprendo più di quanto avesse fatto in passato. Il fatto che fosse un alcolista non era un segreto per lei, visto che lo conosceva fin da prima; ma giorno dopo giorno stava iniziando a confidarsi sempre di più.

Forse era giunto il momento che anche lei condividesse qualcosa su se stessa.

"Hai programmi per stasera?" gli chiese cambiando argomento, quando vide che Alex si stava rabbuiando.

Lui scrollò il capo. "No, cos'hai in mente?"

Tabby sospirò e lo guardò negli occhi. "Vorrei tornare per quelle strade dove mi hai incontrato. Voglio spiegarti perché ero lì." Era il momento. Conosceva così tanti segreti di Alexander, perché erano diventati di dominio pubblico in famiglia quando lui aveva toccato il fondo, ma lui non sapeva niente dei suoi. Era giusto dirglielo e sentiva che era l'ora di mostrargli un po' più di quello che era veramente. Non sarebbe stato semplice, aveva anche un po' paura, ma pregò che tutto andasse per il meglio.

Alex si alzò in piedi e la osservò. "Prima ceniamo? Poi sarebbe un onore per me se tu condividessi quello che senti il bisogno di raccontare."

Tabby si leccò le labbra e iniziò a sistemare le proprie cose, consapevole che stava per fare un passo enorme in una direzione per cui sperava che entrambi fossero pronti. "Prima ceniamo," ripetè piano prendendo la borsa.

Poteva farcela.

Doveva.

DOPO CENA si fermarono in uno dei parcheggi in centro e pagarono il posteggio. Faceva freddo, ma non come i giorni precedenti. Forse era un segno.

"Allora," iniziò lui prendendole la mano. "Vuoi dirmi cosa ci facevi qua fuori?"

Lei annuì mentre teneva stretta a sé la grande borsa che teneva in macchina. "Ogni settimana vado nei rifugi e servo da mangiare ai senzatetto. Quando ho tempo e quando la temperatura è più calda, cammino per le strade, porto del cibo a quelli che trovo e… guardo."

Le strinse la mano. "Guardi cosa?"

"Cerco il mio ex e sua figlia."

Lui si bloccò e Tabitha quasi inciampò, ma lui la tenne salda con la mano. "Cosa?"

Lei si voltò e lo guardò dritto negli occhi. "Circa cinque anni fa, incontrai un uomo di nome Michael. Ci innamorammo e io mi innamorai anche di sua figlia, Angel. La moglie era morta di cancro un paio di anni prima e Michael e Angel se l'erano cavata da soli per un paio di anni. Quando Angel aveva cinque anni, la incontrai per caso mentre stavo finendo la tesi e lavoravo part-time per i Montgomery. Era molto carina e divertente. Stavo leggendo al parco e lei era lì, ne rimasi subito colpita. Michael era con lei, la stava tenendo d'occhio e mi raggiunse per scambiare qualche parola. Presto iniziammo a uscire e, in qualche modo, lui e Angel finirono col trasferirsi da me."

Alexander spalancò gli occhi. "Io ti conoscevo già all'epoca," sussurrò. "Eppure non sapevo niente di tutto ciò."

Lei scrollò il capo. "Nessuno lo sapeva. La mia famiglia lo sapeva perché eravamo molto legati, ma non mi sono avvicinata ai Montgomery per molto… per molto tempo." Sospirò e gli strinse forte la mano. Continuarono a camminare e mentre lei andava avanti con la storia faceva del suo meglio per guardarsi intorno, alla ricerca di quelli che aveva perso. "I primi mesi furono un po' di assestamento, ma col senno di poi furono meravigliosi. Solo dopo tre mesi mi resi conto che Michael era un alcolista fino al collo."

Pronunciò quelle parole in fretta, ma sentì chiaramente Alexander che imprecava al suo fianco. Sì, anche lei vedeva i parallelismi, ma dannazione, Michael e Alexander erano due persone totalmente diverse e avevano affrontato le cose in modo opposto. Alexander lo avrebbe capito.

"Smettila," gli disse sottovoce. "Lui non è come te. Tu hai chiesto aiuto. Lui… lui no."

Alexander si fermò sotto una pensilina e la costrinse a guardarlo negli occhi. "Raccontami il resto," disse tutto d'un fiato.

"Lui non ha mai smesso di bere e non era mai completamente sobrio. Non avevo colto i segni perché, beh, chiaramente non lo avevo mai visto completamente sobrio e lui era *davvero* bravo a non farsi scoprire."

"Sì, abbiamo la tendenza a diventare dei bugiardi."

"Smettila di paragonarti a lui."

"Non posso farci niente, Tabitha."

Lei gli prese il viso tra le mani, coperte dai guanti, e Alex non si ritrasse. Doveva pur contare qualcosa. "Si trasformò in una persona orribile con cui non potevo più vivere; in seguito ho capito di non averlo mai amato veramente. Come potevo amare un uomo che in realtà non conoscevo? Nonostante sia stata una scelta straziante, quando Michael ha iniziato a urlarmi contro di continuo, non ho potuto far altro che cacciarlo di casa. Lui portò Angel con sé. Parlai con degli avvocati, tentai ogni strada per capire cosa fare con Angel, ma io non avevo alcun diritto su di lei. Mio fratello aveva dei contatti in città e riuscì a fissare un incontro con un assistente sociale per valutare la situazione, ma era troppo tardi. Michael e Angel erano scomparsi. Non avevo idea di dove si fossero trasferiti fino a quando non ricevetti una lettera da Angel."

Trattenne il respiro e Alexander le prese il viso tra le mani, proprio come lei stava facendo con lui. "Vai avanti."

"Lei si ricordava il mio indirizzo," sussurrò Tabby. "Il *suo* vecchio indirizzo. Era riuscita a trovare un francobollo e una busta, così mi aveva scritto. Non c'era un indirizzo a cui rispondere perché lei *non* aveva un indirizzo. A quanto pare, lei e Michael vivono per strada da quattro anni e a volte si fermano in alcuni piccoli alloggi se ne hanno la possibilità. Non so cosa facciano o come sia possibile, ma di tanto in tanto ricevo una lettera." Lettere a cui lei si aggrappava con ferocia. "Il tribunale non può fare niente per Angel perché non riescono a rintracciarla. Io però non ho intenzione di smettere di cercare." Deglutì il nodo che aveva in gola. "Angel non si merita quella vitaccia." Le lacrime presero a rigarle le guance. "Non avrei dovuto buttare fuori Michael, ma non sapevo cos'altro fare. Per colpa mia, Angel ora è da qualche parte qua fuori al freddo."

Alexander la strinse a sé e lei si lasciò andare a un pianto disperato. "Ti aiuterò a cercarla, piccola. Nessun bambino si merita una vita del genere."

Si aggrappò a lui mentre cercava di fermare le lacrime, ma invano. Non aveva mai raccontato a nessuno tutta la storia. Neanche la sua famiglia sapeva con quanta ostinazione portasse avanti quella ricerca.

Alex la spinse leggermente indietro per poterla guardare e lei serrò le labbra. Tabitha non riusciva a capire cosa stesse pensando, se per lui quella storia era troppo. Alexander poteva anche essere un alcolista, ma aveva trovato la forza di chiedere aiuto e di rimanere sulla retta via.

Michael non c'era riuscito e intanto aveva ferito Angel. Per Tabitha le differenze tra i due erano lampanti, ma non sapeva se Alexander riuscisse a vederle.

C'era qualcos'altro nello sguardo di Alexander, una vecchia ferita che non riusciva a decifrare. Sapeva però che non era il momento giusto per fare domande.

Davanti a loro avevano già tanti ostacoli da affrontare, sembrava una sfida quasi insuperabile. Lei sperava solo che tra loro ci fosse un legame abbastanza forte da farli resistere a tutto. Perché anche se lei era uscita con Michael, prima si era innamorata di quel Montgomery tranquillo e taciturno, quando era ancora troppo giovane per sapere che fare. Lui era sposato e lei era rimasta in disparte, perché sarebbe stato folle fare qualcos'altro. Ora però le circostanze erano diverse. Lei era lì tra le sue braccia. Era proprio lui quello che la teneva così stretta. E se lei aveva un bagaglio troppo pesante? E se lei non era abbastanza per lui?

In passato non era stata abbastanza.

Dannazione, non voleva finire nello stesso modo… di nuovo.

ALEX SI PASSÒ una mano tra i capelli e finalmente si svegliò del tutto. Tabitha se ne era andata poco meno di un'ora prima, per cambiarsi. Nessuno dei due aveva dormito molto durante la notte. Non avevano fatto sesso, ma erano rimasti abbracciati tutta la notte a parlare delle opzioni che avevano di fronte.

Lui era rimasto spiazzato quando aveva scoperto che Tabitha aveva convissuto con un uomo in passato.

Allo stesso modo, era rimasto senza parole quando gli aveva detto che Michael era un alcolista.

Non era la stessa cosa, aveva detto lei.

Non è la stessa cosa, aveva ripetuto a se stesso.

Eppure, Alex sapeva che per quanto girassero intorno al problema, c'erano troppe somiglianze e le cose non potevano più tornare come erano prima. Ovvio, qualsiasi cosa lei avesse condiviso con lui, non avrebbero comunque potuto tornare indietro.

Col tempo erano diventati sempre più intimi, tremendamente intimi. Alex non sapeva come comportarsi. Aveva provato un dolore profondo per Tabitha: sapere che aveva dovuto affrontare quella situazione era terribile.

Si sgranchì il collo indolenzito e provò ad allontanare i pensieri. Qualsiasi cosa facesse, non riusciva ad alleviare lo stress derivante dalla conversazione e dalle rivelazioni che Tabitha gli aveva fatto la sera prima. Avevano subito entrambi uno sconvolgimento emotivo, ma lui non le aveva neanche spiegato esattamente il *perché*. Sapeva che se volevano continuare a percorrere la strada che avevano imboccato, avrebbe dovuto raccontarle tutto, ma non era sicuro di farcela. Non aveva parlato dei propri demoni ad anima viva, nemmeno al proprio sponsor, né al terapista. Entrambi erano a conoscenza che Alex nascondeva qualcosa di brutto, anzi molto peggio, ma avevano lavorato con lui tenendo in disparte quei segreti.

Alex era consapevole che probabilmente raccontare a qualcuno tutto quello che aveva attraversato lo avrebbe potuto aiutare, ma non pensava di riuscire a trovare le parole. Non voleva pensarci, non voleva che i ricordi riaffiorassero e diventassero ancora più difficili da tenere a bada.

Sentiva però che se mai si fosse aperto con qualcuno, sarebbe stata *lei*.

Tabitha gli aveva raccontato di Michael e Angel e lui l'aveva tenuta tra le braccia mentre piangeva. Gli aveva rivelato segreti e paure, eppure lui ancora non era riuscito a condividere tutto con quella donna. Non gli era sfuggito il fatto che le avesse raccontato molto di più di quanto non faceva con le persone fuori dalla sua cerchia degli alcolisti anonimi, ma con Tabitha le cose erano diverse.

Sarebbe stato sempre diverso con lei.

Sospirò e si spostò in cucina per prepararsi un caffè. Aveva un bisogno disperato di caffeina e decise di mettere su la caffettiera grande, per prepararne in abbondanza per quando sarebbe tornata Tabitha. Era il fine settimana; nonostante di solito lavorassero entrambi su vari progetti, avevano deciso di prendersi una mattinata di totale relax per stare insieme.

Forse *relax* non era la parola migliore da usare, visto che nessuno dei due era rilassato dopo la notte che avevano trascorso, ma se lei aveva voglia di fare una passeggiata nel parco o di rimanere sul divano a guardare la tv con lui, l'avrebbe assecondata.

Prima di buttarsi sull'alcol, Alex non era una persona a cui piaceva condividere i propri sentimenti. Certo, era migliorato un poco, prima che tutto andasse a rotoli, ma non di molto. In quei giorni stava cercando di aprirsi un po' di più, ma ancora non era riuscito a saltare l'ostacolo e non era neanche sicuro che sarebbe mai stato in grado di farlo.

Aveva iniziato a bere per mettere a tacere il dolore, i demoni, e non aveva smesso fino a quando era arrivato a far male non solo a se stesso, ma anche a quelli che amava. Se non fosse stato per gli sguardi che aveva visto sul volto dei familiari, quando aveva toccato il fondo, forse non avrebbe mai smesso. Avrebbe bevuto fino al punto di non ritorno, fino alla morte, e sarebbe stato così anestetizzato da non rendersene neanche conto. Una piccola parte di lui si era preoccupata per la famiglia, per quello che stavano vedendo, per quello che i *bambini* avevano davanti, così alla fine aveva deciso di farsi accompagnare in riabilitazione da Maya e Jake.

Prese un sorso di caffè per cercare di mandar via il sapore amaro del rimorso.

Sarebbe sempre stato grato di essere un Montgomery, anche se non aveva reso onore a quel cognome. I parenti gli avevano salvato la vita ed era giunto il momento di tornare a vivere. Non era sicuro di essere abbastanza per Tabitha. Dannazione, *sapeva* di non essere abbastanza. Lei aveva combattuto per se stessa nella relazione che aveva avuto e continuava a lottare ogni settimana per la ragazzina che non era riuscita a salvare. Lui ammirava quella forza, anche se un po' la invidiava.

A un tratto, suonò il campanello e Alex guardò dubbioso l'orologio. Tabitha aveva fatto in fretta se era già di ritorno, forse aveva deciso di mettersi qualcosa di comodo. A lui non importava, così forse anche lui se la sarebbe cavata con un paio di pantaloni della tuta, per una giornata di ozio totale. Un sorriso inaspettato gli affiorò sulle labbra. Dopo tutto il caos che Tabitha aveva attraversato nell'ultimo periodo, si meritava di trascorrere una giornata in panciolle a guardare qualche film. Alex era contento che volesse trascorrere quella giornata con lui.

Appoggiò la tazza di caffè sul ripiano della cucina e andò ad aprire la porta, un'inconsueta euforia nei suoi passi. Cavolo, anche dopo tutto quello che era venuto fuori la notte precedente, nonostante i mille dubbi che gli affollavano la mente, anche solo pensare a Tabitha lo rendeva… *felice*. Avrebbe dovuto preoccuparsi, ma in quel momento non desiderava altro che continuare a sorridere e far sorridere anche lei.

Quando aprì la porta, tutti i propositi di felicità andarono in mille pezzi e il sorriso che aveva sul volto fu rimpiazzato da una smorfia.

"Cosa diavolo ci fai tu qui?" La rabbia gli riempì le vene mentre veniva travolto da un'ondata di dolore. Iniziò a sudare freddo e gli si chiuse lo stomaco mentre la bile gli risaliva fino alla gola.

La sua ex-moglie, Jessica, era in piedi sulla soglia, i capelli raccolti e il trucco perfetto come sempre. Indossava dei leggings marroni infilati in un paio di stivali di pelliccia e aveva un giaccone di pelliccia abbinato. Aveva anche dei paraorecchie, anche quelli abbinati: non portava mai cappelli perché non sopportava che le scompigliassero l'acconciatura. Con quanto tempo ci metteva ogni mattina per sistemarsi, Alex non poteva biasimarla, anche se finiva spesso col prendere l'influenza per quel suo modo di vestirsi sempre poco adeguato.

Quando Jessica si ammalava, tutto il mondo doveva subire i suoi scatti d'ira. La gente scherzava di continuo sugli uomini con la febbre, ma era niente a confronto con Jessica. Anche quando lui faceva due lavori per garantirsi un tetto sulla testa, doveva comunque prendersi cura di lei e scattare sull'attenti al minimo raffreddore. All'epoca era così innamorato e affascinato da lei, che non gli pesavano neppure le tante fatiche. Dopotutto, prendersi cura della propria moglie quando era a letto malata era una cosa naturale. Non gli importava neanche di perdere un giorno di lavoro per una leggera tosse che alla fine si rivelava essere un nulla. L'amava e voleva trattarla come una principessa.

Non gli aveva dato peso in passato, ma ora si sarebbe preso a calci per essere caduto in tutti quei trucchetti.

Cazzo.

Non era sempre stata cattiva, rammentò a se stesso. E lui non era sempre stato un completo idiota con lei.

O forse erano tutte bugie.

"Non mi inviti a entrare?" gli chiese, la voce stridula. Negli ultimi anni aveva sempre risposto al telefono con quel timbro di voce acutissimo. Quando erano al liceo, aveva una voce più morbida, era tutta più morbida. Una volta sposati, Jessica aveva iniziato ad allenarsi incessantemente e a controllare tutto quello che mangiava. Ora era lui a fare attenzione al cibo, ma non in maniera ossessiva come faceva lei.

Non c'era più niente di morbido in lei.

In parte, lui ne sentiva la colpa.

Odiava che fossero arrivati a tanto. Nonostante lui e la sorella avessero degli ex davvero orribili, non tutti i membri della famiglia avevano attraversato qualcosa di simile. C'erano ex fidanzate ed ex fidanzati dei Montgomery con cui avevano mantenuto un rapporto di amicizia, relazioni che si erano chiuse serenamente. Il motivo per cui non poteva avere un rapporto del genere non dipendeva da lui, ma in quel momento avrebbe proprio voluto averlo perché non voleva affrontare la situazione che gli si presentava di fronte.

Non voleva affrontare *lei*.

Il demone sempre in agguato sulla spalla gli stava urlando in un orecchio. *Solo un drink.*

La tentatrice bisbigliava nell'altro. *Solo uno, tesoro. Solo uno.*

Alex afferrò saldamente il bordo della porta e ignorò quelle parole. Non avrebbe bevuto, dannazione. "Perché dovrei invitarti a entrare?"

Lei gli fece cenno di spostarsi e lo superò. Alex non se lo aspettava, visto che quello era il suo appartamento e non la casa in cui avevano vissuto insieme. Imprecò tra sé, ma richiuse la porta per evitare che tutto il calore si disperdesse.

"Che diavolo, Jessica? Perché sei qui e perché pensi di avere il diritto di entrare così? Noi abbiamo divorziato. Non hai nessun diritto in questa casa."

Lei si guardò intorno e gli rivolse uno sguardo che lasciava intendere un pensiero totalmente diverso dal suo. "Questo appartamento è un po' piccolo per i tuoi gusti, no? Pensavo che avresti preso una casa più grande, come quella che avevi prima." Evidentemente, lei voleva ignorare le domande.

Alex fece un respiro profondo per mantenere la calma. "Ti riferisci alla casa che hai venduto appena hai ottenuto i fogli del divorzio."

Gli fece un cenno con la mano. "Troppi ricordi."

Lui sbuffò e appoggiò le mani sui fianchi. "Va bene, Jessica. Perché sei qui?"

"Alexander? La porta è socchiusa…" Alex si voltò sentendo la voce di Tabitha che li raggiungeva da fuori. Chiaramente preso dalla rabbia, non aveva chiuso. Trattenne un'imprecazione. Tabitha fece capolino dalla porta e rimase pietrificata, gli occhi sgranati per un istante. "Oh. Non avevo capito che avevi compagnia. Ciao Jessica."

Dannazione. Dal tono di voce Alex percepiva tutto il dolore, la confusione, e non sapeva cosa fare. Non sapeva mai cosa fare.

La sua ex-moglie lo superò e fissò Tabitha. "Tu sei la segretaria, giusto?"

Cazzo. La situazione stava prendendo una brutta piega. Alex spostò di lato la ex e andò dritto verso la porta d'ingresso. "È l'assistente amministrativa e tu lo sai bene, Jess. Vieni, piccola. Prendi freddo."

Non aveva intenzione di lasciarsi sfuggire la parola 'piccola' e se ne pentì immediatamente. Jess prese la palla al balzo.

"Piccola?" disse con voce incredula.

Tabitha sospirò e scrollò il capo. "Ci vediamo più tardi. Hai da fare."

"Aspetta, non andare." Fece per raggiungerla, ma Jess lo trattenne per un gomito. Alex imprecò e Tabitha scrollò il capo.

"Ti chiamo più tardi, d'accordo? Oppure chiamami tu. Devo… devo lasciarti alle tue cose." Fece una smorfia mentre si chiudeva la porta alle spalle e Alex si afferrò la punta del naso.

Se Tabitha avesse saputo esattamente perché lui e Jessica avevano divorziato, perché aveva raccontato a tutti che era stata la sua ex-moglie a lasciarlo e non il contrario o perché le cose erano andate così a rotoli, non avrebbe avuto quell'espressione sul viso prima di andarsene.

Certo, ormai era davvero fottuto.

"Vattene," urlò. "Non c'è posto per te qui, Jess. Non c'è mai stato."

"Ma, Alex…"

Si voltò di scatto. "Cosa cazzo vuoi, Jess? Hai

già preso tutto quello che potevi da me. Non mi è rimasto *niente*. Io non ti piaccio neanche e puoi stare certa che tu non piaci a me."

Jessica lo fulminò con lo sguardo e sollevò il mento con gesto di sfida. "Beh, deduco che tu abbia smesso di fare quello sempre gentile."

"Ho smesso molto tempo fa e lo sappiamo bene entrambi. Cosa vuoi?"

"Ho bisogno di soldi."

Alex sospirò e serrò i pugni lungo i fianchi. "Stai scherzando."

Jess gesticolò un po'. "No. Non sto scherzando. Pensi che sarei venuta qui a umiliarmi se non ne avessi bisogno? Sto passando un brutto momento e mi serve qualche migliaio di dollari per andare avanti. Ho immaginato che visto che abbiamo condiviso un passato, mi avresti aiutato. Dopotutto, *ero* tua moglie."

"Hai ragione. *Eri* mia moglie. Non lo sei più. Se hai bisogno di soldi, chiedi un prestito. O ancora meglio, trova un dannatissimo lavoro. Non ho niente per te, Jess, e come abbiamo visto, non ce l'ho mai avuto. Quindi, fuori dalle scatole."

"Perché? Così puoi giocare alla segretaria con quella rossina?" disse con un ghigno.

Alex digrignò i denti e fece quello che avrebbe

dovuto fare fin da subito. Avanzò deciso verso la porta e la spalancò. "Vattene o chiamo la polizia. Non mi importa di dare spettacolo. Sei sempre stata brava a fare le sceneggiate."

"Fottiti."

"Mi hai già fottuto abbastanza, Jess."

Jessica gli lanciò un'occhiataccia e uscì dall'appartamento senza voltarsi indietro. Doveva essere davvero disperata per essere tornata da lui, o forse si immaginava che l'avrebbe accolta scodinzolando come aveva sempre fatto in passato.

Alex appoggiò la fronte alla porta di legno e si maledisse ancora una volta. Doveva chiamare Tabitha e darle una spiegazione. Doveva capire cosa diavolo aveva intenzione di fare con lei. Cosa voleva fare di se stesso.

Aveva bisogno di un drink.

No. No. Non era vero.

Doveva chiamare Steve e poi avrebbe chiamato Tabitha.

Non avrebbe ceduto, col cazzo che si sarebbe rimesso a bere.

Jessica non aveva più quel potere su di lui. Era lui ad averlo. Si sarebbe maledetto per sempre se avesse ceduto di nuovo per colpa di quella donna.

Capitolo Nove

ALEXANDER AVEVA CHIAMATO, MA LEI ERA AL telefono con la madre. Più tardi, Tabby aveva avuto troppa paura per richiamarlo. Sapeva che era una scusa, ma aveva bisogno di pensare a quello che aveva visto, a quello che gli aveva raccontato e a quello che avrebbero fatto quando si sarebbero rivisti di nuovo.

Si stava comportando da codarda.

Quando lui aveva telefonato per la seconda volta, aveva risposto, incerta su cosa dire, ma non era riuscita a trattenersi. Il fatto era che si fidava che lui non avrebbe ripreso a bere, si fidava della sua forza. Non aveva altrettanta fiducia in sé, non credeva di essere *abbastanza* per lui, abbastanza per non farlo tornare da Jessica.

Alex aveva amato tantissimo quella donna, ed era stato doloroso rimanere a guardare. Sembravano perfetti insieme; anche se lei sapeva che dovevano esserci stati dei problemi, visto che non erano più sposati, pensava che quei problemi potessero scomparire col tempo. Alexander non ne aveva mai parlato e lei non aveva mai avuto il coraggio di chiedere.

Si odiava per la propria insicurezza, che la spingeva a chiudersi a riccio.

Non avevano parlato tanto al telefono, solo qualche parola per assicurarsi che entrambi stessero bene. Aveva la sensazione che avessero mentito entrambi quando avevano detto che era tutto a posto. Invece del fine settimana pigro che aveva immaginato con lui, avevano deciso di vedersi il lunedì e da allora avevano scambiato solo qualche messaggio.

Lei non era riuscita a mantenere completamente le distanze, non aveva voluto. Dalla rapidità con cui lui le aveva sempre risposto, anche Alex doveva sentirsi nello stesso modo.

A quel pensiero, Tabby voleva sbattere una mano sull'agenda.

Le sembrava di essere diventata una liceale che si struggeva davanti al cellulare in attesa di un messaggio o di una chiamata. Doveva tirarsi su e iniziare a comportarsi come una donna adulta. Il problema era che comportarsi da adulti era molto più difficile, quando si dovevano affrontare dei problemi reali.

Invece di sbattere la testa contro il muro, decise di mettersi al lavoro, visto che la lista di cose da fare quel giorno sembrava lunga il doppio. La mattinata era stata tranquilla: Wes era in cantiere e Storm si era rinchiuso in uno degli uffici sul retro per buttare giù qualche schizzo. Tutta quella pace le aveva dato il tempo di pensare… ovviamente, ma pensare ad Alexander non era la cosa migliore che potesse fare in quel momento. Lui sarebbe venuto in ufficio nel pomeriggio per discutere con i gemelli dei prossimi passi per il progetto e per mostrare loro alcune idee che aveva messo insieme. Tabby aveva già visto qualcosa quando era stata a casa di Alex e non era troppo tranquilla al riguardo, visto che era una pessima attrice e difficilmente sarebbe riuscita a mostrarsi sorpresa. Le piaceva la direzione che il progetto di Alex aveva preso, ma visto che nessuno sapeva che loro due facevano coppia, la situazione stava diventando strana.

Dovevano trovare il modo di dirlo agli altri, e alla svelta; anche Alexander avrebbe capito. Era solo un'altra complicazione in un intreccio sempre più complesso. Ecco cos'erano loro due insieme.

Tra la famiglia di lui, quella di lei, Michael e Angel, Jessica, il combattimento di Alexander, l'aggressione che lei aveva subito e che l'aveva portata ad allenarsi… le girava la testa.

La porta principale si aprì e Tabby sollevò la testa mentre Harry e Marie Montgomery facevano ingresso nell'ufficio, un'espressione preoccupata sul volto di entrambi. Quando Tabby aveva iniziato a lavorare in azienda, Harry e Marie erano al comando. Erano andati in pensione poco dopo la sua assunzione, Wes e Storm avevano preso le redini al loro posto, ma erano stati i genitori per primi ad averle offerto un'opportunità.

Si alzò subito in piedi e li raggiunse. "Non sapevo che sareste venuti. Va tutto bene?" Harry aveva avuto il cancro l'anno prima, quindi la mente di Tabby pensò subito al peggio e probabilmente la preoccupazione le si lesse in volto.

Harry le diede un abbraccio caloroso. "Sto bene, tesoro, ma penso che ci sia qualcuno di noi che ha bisogno di aiuto."

Marie le baciò una guancia e strinse Tabby a sé. "Austin ci ha chiamato, Alex gli ha detto che Jessica è tornata. Siamo preoccupati."

Tabby sgranò gli occhi. Non sapeva che Alexander avesse parlato dell'ex con la famiglia. Se l'aveva fatto doveva essere molto agitato… o magari stava solo cercando di non avere più segreti. Lei non ne era sicura e l'incertezza la attanagliava. Lei e Alexander dovevano veramente mettersi seduti a tavolino e parlare.

Storm uscì dall'ufficio proprio mentre Wes rientrava da fuori. Evidentemente era una vera e propria riunione di famiglia.

"Che succede?" chiese Storm.

"Sì, state tutti bene?" disse Wes togliendosi il giaccone.

Marie sospirò. "So che avremmo potuto chiamare, ma volevo vedere Alex di persona. Dovrebbe venire al lavoro oggi, giusto?"

Tabby annuì. "Sì, in realtà dovrebbe essere qui a momenti." Era un'informazione che avrebbe avuto comunque, visto il suo lavoro, ma il fatto che lui le avesse mandato un messaggio la mattina per dirglielo era tutta un'altra questione.

Storm la guardò di nuovo in modo strano, ma lei decise di ignorarlo. Quell'uomo riusciva sempre a vedere oltre e lei non era pronta a confidarsi.

"Jessica è ricomparsa," mormorò Harry. "Noi non sappiamo perché si siano lasciati, ma avevamo visto tutti che la loro era una relazione tossica. Ora però lei è tornata e…"

Harry non concluse la frase. Tabby voleva andarsene. Si trattava di una discussione di famiglia, anche se erano sul posto di lavoro. Era sempre stato un ambiente *familiare*, ma, nonostante loro avessero fatto di tutto per farla sentire parte della famiglia, in certe circostanze sarebbe sempre stata un'estranea.

"Dovrei lasciarvi parlare in privato," disse piano. "Volete spostarvi in uno degli uffici sul retro? Oppure posso andarci io."

Marie scrollò la testa con decisione e prese Tabby per mano. "Tu sei una di noi, tesoro. Niente segreti. Siamo preoccupati per Alex, tu lo vedi da un po' di tempo quindi magari puoi darci un'idea sul suo stato d'animo."

Tabby si immobilizzò. "Beh…mmm."

"Lei vuol dire che avete lavorato fianco a fianco sul progetto di recente," le spiegò Storm con uno sguardo che la diceva lunga.

"Oh," sussurrò. "Io non saprei."

"Oh, tesoro, non so cosa fare," sospirò Marie. "E se ricominciasse a bere per colpa di Jessica? Se non riuscisse a sopportare più la situazione? Vorrei poterlo aiutare, ma lui non me lo permette."

Harry le cinse le spalle con un braccio. "Troveremo una soluzione."

"E poi dobbiamo fidarci di lui, no?" intervenne Wes. "Voglio dire, se non ci fidiamo, potremmo perderlo per sempre."

Storm borbottò qualcosa; Tabby non riuscì a capire e incrociò le braccia al petto. Pensava sinceramente che Alexander fosse molto più forte di quanto loro pensassero, ma non sapeva neanche tutta la storia. Ne aveva passate tante negli anni successivi alla riabilitazione e non era mai caduto, nemmeno una volta. La sua famiglia aveva dovuto attraversare l'inferno e lui aveva affrontato il bello e il brutto insieme a loro, senza mai vacillare. Tabby doveva credere in quello. Il fatto era che immaginava che Alexander avrebbe saputo dire no alla bottiglia, gliene aveva parlato, e si fidava di lui. Non sapeva però se sarebbe riuscito a dire di no a Jessica.

Quel pensiero la mandava in crisi.

Stava facendo una gran confusione ed era tutta colpa sua: non era riuscita a tirare tutto fuori e a capire cosa pensava davvero. Come poteva essere così sicura che Alexander non avrebbe ripreso a bere e allo stesso tempo non avere la minima fiducia che non l'avrebbe lasciata per tornare dalla donna che aveva amato? *L'unica* donna che avesse mai amato.

Forse era lei in primis a non fidarsi di se stessa.

Era proprio una stronza.

"Tabby?" la richiamò Marie. "Tu cosa pensi?"

"Non lo so," ripeté. "Non mi sento molto a mio agio a parlare di lui quando non è qui." Si lasciò sfuggire un sospiro. "Sono sicura che farà quello che deve fare e che verrà da noi o da chiunque altro lui vorrà, se sentirà di non riuscire a gestire le cose."

"Almeno c'è qualcuno che rispetta la mia privacy," ruggì Alex alle loro spalle.

Sentendo la sua voce, tutti si voltarono di scatto. Tabby avrebbe voluto rannicchiarsi e nascondersi, o corrergli incontro, voleva fare tutto e non riusciva a fare niente. Alexander Montgomery la mandava in confusione come nessun altro.

Ma lei lo amava.

Lo aveva capito dopo avergli confidato tutta la storia di Michael e Angel. Prima di conoscerlo, provava un sentimento tenero, un amore leggero, ma le cose tra loro erano diventate profonde: adesso era perdutamente innamorata di lui.

Quella consapevolezza la spaventava molto più di quanto volesse ammettere.

"Noi rispettiamo la tua privacy," disse Marie

andandogli incontro. Suo figlio era in piedi, rigido come una tavola, lo sguardo fiero, ma Marie non si tirò indietro. "Se non fosse così, ora sarei stata a casa tua a controllare che stessi bene. Io mi fido che tu prenda le decisioni giuste per te, ma sono tua madre e mi preoccuperò sempre. Far finta di niente e non parlare con i miei figli o con mio marito del fatto che *ero* preoccupata per te è quello che ha dato inizio a tutto il pasticcio."

Tabby aveva il cuore pesante, ma non si mosse. Riusciva a malapena a respirare mentre fissava l'uomo che amava in piedi da solo, isolato dal resto del gruppo. Lui non poteva continuare a pensarla così. Era un Montgomery, dannazione, e tanta gente lo amava. *Lei* lo amava.

Marie prese il viso del figlio tra le mani e lo forzò ad abbassarsi un po'. Lei non era certo bassa, ma considerando che tutti i figli erano sopra il metro e ottanta, Tabby non era sicura di come avesse fatto ad allevarli tutti. Aveva una spina dorsale e una tenacia d'acciaio.

"Noi ti vogliamo bene, accidenti. E siamo preoccupati." Erano le parole di una madre, la voce di una madre.

Gli occhi di Tabby si riempirono di lacrime, ma si forzò a ricacciarle indietro. Non avrebbe pianto, non lì. Storm le appoggiò una mano sulla spalla; se da un lato sentiva di aver bisogno di quella consolazione, dall'altro non le sfuggì la reazione di Alexander che serrò lo sguardo su di loro.

"Non ho intenzione di ricominciare a bere," mormorò. Si staccò dalla madre e la prese per mano. "Jessica è tornata in città perché aveva bisogno di soldi. Io le ho detto di no, lei ha dato di matto. Fine della storia. So che non sarà semplice, ma ogni volta che succede qualcosa di complicato, non dovete mettere su un plotone d'esecuzione per proteggermi da tutto il mondo. Amo il fatto che voi siate il mio sistema di supporto, ma non posso vivere con la preoccupazione di farvi preoccupare. Diventa tutto troppo difficile e complicato."

"Noi ci preoccuperemo sempre," disse Harry. "Mi preoccupo per ognuno dei miei figli. Non posso farne a meno. Ognuno di voi ha contribuito a far diventare i miei capelli bianchi, e amo ogni singolo capello bianco, perché amo ciascuno di voi. Quindi, devi sapere che ci preoccuperemo sempre per te, ma abbiamo anche intenzione di fidarci di te." Harry guardò verso Tabby e lei tirò su col naso. "Almeno quanto questa giovane donna si fida di te."

Alexander incrociò lo sguardo di Tabby, lei non

sapeva cosa fare, cosa dire. "È così?" disse lui piano. "Tu ti fidi di me."

"Certo," gli rispose nel modo più semplice e sincero possibile. "Mi fido che sarai in grado di chiedere aiuto, se necessario. E mi fido del fatto che il tuo sistema di supporto vada ben oltre le persone presenti in questa stanza. Non è una fiducia cieca, ma basata sul lavoro che stai facendo su te stesso; anche tu stai imparando a fidarti di te."

Aveva detto molto più di quello che aveva intenzione di dire e non le sfuggirono gli sguardi curiosi degli altri. Dovevano aver capito che c'era qualcosa tra lei e Alexander, ma furono abbastanza discreti da non direi niente. Almeno per il momento.

Quando Alexander le rivolse un lieve cenno, Tabitha si rilassò: la preoccupazione non era passata, ma sapeva che avrebbero superato la situazione. C'era ancora qualcosa che la agitava nel loro rapporto, ma doveva credere alle sue stesse parole.

Aveva detto che si fidava di lui e avrebbe fatto tutto quello che era in suo potere per non diventare una bugiarda.

Se solo avesse avuto la stessa fiducia nel proprio valore.

PIÙ TARDI QUELLA SERA, Alex appoggiò la testa allo schienale del divano mentre Tabitha ritornava in soggiorno con due bicchieri di acqua in mano. Non aveva sete, ma lei aveva dovuto trovare qualcosa da fare. Era andata lì subito dopo lavoro, visto che Alex le aveva mandato un messaggio in cui le chiedeva di passare; lui era grato che fosse venuta. Non sapeva però da dove iniziare.

Era rimasto senza fiato quando aveva sentito le sue parole in ufficio, la mattina. Così come era rimasto senza fiato nel sentir parlare di sé la propria famiglia come se fosse un passerotto con le ali spezzate. Poteva esserlo stato in passato, ma stava imparando di nuovo a volare.

O roba del genere. Era Griffin lo scrittore, lui faceva solo foto.

"Beh… sono stati giorni interessanti," disse Tabitha e lui annuì.

"*Interessanti* è un ottimo aggettivo, sì."

"Vuoi… vuoi parlare di quello che è successo?"

Lui le prese il bicchiere dalle mani e lo sistemò accanto al proprio, sul tavolino. Poi si voltò verso di lei così da essere faccia a faccia sul divano.

"Penso che, se voglio farlo, devo partire proprio dall'inizio."

Tabitha gli prese le mani tra le proprie. "A me

puoi raccontare," sussurrò. "Mi puoi raccontare tutto."

Alex sospirò. "Non l'ho mai detto a nessuno," disse disinvolto, ma era tutto fuorché disinvolto. "Ho avuto decine di incontri e colloqui con persone che non volevano far altro che aiutarmi, eppure non sono mai riuscito a dire le parole che probabilmente avrei dovuto condividere da tempo."

"Se non sei pronto, non devi farlo."

Alex la guardò negli occhi. "Forse devo essere pronto, o almeno far finta di esserlo, perché non penso che mi sentirò mai pronto. Oggi la mia famiglia ha dato di matto perché non sapevano cosa stessi per fare; per meno di un secondo, anche io questa settimana ho avuto paura di non sapere cosa fare. Stavolta sono stato più forte delle voci nella mia testa e col cavolo che le lascerò vincere la prossima volta."

Tabitha gli strinse le mani.

"Io sono un alcolista," iniziò. "Sarò sempre un alcolista, ma sono un 'alcolista in recupero'. O almeno mi hanno etichettato così. Non tocco un goccio di alcol dal matrimonio di Decker e Miranda." Il matrimonio che aveva quasi rovinato perché era così ubriaco e così concentrato su se stesso che non aveva dato peso alle parole crudeli che si era lasciato sfuggire né alle conseguenze delle proprie azioni.

"Non sono sempre stato un alcolista," proseguì. "Non mi ricordo esattamente un tempo in cui *non* volevo bere, ma so di essere stato normale."

Lei scrollò la testa. "La normalità è un concetto relativo, lo sai." Gli fece l'occhiolino. "Voglio dire, non è che tu sia cattivo o anormale per la malattia che hai."

Le accarezzò il viso con la mano libera. "Una malattia. Le persone la chiamano così, e credo che abbiano ragione. È qualcosa a cui io ho dato inizio, ma che ora non riesco a fermare. O almeno non ci riuscivo. Adesso mi sono allenato a concentrarmi su altre cose e a dire di no alle voci che continuano a ripetermi che si tratta solo di un drink, solo di un sorso." Scrollò la testa come a voler scacciare quelle parole. "Ci sto girando intorno. Come ho detto, devo partire dall'inizio."

"E io devo smettere di interrompere."

Alex si sporse in avanti e le diede un bacio delicato, sorprendendo entrambi. "Ci stai provando, e stai ascoltando. Non chiedo altro." Fece un lungo sospiro. "Va bene, cominciamo." Era come se il suo corpo stesse per precipitare in una caverna oscura e senza fine, ma la sua mente non andava alla stessa velocità. Non riusciva a tenere il passo, non riusciva a respirare. Sentiva male dappertutto, ma allo stesso tempo si sentiva leggero.

Doveva raccontarle tutto.

Doveva darle una spiegazione.

Doveva raccontare a *qualcuno*, e sapeva che quel qualcuno poteva essere solo e soltanto lei.

Avrebbe riflettuto più tardi su cosa significasse per lui tutto ciò.

"Ho conosciuto Jessica al liceo. Non eravamo amici quando iniziammo a uscire, capitò tutto molto in fretta. All'epoca era più gentile, immagino. E cavoli, probabilmente anche io ero più gentile. Ci innamorammo e nonostante tutti continuassero a ripeterci che le cose erano troppo affrettate, decidemmo di sposarci. Eravamo giovani. Cavoli, ero ancora un adolescente quando mi sono sposato." Scrollò la testa, quasi seccato con se stesso per la decisione che aveva preso.

"Sapevo che ti sei sposato molto giovane," disse lei piano. "Tu e Meghan siete stati i primi dei Montgomery, giusto?"

Lui annuì. "E entrambi abbiamo divorziato prima che gli altri si sposassero." Bevve un sorso d'acqua, aveva la gola secca. "Comunque, con Jess litigavamo ogni tanto, come tutte le coppie, ma per i primi anni le cose sono andate bene. Discutevamo soprattutto per i soldi, non erano mai abbastanza. Poi litigavamo per la casa, per la scuola e per i nostri lavori e tutte queste stronzate. Io l'amavo e facevo tutto il possibile per renderla felice. Pensavo che anche lei facesse lo stesso per me… ma non era così."

Poi le cose erano diventate difficili, quando lui si sentiva morire ogni secondo di ogni giorno che passava.

Di nuovo, una mano delicata scivolò sulla sua e Alex tornò al presente. Poteva farcela con lei. Solo con lei.

"Dopo un paio d'anni di matrimonio, decidemmo che eravamo pronti per avere dei figli. Sì, eravamo giovani, ma ci sentivamo in grado di farlo. O almeno, io pensavo che fossimo pronti."

Gli occhi di Tabitha si velarono, ma sbattè le palpebre e cacciò via le lacrime.

Non era neanche arrivato alla parte più dolorosa.

"Rimase incinta quasi subito," disse piano. Bevve un altro sorso d'acqua. Doveva buttar fuori il resto tutto d'un fiato o non ce l'avrebbe mai fatta. "Lei ha avuto un aborto durante il secondo mese."

Alex sospirò. "Questo è quello che mi disse," sussurrò.

"Oh dio." Tabitha stava quasi trattenendo il fiato.

Quando riprese a parlare non la guardò negli occhi, non ce la faceva. La prese in braccio così da potersi aggrappare a qualcosa, a qualcuno che era certo non l'avrebbe abbandonato. Non capiva da cosa derivasse quella certezza, ma era così. Tabitha si accoccolò contro il suo petto e lui la strinse ancora di più a sé. Fu solo quella vicinanza a dargli la forza per continuare a parlare.

"Jess era distrutta e io feci tutto il possibile per farla sentire a proprio agio senza mostrare come io mi sentissi realmente. Stavo *morendo* dentro perché, dannazione, era il nostro bambino. Un momento prima stavamo facendo progetti per la sua cameretta e il momento dopo tutto era cambiato. Non le ho mai detto le banalità che avrebbe usato qualcun altro, come che avrebbe potuto continuare a provare o che ci sarebbero stati altri bambini nel nostro futuro. Mi sembravano frasi da insensibili. Iniziai a bere, un po' qua, un po' là, per anestetizzare il dolore, ma la situazione ancora non era grave."

Alex baciò Tabitha sulla testa quando sentì le

sue lacrime bagnargli la camicia, ma lei non disse niente. Le fu grato, perché non era certo di riuscire a continuare se lo avesse fatto.

"Un anno dopo, mi chiese di provare di nuovo. A quel punto, mi sentivo pronto a fare un altro tentativo, così smisi di bere perché volevo essere un bravo papà. Mio padre non beve molto, a parte una birra o due di tanto in tanto; mentre provavamo a concepire non volevo avere niente in me che potesse compromettere il bambino. Adesso sembra stupido, lo so, ma volevo davvero fare la mia parte." Una pausa. "Lei rimase incinta di nuovo quasi subito, eravamo entrambi entusiasti. Io non facevo altro che coccolarla e assicurarmi che avesse tutto ciò che le serviva." Deglutì il groppo che aveva in gola. "Perse il bambino un mese più tardi."

Tabitha lo abbracciò forte.

"Ripresi a bere di più, ma non troppo. Nessuno se ne accorse; ancora non so se fu quello il momento in cui tutti i miei problemi ebbero inizio o se accadde più tardi… dopo…" Alex si interruppe e cercò di recuperare il coraggio per continuare. "Affrontammo questa situazione altre quattro volte fino all'ultima, quando Jess svenne nel soggiorno di casa. La portai al pronto soccorso e lì tutto andò in pezzi. Vedi, non ero mai stato a casa quando aveva perso i bambini. Ero sempre al lavoro, un altro punto a mio sfavore. Ero sempre al lavoro ed arrivavo sempre troppo tardi. Stavolta però, io ero lì. Ero lì quando il dottore disse che l'ultimo aborto era stato troppo per lei e che avrebbe dovuto subire un intervento di emergenza per poter fermare l'emorragia."

Alex aveva le guance rigate di lacrime e Tabitha rimase immobile tra le sue braccia.

"Per tutto il tempo in cui avevamo provato ad avere un bambino, lei non era mai stata sulla mia stessa lunghezza d'onda." Si lasciò andare a un lungo sospiro. "Non l'avrei *mai* costretta ad avere un figlio.. Sono fermamente convinto che quello che faceva del suo corpo dovesse essere una sua scelta. Se fosse venuta da me e mi avesse detto che non era pronta, avrei capito. Cavolo, sarei stato disposto a fare la vasectomia e a ripensare a un futuro senza figli. Eravamo stati insieme dieci anni e lei non aveva mai detto una parola. Era lei che tornava da me, che continuava a ripetere di provarci di nuovo. Avevo avuto una paura tremenda di farle del male, ero terrorizzato all'idea di perdere di nuovo una parte di noi, ma non ero stato in grado di dirle di no."

Si strofinò gli occhi tenendo Tabitha sempre

vicina a sé. "Presi a bere sempre di più. Bevevo così tanto da non riuscire a dire basta. Quando Jess si riprese dall'intervento era arrabbiata. Mi attribuì tutte le colpe, disse che aveva continuato a provarci solo perché era stata una mia idea, anche se non era così. La lasciai urlare e lasciai che mi incolpasse perché anch'io mi stavo incolpando. E continuai a bere."

"Oh, Alexander," sospirò Tabitha. "Mi dispiace così tanto."

"Anche a me." Alex tossì, aveva la gola in fiamme. "Anche a me. Non so se Jess amava le attenzioni che riceveva quando era incinta o se veramente aveva cambiato idea nel corso degli anni, ma ogni volta che subiva un aborto io mi sentivo morire. Quando scoprii la verità, raggiunsi il punto di rottura. Non appena si fu ripresa, la buttai fuori, non sopportavo l'idea che mi avesse mentito. In quel periodo però ero sempre troppo ubriaco e troppo stanco, così non mantenni il mio proposito e le permisi di tornare. Fu lei poi a lasciarmi per un altro."

Alex strofinò la guancia sulla testa di Tabitha. La donna che aveva tra le braccia lo faceva sentire al sicuro; nonostante stesse rivivendo tutto come per la prima volta, mentre le raccontava quanto era accaduto, non voleva bere. Voleva essere forte.

Per Tabitha. Per se stesso.

Per quello che aveva e che non avrebbe mai più avuto.

"Sono favorevole alla libertà di scelta," sussurrò. "Sono convintissimo che sia della donna il diritto di scegliere. Mia madre e le mie sorelle mi hanno mostrato come essere un uomo migliore e mi hanno fatto capire cose come questa. In quel caso però… era diverso. Noi stavamo *provando* ad avere dei bambini e lei continuava a portarmeli via. Non ho mai capito cosa pensare di tutta quella situazione. E ancora oggi non lo so."

Tabitha si mosse e si mise a cavalcioni su di lui. Gli prese il viso tra le mani e i loro sguardi si intrecciarono, l'uno fisso nell'altra. "È stata una sua responsabilità. Non tua. Ci avete riprovato ogni volta dicendo che entrambi lo volevate. Lei ti ha mentito. Non so cosa le passasse per la mente quando si comportava così e la odio per averlo fatto. Odio il fatto che ti abbia ferito. Odio il fatto che tu abbia iniziato a bere per colpa di quella situazione. Oggi sei un uomo più forte di prima. Ho piena fiducia che qualsiasi cosa accada, combatterai con tutte le tue forze contro le tue dipendenze. Io mi fido di te, Alexander." Gli diede un bacio delicato. "Mi fido di te."

Alex la tenne stretta a sé dondolandosi insieme a lei, mentre il suo mondo era di nuovo fuori asse.

Eppure, con Tabitha tra le braccia, si sentiva in grado di stare in piedi, di trovare l'equilibrio. Avrebbe dovuto esserne spaventato, ma non era così. Non provava paura in quel momento e forse non l'avrebbe mai più avuta.

Capitolo Dieci

A VOLTE, QUANDO TUTTO SEMBRA CADERE A PEZZI, una semplice uscita, in realtà tutt'altro che semplice, appare la risposta perfetta.

"Cena e cinema?" chiese Tabby bevendo un sorso di caffè. Era pomeriggio, ma non aveva dormito molto la notte prima e aveva bisogno di una scarica di caffeina.

Erano in cucina a fare programmi per la serata. Avevano comprato i biglietti per uno spettacolo in centro, ma dopo tutto quello che era successo la sera prima nessuno dei due era dell'umore di andarci.

Alexander giocherellava con il bicchiere dell'acqua mentre guardava il telefono. "Siamo stati al cinema la scorsa settimana e abbiamo visto l'unico film che ci interessava. Non credo sia uscito niente di nuovo in questi giorni. Giusto?" Continuò a cercare mentre lei metteva via la tazza di caffè per poi scivolare tra le sue braccia. Si ritrovò con la schiena contro il petto di lui, avvolta nel suo caldo abbraccio, a guardare gli orari dei film sul cellulare.

"Questo sembra un poliziesco, ma credo sia il terzo di una serie," gli disse indicando una delle locandine sullo schermo.

Alex le appoggiò il mento sulla testa e lei trattenne un sospiro. Le cose tra loro erano complicate sul piano emotivo, ma momenti come quello le ricordavano che erano una vera coppia e che stavano cercando la strada giusta. Ancora non si rendeva conto di come tutto fosse accaduto, ma si era ritrovata in una relazione seria con Alexander Montgomery e adesso era lì, tra le braccia di quell'uomo, nella cucina di casa sua, pronti per andare al cinema.

"Sì. Penso di aver visto il primo, ma sono sicuro di non aver visto il secondo per cui mi sembra inutile guardare il terzo." Alex abbassò la testa e le diede un bacio sulla spalla provocandole un fremito. "E poi, tu devi vederli in ordine o dai di matto."

Tabitha si acciglio, poi gli pestò un piede. Lo sentì borbottare e sorrise, anche se lui non poteva vederla. Evidentemente le lezioni di autodifesa stavano dando risultati. "Anche a te piace guardare i film e leggere i libri nell'ordine giusto."

"Ma non ho una tabella con annotati tutti i libri che ho," ribatté lui. "Né un'agenda piena di adesivi per ricordarmi la data d'uscita del mio libro preferito."

Lei si girò tra le sue braccia, gli cinse la vita e lo guardò. "Mi piace sapere quali libri ho comprato e di che genere sono. I codici di colori sono dei veri salvavita, Alexander."

Alex si morse un labbro e lei capì che stava cercando di non ridere. Alzò gli occhi al cielo e gli baciò il petto, lui sospirò. "Comunque è tardi. Facciamo solo una cena? So che non è il massimo per un appuntamento, ma a me basta trascorrere del tempo con te."

Non poteva dire altro di più importante.

Voleva passare del tempo con lei.

Voleva *lei*.

Mai una volta, per tutto il tempo in cui era stata infatuata di lui, prima di quel tentativo di bacio in palestra, aveva pensato che una cosa del genere potesse accadere. Era strano come le cose potessero cambiare tanto in fretta, eppure nemmeno troppo rapidamente, dopotutto. Lei lo amava, ne era certa. Sapeva anche che era troppo presto per dirglielo. Lui era ancora scosso per tutto quello che le aveva raccontato di Jessica, per tutto ciò che aveva dovuto rivivere. In più, stava facendo tutto il possibile per essere forte, per rimanere sobrio. Non aveva alcuna intenzione di incasinarlo ancora di più.

Si sarebbe presa il suo tempo e lo avrebbe amato e basta, senza dire niente.

Era tutto quello che poteva fare. Con le braccia di lui che la avvolgevano in quel modo, non sembrava affatto una pessima idea.

"Una cena mi sembra perfetta." Gli baciò di nuovo il petto. "Ora dobbiamo solo decidere dove andare." Alex ridacchiò e lei fece capolino da sotto il suo braccio per guardare l'orario sul ripiano della cucina. "Sono anche le sei passate, dobbiamo sbrigarci o ci ritroveremo a mangiare dopo le otto e sono troppo vecchia per mangiare così tardi."

Alex le diede una pacca sul fondoschiena e lei trattenne un gemito. Quell'uomo riusciva a farla eccitare anche solo con un tocco, non era giusto. Sentiva la protuberanza rigida del suo uccello contro i fianchi e capì di non essere la sola ad avere voglia.

"Prima la cena," disse tutta seria. "Ho fame e

non dirmi che hai un piatto speciale tutto per me o altre idiozie simili."

Alex spalancò gli occhi e scoppiò a ridere. "Qualcuno te lo ha detto veramente? Che il loro uccello era abbastanza? Voglio dire, anch'io ho fatto un riferimento alla fame prima di divorarti la passera, ma mai sul mio uccello."

Tabitha alzò gli occhi al cielo e si sporse verso di lui. "Come se tu non ci avessi mai pensato."

La prese sottobraccio e si incamminarono verso la macchina come una normale coppietta senza alcuna preoccupazione. Tra di loro non sarebbe mai stato così, lei lo sapeva bene. Avrebbero sempre dovuto fare i conti con il proprio passato ed entrambi avevano un bagaglio pesante. Era qualcosa con cui avrebbero lottato costantemente, ma andava bene. Non c'erano altre opzioni, non se voleva stare con lui.

E lo voleva. Voleva lui; voleva stare con lui e voleva che lui la amasse proprio come lei lo amava. Doveva solo aspettare il momento giusto per mostrargli cosa avrebbero potuto avere insieme.

Decise di allontanare quei pensieri dalla mente, perché non erano per niente d'aiuto in quel momento. Alla fine, decisero di cenare nel ristorante in cui andavano di solito, un posto tranquillo e accogliente, niente di troppo elegante o modaiolo. Avevano avuto altri appuntamenti, con tanto di abiti eleganti e locali chic. Quella sera però volevano rilassarsi e stare bene. Ne avevano entrambi bisogno, dopo le rivelazioni che si erano confidati l'un l'altro.

Si sistemarono in un angolo, a un tavolo appartato; il locale era più affollato del solito. Tabitha si sistemò accanto ad Alexander che appoggiò un braccio sullo schienale alto della seduta così da farla appoggiare a sé.

"Ho una strana voglia di sugo di carne," disse Tabby con un sorrisetto. Alexander inarcò un sopracciglio e la guardò scrollando la testa. "Che c'è? Voglio del sugo."

"Solo sugo? Vuoi ordinarne un pentolone di sugo e andare a letto?"

Tabitha sbuffò e studiò il menu. "No, scemotto. Mi serve qualcosa da mangiare col sugo. Magari del pollo fritto o un purè di patate. E magari anche del pane per fare la scarpetta col sugo. Non c'è niente che mi vada bene, ma non importa. Mangiar comodo significa… comodo."

Alex le diede un bacio sulla testa e lei si rilassò. Potevano riuscire ad essere normali, pensò. O almeno qualcosa che ci andasse vicino.

"Tu cosa prendi?" gli chiese.

Alexander andò dritto alla pagina delle insalate e la studiò pensieroso. "Probabilmente prendo un'insalata con del pollo grigliato o qualcosa del genere. L'ho già provata una volta, anche se non c'è scritta sul menu. Però devo chiedere di non pastellare il pollo."

Tabitha annuì, ma la preoccupazione che aveva sempre in mente tornò a fare capolino. Non pensava che Alexander avesse qualche disturbo alimentare, mangiava cibi sani e pasti completi, ma non si concedeva mai nulla di più. Era come se avesse paura di sviluppare una nuova dipendenza. Erano in pubblico e non era il momento giusto per tirare fuori l'argomento, ma magari una volta a casa gliene avrebbe parlato. Sperava solo che non la odiasse.

Di nuovo, allontanò quei pensieri dalla mente e si appoggiò ad Alexander per godersi il resto dell'appuntamento. Mangiarono, parlarono del più e del meno, niente di importante. Erano insieme, era tutto ciò che contava.

Quando rientrarono a casa sua, si sentiva sazia, ma aveva comunque un po' di spazio per il dolce. Non lo aveva ordinato al ristorante perché aveva una torta nel frigo e aveva dei piani per quel dolce e per l'uomo accanto a lei.

"Puoi venire con me in cucina?" gli chiese cercando di non lasciar trapelare niente dalla voce. Lui la guardò sorpreso e la seguì.

"Che succede?"

Tabby fece un respirò profondo e sperò che ciò che stava per fare fosse la cosa giusta. Tirò fuori la torta al cioccolato che aveva messo da parte, l'aveva comprata per capriccio durante una brutta giornata ma non l'aveva ancora mangiata, e prese due forchette dal cassetto.

"Voglio mangiare un po' di torta con te."

Alex si accigliò anche se aveva lo sguardo sulla glassa al caramello e non su di lei. "Ho già mangiato per cena."

Tabitha sospirò e appoggiò la torta sul tavolo. "Voglio parlare di una cosa e probabilmente è fuori luogo adesso, puoi dirlo tranquillamente, ma ci ho pensato tanto ultimamente."

Lui si irrigidì, ma le fece un cenno di andare avanti. "D'accordo."

Tabitha serrò le labbra e lo guardò dritto negli occhi. "Sono preoccupata per te."

Alex non disse una parola, così lei proseguì.

"Non penso che tu abbia un disordine alimentare, così come non penso che il pugilato sia un problema per te nella maggior parte dei casi, ma sono preoccupata che potrebbero *diventare* dei problemi. So che nessuno parla dei problemi col cibo che possono avere gli uomini, ma sono cose che possono capitare e… ci sto girando intorno."

Alex scrollò il capo e incrociò le braccia. "Io mangio sano, Tabitha. Non vuol dire che non mangio o che soffro di bulimia. Mangio il giusto per la mia costituzione corporea e per quanto mi alleno. Per quanto riguarda il pugilato…" Sospirò. "A parte l'incontro che hai visto, di solito non vado a cercarmela sfidando gente che non posso battere. Sono incontri approvati e per me è un modo di bruciare energia e divertirmi. Di solito è tutto molto sicuro. Solo quella volta mi sono comportato da idiota, ma non è mia abitudine."

Lei gli si avvicinò e gli appoggiò le mani sul petto. Lui non si allontanò e lei lo considerò un passo avanti. "Lo so, e ti credo. So di aver oltrepassato il limite, ma io… mi preoccupo per te." Stava quasi per dire che lo amava ma per fortuna si era trattenuta. Non era minimamente il momento giusto. "Immagino che tu sia così rigido su certe cose perché hai paura di superare il limite come hai fatto con l'alcol."

Tabitha vide una scintilla negli occhi di lui. "Vai avanti."

Serrò le labbra, stava facendo solo un gran pasticcio. "Io… io sto sbagliando tutto. Tu non stai facendo *niente* di male, ma vorrei che tu riuscissi a vedere quanto sei forte, Alexander. Sei incredibilmente forte. So che non ti sembra di esserlo, ma io lo vedo, ogni giorno, e vedo che puoi farcela. Non voglio che tu non ti conceda una fetta di torta perché hai paura che dopo un morso non riuscirai più a fermarti. Non voglio che tu combatta contro gente che sai benissimo di non poter battere solo perché pensi di doverti punire. Voglio solo che tu sappia che io sono qui. La tua famiglia è presente. Anche *tu* sei presente. Tu conosci bene il limite. Non lo oltrepasserai. Non ti farai prendere la mano. Non lo permetterai a te stesso. Ma non voglio che tu ti faccia del male torturandoti con il pensiero che *potresti* farlo."

Alex rimase a lungo in silenzio e Tabitha ebbe paura di aver rovinato tutto. Forse era proprio così. Forse era completamente fuori strada e aveva sbagliato ogni cosa. Forse lui se ne sarebbe andato senza più tornare indietro.

E se davvero si sbagliava su quello che aveva appena detto, allora se lo sarebbe meritato.

Quando lui le si avvicinò e le prese il viso tra le mani, Tabitha scoppiò a piange. Odiava essere così emotiva. "Com'è possibile che tu riesca a leggermi dentro come nessun altro?"

Perché ti amo.

Ovviamente non glielo disse.

"Perché ci tengo a te," sussurrò, consapevole di non poter rivelare altro.

"Sono cauto su cosa mangio. Sono cauto sui lavori che accetto. Di solito sono cauto anche sul ring. Devo essere cauto, Tabitha. In passato non lo sono stato e ho mandato tutto all'aria."

"Non è dipeso tutto da te."

Lo sguardo di Alexander si riempì di calore misto a qualcosa che lei non riusciva a riconoscere, ma che assomigliava al disgusto. "Non è stata lei a farmi bere. Sono stato io. Lei può aver creato le circostanze che mi hanno portato a farlo, ma sono stato io ad aprire la bottiglia. E anche quella dopo, e quella dopo ancora, fino al punto di non contarle più. Non posso dare tutta la colpa a lei e guardarmi allo specchio serenamente. È stato questo pensiero a farmi lasciare la bottiglia, a spingermi ad andare in riabilitazione e ad andare avanti in questi anni."

Tabitha gli cinse la vita e lo lasciò sfogare.

"So di poter mangiare un dolce o di poter fare

un pasto abbondante con la famiglia, anzi probabilmente dovrei, ma sento di dover stare davvero molto attento. Non voglio ritrovarmi con un'altra dipendenza." Le accarezzò una guancia col pollice. "È per questo che mi sono trattenuto dal baciarti," sussurrò.

Tabitha spalancò gli occhi. "Cosa?"

"Sapevo che saresti potuta diventare la mia nuova dipendenza. Non nello stesso modo, certo, assolutamente non pericolosa come la precedente, ma sapevo di dover essere molto *cauto*. Non uso la parola 'dipendenza' così alla leggera, ed è proprio questo che mi spaventa."

Tabitha non sapeva cosa dire né cosa pensare. "Non voglio che tu sia spaventato."

"Neanche io voglio esserlo." Fece un respiro profondo, sempre tenendole il viso tra le mani. "Io sono cauto, Tabitha. A volte troppo cauto, lo so. Ho visto il modo in cui mi hanno guardato gli altri, o meglio come hanno fatto di tutto per *non* guardarmi durante la cena di famiglia quando tu hai fatto cadere l'acqua." Sorrise. "A proposito, grazie."

"Odiavo il fatto che tutti fossero in silenzio a guardarti quindi ho fatto l'imbranata come al solito."

Alex le lasciò andare il viso e le mise le mani sui

fianchi. "Non posso prometterti che tornerò a mangiare come un tempo, e non penso comunque che sarebbe una scelta sana, ma proverò a non essere sempre così sull'attenti. Non lo so, immagino sia più facile controllare cosa mangio o con chi combatto invece che preoccuparmi costantemente di non bere."

Tabitha aveva il cuore a pezzi per lui e si sarebbe presa a calci per aver tirato fuori l'argomento. "Non voglio che tu mangi come un bufalo o che dia di matto. Ma non voglio neanche che ti stressi così tanto. Comunque, se senti che ti serve per rimanere sobrio… allora non dirò più niente." Fece una smorfia. "Non so cosa fare se non informarmi sull'argomento." Pausa. "Non sono riuscita ad aiutare Michael, ma non voglio deludere anche te."

Alex imprecò e la strinse a sé. "Piccola, tu non mi stai deludendo. Mi stai dimostrando che ci tieni. È molto meglio che startene da parte e guardarmi cadere. E non hai deluso neanche Michael. A volte bisogna prendersi cura anche di noi stessi. È quello che hai fatto con lui, no? Quando non riusciva più a prendersi cura di sé."

Lei annuì. "Io ci ho provato. Davvero. Ma non ero abbastanza. Era sempre più difficile averlo vicino, gridava di continuo e avevo paura che andasse oltre. Ho provato ad aiutare Angel, ma visto che non ero la sua tutrice legale, non c'è stato niente da fare. A quel punto era troppo tardi, lui non c'era più. *So* che la situazione con lui e quello che c'è tra me e te sono due cose completamente diverse e anche nella mia mente sono ben separate, ma a volte le cose si confondono."

Alex le sistemò i capelli dietro le orecchie. "Lo capisco. E tu stai andando alla grande, piccola." La baciò delicatamente e lei si sciolse. "Così alla grande che mi è venuta voglia di mangiare la torta." Il suo sguardo divenne più intenso. "Ma solo se posso mangiarla direttamente dal tuo seno."

Bastò quello a far svanire tutte le preoccupazioni che Tabitha aveva, su di lui, sul loro futuro insieme. Quell'uomo sapeva il fatto suo.

"Sei sicuro di volere il dolce?" gli chiese piano, la voce solo leggermente roca. "Non voglio forzarti a fare qualcosa che non vuoi."

Lui le fece l'occhiolino. "Mi vengono in mente uno o due modi per smaltirlo."

Tabitha sorrise, almeno quell'aspetto della loro vita non aveva problemi. Come aveva detto, non c'era niente di sbagliato nel comportamento di Alexander, voleva solo che non diventasse qualcosa di negativo. Poteva essersi spinta un po' troppo oltre, ma per il momento a lui andava bene.

Dallo sguardo con cui la stava divorando, quella sera si sarebbero decisamente goduti la torta.

E molto altro.

LA SERA SUCCESSIVA, quando Tabitha raggiunse le amiche al bar di Hailey, non riusciva a pensare ad altro che al dolce. Certo, non era d'aiuto il fatto che la padrona di casa avesse preparato una marea di manicaretti per la loro serata tra ragazze, ma non era proprio il dolce il pensiero principale.

No no, lei pensava solo a quel Montgomery e al modo in cui sapeva usare la lingua.

"Tu stai pensando a qualcosa di sconcio," disse Maya ridestando Tabby dai propri pensieri. "Fuori il rospo."

Visto che i pensieri sconci avevano come protagonista il fratello di Maya, Tabby non avrebbe detto neanche una parola al riguardo.

"Non ho idea di cosa tu stia parlando," disse Tabby e bevve un sorso cioccolata calda. Ovviamente, nessuna delle amiche sedute al tavolo le credette, ma non le importava. Avrebbero dovuto arrangiarsi.

"Sta mentendo," disse Miranda con un sorrisetto. "Mente ed è sessualmente appagata. Riconosco quello sguardo."

Tabby distolse lo sguardo dalla più giovane dei Montgomery e continuò a bere.

"Ovvio che lo riconosci," disse Hailey, che si accomodava su una sedia vuota all'estremità del tavolo. "È lo stesso che hai tu."

Miranda sorrise radiosa. "Proprio così. Decker voleva assicurarsi che fossi sciolta prima della nostra serata."

Everly, invitata da Tabby per la prima volta alla serata tra ragazze, si chinò in avanti e sussurrò divertita, "Siete tutte così aperte sulla vostra vita sessuale?"

Holly, amica di Maya nonché ex fidanzata di suo marito, scoppiò a ridere. "Sì. Beh, io non proprio, visto che al momento non ho niente da raccontare, ma sì."

Maya rise e abbracciò Holly. "Oh, ma guardati. Parli di sesso senza neanche più arrossire. Ti sto proprio portando sulla cattiva strada."

Holly si coprì il viso. "Non riesco a credere di averlo detto." Abbassò le mani e guardò Maya. "Tu sei una tentatrice, Maya Montgomery-Gallagher."

Maya rincarò la dose. "Sì, proprio così. E anche

io sono sessualmente molto appagata nel caso qualcuno volesse saperlo. Jake e Border si sono assicurati che fossi bella sazia prima di dar inizio alla serata."

A Tabby quasi andò di traverso il drink e dovette sistemare il macello che aveva combinato, così prese i tovagliolini che Meghan le passò dall'altro lato del tavolo. C'era un motivo se amava così tanto i Montgomery e le serate come quella erano solo una piccola parte.

"Sazia?" le chiese Meghan con un sopracciglio inarcato. Era la più grande tra i Montgomery e le piaceva recitare la parte della sorella maggiore. "È questa la parola che vuoi usare?"

Maya fece spallucce. "Come avrei dovuto dire?"

"Beh, tua sorella ha detto di essere sessualmente soddisfatta," intervenne Autumn. "Io avrei detto che sono sfatta," aggiunse la moglie di Griffin Montgomery. "Ho dovuto giocare di nuovo alla segretaria visto che Griffin voleva… comandare."

Tabby rise mentre le sorelle Montgomery fecero una smorfia. "I ragazzi pensano che parliamo di uncinetto e cose simili tra di noi?"

Maya inarcò un sopracciglio e il piercing rifletté la luce. "Probabile. Io sono negata con i lavori a maglia, devo preservare le mani per tatuare i miei clienti, ma Holly è molto brava. Ha fatto lei la copertina di Noah."

Holly sospirò. "Sì, mi piace lavorare a maglia. E in più colleziono adesivi per la mia agenda. Sono proprio una di quelle persone."

Tabby si sporse in avanti tutta eccitata. "Che tipo di agenda utilizzi? Io ho intenzione di passare a un bullet journal per il prossimo anno, ma quella che ho adesso è davvero fantastica, anche se a volte devo aggiungere qualcosa in versione digitale."

Holly sorrise. "Anche tu sei una fanatica della pianificazione?"

Everly gemette. "Oddio, ce ne sono due."

Tabby rivolse un'occhiataccia all'amica. "Anche tu ne hai una. Il fatto che tu non aggiunga adesivi c stickers colorati non la rende meno un'agenda."

"Non ho decine di washi," ribatté Everly. "Il che vuol dire che io sono ancora sana."

"Cos'è il washi e come si usa per organizzare l'agenda?" chiese Meghan. "Con il piccolo, mi sembra di perdermi in mille direzioni."

"Come ti capisco," disse Miranda.

Tabby giunse le mani davanti a sé, lo sguardo trepidante. "Signore, vi illustrerò tutti i fondamenti del magico e appassionante mondo della pianificazione."

"*Una di noi. Una di noi.*" Everly imitò la voce monocorde di un robot e tutto il tavolo scoppiò a ridere.

"Non so quando siamo diventate un gruppo di ragazze che passa il tempo a parlare di agende e bambini invece di trangugiare bicchierini al bar, ma devo dire che mi piace," disse Maya. "Mi dispiace solo che Callie non ci sia perché è a casa col piccolo e con Morgan morente per un po' di febbre."

Tabby rabbrividì. "Mmm, gli uomini e la febbre."

Le ragazze fecero un brindisi.

Autumn sorrise e si mise a giocherellare col bicchiere. "Stiamo crescendo. Sono sicura che la prossima serata tra ragazze sarà in qualche altro locale, non possiamo sempre venire qui da Hailey."

Hailey fece spallucce. "Avete detto che volevate una serata tranquilla e non troppo lunga, ho pensato che potevamo fare il pieno di dolci qui da me. Anche gli uomini sono usciti stasera, se non sbaglio, visto che i vostri genitori volevano avere i nipoti tutti per sé per una sera, giusto?"

"Sì," disse Maya. "Non so come se la stiano cavando mamma e papà, ma il fatto che Leif sia lì mi tranquillizza."

"Cosa state dicendo di Leif?" chiese Sierra

tornando dal bagno. "Mi ha appena mandato un messaggio per dire che i bambini si erano addormentati e i più grandi stavano guardando un film."

Tabby sorrise. Amava il fatto che i Montgomery fossero così uniti. Lei era molto legata alla sua famiglia, ovviamente, ma visto che viveva lontano le cose erano un po' diverse.

"Stavamo proprio dicendo che visto che Leif è con loro, i tuoi non avranno problemi a gestire tutti i nipoti," disse Tabby e Sierra sorrise.

"È diventato davvero un ragazzo fantastico," disse Sierra. "Ancora non riesco a credere che sia già un adolescente."

"Una tempesta di ormoni," disse Maya.

Fecero un altro brindisi e scoppiarono a ridere proprio mentre gli uomini di casa facevano ingresso in libreria. I Montgomery e i loro amici erano davvero uno spettacolo da vedere. Tutti grossi e con la barba, pieni di tatuaggi e sempre sorridenti. Ognuno a modo suo era bello, ma Tabby desiderava solo uno di loro, uno che in quel momento non era col resto del gruppo. Si stranì, ma non disse nulla. Non voleva attirare l'attenzione su lei e Alexander.

"Non riuscite a starci lontano?" chiese Maya alzandosi in piedi. Entrambi i suoi uomini la abbracciarono e la baciarono con fin troppo trasporto per essere in pubblico, eppure nessuno ci fece troppo caso.

"No," disse Jake con un sorrisetto.

"A dire il vero, ha saputo che ci sarebbero stati dei dolci ed è stato il primo a proporre di fare un salto da voi dopo la partita," intervenne Border.

I ragazzi erano andati al bowling perché si annoiavano e non erano dell'umore per un giro di pub. Evidentemente stavano tutti diventando più vecchi e più saggi. O forse solo più vecchi.

Si salutarono rapidamente e presto furono di nuovo tutti a sedere con qualcosa da bere e con qualcosa di dolce. Si ritrovarono mischiati uomini e donne a chiacchierare come se fossero usciti tutti insieme.

Storm raggiunse Tabitha, aveva un'espressione strana sul viso. "Alex è in macchina," le disse. "Doveva mandare una mail a un cliente, ma dovrebbe arrivare a momenti."

"D'accordo," disse piano Tabby. Non aveva idea di quanto lei e Alexander avrebbero continuato a tenere nascosta la loro relazione; in tutta sincerità, non era sicura di volerlo fare. Aveva avuto senso all'inizio, quando stavano cercando di far funzionare le cose tra loro, ma ormai erano legati come mai prima.

"Everly," disse piano Storm. "Non sapevo che ci fossi anche tu."

Fu il turno di Tabby di guardare Storm con aria stupita. "Voi due vi conoscete?" gli chiese.

Everly fece spallucce e rivolse un sorriso a Storm. "Siamo amici da un po' di tempo."

Storm allargò le braccia e Everly lo abbracciò con naturalezza, come se lo avessero fatto migliaia di volte. "Ero amico di Jackson."

Tabby schioccò le dita. "Tu sei quello che la aiuta con i lavori di casa?" Si voltò verso Everly. "Perché non me lo hai detto?"

L'amica interruppe l'abbraccio con Storm e fece spallucce. "Non c'è mai stata occasione, sinceramente. Non volevo certo nascondertelo. Giuro. Tra i bambini e la libreria, ho sempre la testa altrove."

Un'altra espressione strana si affacciò sul volto di Storm prima che si forzasse a sorridere. "Aiuto molti amici quando hanno bisogno. Anche se Wes dice che non faccio altro che disegnare, a volte mi sporco anche le mani."

Wes lo mandò a quel paese senza interrompere la conversazione con Griffin e Autumn.

Interessante. Oh sì, interessante.

Prima ancora di poter dar forma a quei pensieri, Alexander entrò nel negozio, gli occhi puntati in quelli di Tabitha, che non ebbe neanche il tempo di pensare a cosa fare: lui andò dritto da lei e le prese il viso tra le mani.

La baciò delicatamente e lei sorrise. "Ehi," sussurrò.

"Ehi."

Nella stanza scese il silenzio e lei arrossì, consapevole che tutti la stavano fissando.

Maya fu la prima a rompere il silenzio con un fischio. "Era ora, finalmente."

Tabby incrociò lo sguardo di Alexander e sorrise mentre tutte le persone a cui teneva nella stanza scoppiarono a ridere, prima di tornare alle proprie chiacchiere. Non era mai stata così felice in vita sua e aveva la sensazione che fosse visibile a tutti.

Aveva l'uomo che amava tra le braccia, gli amici a cui teneva tutto intorno a lei e una torta sul tavolo.

Non avrebbe potuto chiedere altro.

Almeno, era quello che sperava.

EVERLY

Ovviamente, quel giorno il rubinetto aveva
deciso di spruzzare su tutte le piastrelle della cucina
non solo acqua, ma anche tutto ciò che era rimasto
incastrato nel tritarifiuti. Aveva la casa che puzzava
di marcio e la testa che le martellava. Sapeva come
occuparsi di piccole manutenzioni, aveva dovuto
imparare quando Jackson era morto, ma in quella
situazione non aveva idea di cosa fare.

Per prima cosa, chiuse il rubinetto generale
dell'acqua: la scelta più sensata che le fosse venuta
in mente.

Poi avrebbe dovuto chiamare l'unica persona in
grado di aiutarla.

Avrebbe potuto telefonare a un idraulico, certo,
ma Storm si sarebbe arrabbiato per l'ennesima

volta, contestando che aveva solo sprecato dei soldi. Non che si arrabbiasse mai veramente, visto che in pratica non si parlavano più. Era lo sguardo accigliato che le rivolgeva che le faceva capire che era *deluso* da lei. Dio, quanto odiava quello sguardo.

Storm era un amico di Jackson e in qualche modo aveva fatto amicizia anche con lei.

Avrebbe mandato giù il rospo e chiesto aiuto.

Oh, quanto *odiava* dover chiedere aiuto.

Sentì Nathan e James che stavano piangendo in soggiorno, dove erano a giocare con le costruzioni, e sospirò. Non c'era tempo da perdere. Non con i gemelli che piangevano e la casa che diventava ogni minuto più disordinata.

Compose il numero e sperò che tutto andasse per il meglio.

"Everly? Che succede?" la voce di Storm era pungente, ma premurosa. Non riusciva davvero a capirlo quell'uomo. Era un amico di Jackson, non suo, eppure per qualche ragione, Storm si sentiva come in obbligo di aiutare Everly. Lei avrebbe interrotto i rapporti da tempo, ma i gemelli avevano bisogno di una figura maschile nella loro vita, anche se lui compariva soltanto per risolvere qualche problema. Infatti Storm le aveva chiesto cosa succedesse. Lei non lo avrebbe chiamato se tutto fosse stato a posto.

"Ho il lavandino intasato e perde in tutta la cucina. Non so proprio cosa fare. So che non sei un idraulico, ma probabilmente ci capisci qualcosa più di me."

Lo sentì imprecare. "Hai chiuso il generale dell'acqua?"

"Sì." Almeno quello lo sapeva. Non appena avrebbe avuto un po' di tempo, si sarebbe messa alla ricerca di un libro in negozio per imparare a cavarsela da sola. C'era sempre il modo di scoprire qualcosa tra i suoi libri.

"Va bene, arrivo tra poco. Tu non toccare niente." Storm chiuse la chiamata senza lasciarle il tempo di dire niente, neanche una battuta sarcastica, così lei si limitò a sospirare.

James cacciò un urlo ed Everly andò di corsa in soggiorno per controllare che i gemelli stessero bene. Aveva la cucina allagata e le bollette da pagare, ma i bambini venivano prima di tutto. Sempre.

Storm comparve nel suo portico in meno di venti minuti e non arrivò da solo. Accanto a lui c'era una donna snella con un kit di attrezzi da lavoro e un sorriso stampato in faccia.

Everly sbatté le palpebre sorpresa, ma fece di tutto per non farlo notare. "Ehi, ciao. Grazie per essere venuto." Fece un passo indietro e Storm fece un cenno alla donna di entrare in casa.

"Lei è Jillian, comunque. È un idraulico professionista ed è molto più brava di me per queste cose. Probabilmente anche io sarei riuscito a sistemare il guasto, ma lei può farlo nella metà del tempo."

Jillian alzò gli occhi al cielo e porse la mano a Everly. "Io e Storm eravamo fuori a mangiare quando hai chiamato, così ho pensato di venire con lui. Almeno qualcuno farà davvero il lavoro."

Storm guardò Jillian ed Everly, ma nel suo sguardo scorse un calore che Everly non aveva mai visto prima. Oh. Quella donna doveva essere la sua fidanzata. Everly lo capì. Capì che Storm stava vedendo qualcuno. Non che lei e Storm fossero nulla di più che due persone legate da una presenza fantasma, ma era strano vederlo in quel modo.

"Posso andare in cucina?" chiese Jillian, che negli occhi non aveva un briciolo di gelosia o di curiosità sul perché Storm si fosse affrettato ad aiutare Everly in quel modo. O Jillian era una persona molto sicura di sé o semplicemente era sicura della relazione che aveva con Storm.

In entrambi i casi, a Everly non avrebbe dovuto importare e infatti *non* le importava.

"È proprio da quella parte," disse indicando la direzione. "Vengo con te."

"Zio Storm!" urlò Nathan che correva verso le gambe di Storm con James subito dietro di lui.

"Sei qui!" gridò James.

Per quanto Everly ci provasse, i piccoli conoscevano solo quel tono di voce.

"Ecco i miei ometti," disse Everly a Jillian che stava sorridendo mentre i bambini correvano intorno a Storm.

"Sono proprio carini," disse Jillian. "Davvero carini." Da ciò che Everly poteva vedere, quella donna era sincera. Jillian salutò i piccoli che si nascosero imbarazzati dietro le gambe di Storm. "Bene, penso sia meglio mettersi al lavoro."

Everly la accompagnò subito in cucina, consapevole che la casa non era troppo presentabile. I suoceri non erano mai contenti, ma lei non riusciva a fare molto di più in quanto mamma single nonché proprietaria di un'attività.

"Oh, divertente," disse Jillian. Everly non era sicura se fosse sarcastica o meno. "Devo entrare sotto il lavandino per poter lavorare. Tu puoi andare dai bambini. Oppure puoi fare altro, sono sicura che avrai mille cose da fare."

Everly le rivolse uno sguardo incuriosito che Jillian colse al volo.

"Sono stata cresciuta da un padre single," le spiegò Jillian. "Non aveva molti aiuti, quindi sono un po' cresciuta da sola. So che hai mille cose da fare quindi non voglio trattenerti. Io nel frattempo mi occupo di questo problema, così ne avrai uno in meno."

"Beh, grazie," disse Everly prima di riscuotersi. "Lo apprezzo davvero tanto. Visto che Storm è con i bambini, posso approfittarne per pagare le bollette."

Jillian fece finta di rabbrividire. "Bollette. Tremende."

"Esattamente."

Everly sorrise entrando in soggiorno, dove i bambini si stavano arrampicando su Storm. Quando lui la vide, le fece l'occhiolino, cogliendola di sorpresa; lei gli fece un cenno e andò dritta nel piccolo ufficio sul retro. Era così, avere qualcuno sempre pronto a dare una mano? Avere un partner per quando le cose si facevano difficili?

Scrollò la testa e sospirò prima di tornare ai propri documenti. Inviò un messaggio a Tabby, visto che l'aveva chiamata per chiederle una cosa, ma aveva trovato il telefono occupato. Ora che Tabby e Alex erano ufficialmente una coppia, Everly vedeva l'amica meno del solito, ma in tutta sincerità non poteva biasimarla.

I Montgomery avevano l'abitudine di fare così.

"Tutto sistemato," disse Jillian riscuotendo Everly dai suoi pensieri.

Lei alzò lo sguardo e sbatté le palpebre. "Davvero? Quanto tempo sono rimasta qui a lavorare?"

Jillian sorrise e si appoggiò allo stipite della porta. "Solo venti minuti. Una volta capito il guasto, ho fatto in fretta. Avevo anche nel furgone il pezzo di ricambio che mi serviva." Incrociò lo sguardo di Everly e sembrò capire al volo quello che stava pensando. "Senza il pezzo di ricambio non saresti stata in grado di riparare niente. Non preoccuparti, d'accordo?"

Incerta su cosa dire, Everly prese il libretto degli assegni e annuì. "Beh, grazie. Lo apprezzo molto. Quanto ti devo?"

Jillian agitò la mano davanti a sé. "Non c'è bisogno. È stata una cosa da nulla."

"Ma hai lavorato e devi essere pagata per quello che hai fatto. Non importa se è stata una cosa semplice o meno."

"Beh, che ne dici di considerarlo uno sconto amici per la prima volta," disse Jillian dopo averci riflettuto un istante. "Te lo addebiterò la prossima volta, ma vuol dire che dovrai chiamare Storm o me quando avrai bisogno di aiuto." Le fece l'occhiolino. "Farò ottimi affari se continuo così."

Everly rise, leggermente confusa, poi mise via il libretto degli assegni. "D'accordo allora. Può andare." Non si lanciò in una spiegazione sul perché avesse chiamato subito Storm; comunque, neanche lei era sicura del perché l'avesse fatto.

Le donne tornarono in cucina, dove Storm e i bambini stavano ripulendo il disastro in giro. Everly rimase in piedi sulla soglia mentre Jillian tolse la scopa dalle mani di Storm forzandolo a spostarsi di lato con un colpetto d'anca. Everly fece del suo meglio per scacciare le lacrime che minacciavano di rigarle il viso. Era così abituata a fare le cose da sola, dannazione. Non poteva contare su un aiuto del genere.

Furono quei pensieri a renderle la voce più brusca di quanto volesse. "Grazie per essere venuti a darmi una mano. Bambini, salutate Storm e Jillian."

Storm le rivolse di nuovo un'occhiata strana, ma abbracciò i bambini e li salutò. Anche Jillian gli fece un cenno di saluto e presto Everly si ritrovò di nuovo da sola con i gemelli.

Da sola.

Stava quasi per mandare un messaggio a Tabby per raccontarle tutto quello che le passava in mente, ma non lo fece. Non serviva a niente. In ogni caso, non aveva senso: alla fine Everly sarebbe finita da sola. Era l'unica cosa in cui era brava.

Capitolo Undici

QUALCUNO BUSSÒ ALLA PORTA D'INGRESSO E Tabby trattenne il respiro. Aveva in programma una conference call, quella mattina; avrebbe fatto tardi al lavoro e non aveva idea di chi potesse essere venuto a disturbarla. Alexander era uscito di casa prestissimo per andare in palestra ad allenarsi con Brody e lei immaginò che non fosse lui a bussare come un forsennato.

Fu presa da un fremito di paura ripensando a Charles, il cliente che l'aveva aggredita in ufficio. Non poteva essere lui. Tabby non sapeva dove abitasse e comunque era ancora in prigione in attesa dell'udienza.

Si sgranchì un po' e guardò attraverso lo spioncino. Non appena vide chi c'era dall'altro lato, gridò e spalancò la porta.

"Che ci fate qui, ragazzi?" Non aspettò neanche una risposta e abbracciò al volo uno dei fratelli.

Dare fece un passo indietro, la strinse a sé e scoppiò a ridere. "Eravamo di passaggio."

Tabby si staccò e gli diede un pugno sulla spalla prima di abbracciare Fox e poi Loch. "Di passaggio? Certo, Denver è vicinissimo alla Pennsylvania, è risaputo."

Dare sorrise. "È vero."

"Sì, siamo dovuti salire su un aereo, ma vedi? Siamo di passaggio," la prese in giro Fox.

Loch le rivolse un'occhiata che le fece capire che era stata un'idea degli altri due. Lei scrollò il capo: amava da morire i fratelli, anche se la facevano diventare matta.

"Beh, entrate. Vi avviso: sono molto indietro con le pulizie di casa, ma non ditelo alla mamma."

Prese Fox per mano e lo trascinò dentro, gli altri due li seguirono. Dannazione, le erano mancati da morire e le mancavano i genitori. Per quanto i Montgomery l'avessero fatta sentire a casa, non erano la sua famiglia. Doveva far in modo di vederli più spesso di una sola volta all'anno, perché se le era bastato vedere i fratelli per commuoversi, allora voleva dire che le mancava proprio tanto casa sua.

"Non lo diremo alla mamma se tu non le dici in che stato sono le *nostre* case," disse Dare.

"Parla per te," ribatté Loch. "Io sono ben addomesticato."

Tabby alzò gli occhi al cielo e li abbracciò di nuovo. I fratelli non si opposero, così lei capì che anche loro avevano sentito la sua mancanza.

"Cosa ci fate qui?" chiese di nuovo. "E non mi dite che eravate di passaggio. Voglio la verità." La sveglia sul telefono prese a suonare e Tabby imprecò.

"Chissà cosa direbbe la mamma se ti sentisse dire certe parole," la prese in giro Fox.

Lei lo mandò a quel paese e spense la sveglia. "Mi serviva per ricordarmi che devo mettermi le scarpe e andare in ufficio. Siete stati fortunati a trovarmi a casa a quest'ora, di solito sono già al lavoro."

Loch fece spallucce. "Ci siamo fermati qui, ma subito dopo saremmo passati alla Montgomery Inc. In entrambi i casi, ti avremmo trovato."

Tabby fece una smorfia, indossò le scarpe col tacco e prese la borsa. "Se mi aveste chiamato, sarebbe stato più semplice."

"A quel punto non ci sarebbe stata più la sorpresa," disse Fox. "Vai davvero al lavoro?"

Tabby sbuffò. "Devo. Ho delle responsabilità. Potete venire con me, se volete vedere dove lavoro. Poi potete andare un po' a fare i turisti o quello che preferite. Ci possiamo ritrovare per pranzo." Il suo cervello stava lavorando in mille direzioni diverse. "Dannazione. Sapete che pianifico tutte le mie giornate. Non sono troppo brava a improvvisare in questo modo."

Dare guardò i fratelli e Tabitha strinse le labbra. C'era qualcosa che non andava e voleva sapere di cosa si trattasse. "Siamo preoccupati per te."

Lei sbatté le palpebre. "Perché?"

Fox la osservò, Loch incrociò le braccia, ma fu Dare a parlare. "Vediamo un attimo. Stai prendendo lezioni di autodifesa perché un tizio ti ha aggredita al lavoro. Stai uscendo con Alex Montgomery, il ragazzo per cui hai una cotta da sempre, e a quanto pare vai ancora in giro a cercare Michael e Angel nel cuore della notte. Sbaglio?"

Tabitha spalancò gli occhi. "Come fai a sapere tutte queste cose?"

"Per prima cosa, perché diavolo non ce lo hai detto?" disse Fox. "Perché abbiamo dovuto scoprire tutto quanto da altri? Dovevi restare in Pennsylvania, dannazione. Almeno avremmo potuto proteggerti."

Lei serrò lo sguardo. "Vuoi dire che avreste potuto controllare la mia vita."

"Beh, a quanto pare qui stai andando allo sbaraglio," gridò Dare.

"Basta," disse Loch lentamente, la voce pacata. "Urlare non risolve niente e Tabby ha detto che farà tardi al lavoro. Non creiamole altri problemi." Incrociò lo sguardo della sorella. "Non vogliamo diventare anche noi un problema, ma siamo *veramente* preoccupati. Marie Montgomery ha chiamato la mamma per dirle quanto fosse dispiaciuta che ti fossi fatta male. Mamma era furiosa che *tu* non le avessi detto nulla. Anche papà si è arrabbiato. Così come noi. Lo so che vuoi essere indipendente, che sei un'adulta, ma se un pazzo ti fa del male, diavolo, devi dircelo."

Tabitha deglutì. "Io… io non volevo far preoccupare nessuno." Temeva che i fratelli, e anche i genitori, si presentassero da lei in quel modo. Aveva venticinque anni, ma in certe situazioni la sua famiglia aveva la tendenza a reagire in modo esagerato.

"Beh, noi siamo preoccupati," disse Fox.

"Devi parlare, dannazione," imprecò Dare. "Non tenerci nascoste certe cose. So che vuoi fare tutto da sola, ma noi vogliamo sapere cosa ti succede. Ce lo meritiamo."

"Per quanto riguarda Michael e Angel," proseguì Loch, "mi ha informato il ragazzo che avevo contattato in passato, quando hai iniziato a cercarli."

Tabby chiuse gli occhi. Per quanto fosse lontana dalla famiglia, i parenti avrebbero sempre scoperto tutto. Non sapeva perché si ostinava a nascondere certe cose.

"E per Alex…" Dare fece un sospiro. "Volevamo incontrare l'uomo con cui ti vedi per assicurarci che fosse alla tua altezza."

"Non lo è," disse Fox brusco.

"Scusami?" strillò Tabby. "Chi ti dà il diritto di parlare di lui? Non lo conosci nemmeno."

"Nessuno è alla tua altezza," disse Fox. "È in riabilitazione? Bene. Bisogna essere forti per riuscirci. Per quanto riguarda voi due invece è tutto un altro paio di maniche. Nessuno sarà mai abbastanza bravo per la mia sorellina."

Tabby alzò gli occhi al cielo e guardò Loch per capire cosa ne pensasse, ma lui non disse una parola. Come sempre. Lei lasciò sfuggire un sospiro. "Devo andare al lavoro."

"Veniamo con te, allora," disse Dare alla svelta.

"Non prenderemo certo il controllo della tua vita mentre siamo qui."

Lei rise. "Certo, Dare. Come vuoi. Voi tre non dovete lavorare? Come avete fatto a trovare il tempo per venire qui?"

"Ci facciamo tutti quanti il culo al lavoro e non ci concediamo mai una vacanza," disse Fox. "Non è stato facile, ma tu ne vali la pena, scricciola."

Lei gli lanciò un'occhiataccia. "Non chiamarmi in quel modo davanti ad Alexander."

"Ooooh," la prese in giro Fox. "*Alexander*, ma senti. E dimmi un po', tu sei la sua *Tabitha*?"

Lei arrossì e gli diede un pugno. "Sta' zitto, rospo. Ora sono davvero in ritardo, diamoci una mossa."

"Lei *è* la sua Tabitha," continuò a cantilenare Fox mentre si dirigevano verso le macchine. "Non è la cosa più adorabile che abbiate mai sentito?"

"Proprio due piccioncini," disse Loch impassibile.

Tabby li mandò di nuovo a quel paese e con l'altra mano salutò la vicina. Stava ufficialmente diventando la pazza della porta accanto, ma non le importava. Doveva gestire i fratelli, andare al lavoro e assicurarsi che il suo fidanzato rimanesse più lontano possibile, se non voleva che quei tre scalmanati gli facessero del male o roba del genere.

Semplice, no?

Gemette.

No, non era per niente semplice.

I fratelli avevano deciso che non doveva guidare da sola, così si ritrovò con Loch come passeggero. O almeno quella fu la sua deduzione, visto l'atteggiamento iperprotettivo che avevano da sempre nei suoi confronti. Le avevano detto che anche loro erano in macchina e che volevano trascorrere del tempo con lei; se da un lato era vero, probabilmente non era l'unico motivo. Per fortuna le era toccato Loch e non gli altri due. Dare l'avrebbe punzecchiata per tutto il tragitto e Fox l'avrebbe tartassata di domanda e si sarebbe anche dato delle risposte, se lei non avesse risposto abbastanza in fretta.

Ma per questo li amava ancora di più.

Certo, rimanere in silenzio a lungo con Loch chiaramente contrariato non era il massimo. I fratelli sapevano benissimo come farle saltare i nervi, anche quando il loro unico obiettivo era assicurarsi che lei stesse bene, che fosse amata e protetta.

Arrivarono alla Montgomery Inc. tutti insieme e lei quasi si bloccò davanti all'ingresso. Non le era venuto in mente se fosse giusto o meno. La maggior parte dei giorni, l'ufficio sembrava una succursale della casa dei Montgomery. Un posto dove si era sempre sentita la benvenuta. I suoi fratelli non erano mai venuti a trovarla prima di allora. Era più logico e più economico che fosse lei a spostarsi per andarli a trovare. In passato avevano provato a organizzarsi per farle visita singolarmente, ma tra impegni di lavoro e di famiglia non ci erano mai riusciti. I genitori invece erano venuti qualche volta e avevano conosciuto i Montgomery. Si erano trovati subito a loro agio tra loro e Tabby ne era rimasta entusiasta.

Ora però stava portando i fratelli sul posto di lavoro senza aver avvisato nessuno. Certo, i fratelli non le avevano dato troppo preavviso, o meglio nessun preavviso. Sperò soltanto di non mettersi nei guai.

Wes e Storm erano in ufficio e quando il gruppo fece il suo ingresso le rivolsero un'espressione sorpresa. In primo luogo, perché non era *mai* arrivata in ritardo. In secondo luogo, perché aveva portato con sé tre energumeni: non era mai accaduto prima di allora.

E tutto questo dopo aver baciato Alexander in pubblico.

Beh, almeno aveva una vita movimentata.

"Wes, Storm, questi sono i miei fratelli, Dare, Fox e Loch," disse indicandoli. "Ragazzi, questi sono Wes and Storm, i gemelli che gestiscono la Montgomery Inc." Aveva sottolineato che erano gemelli senza un motivo specifico, era un'abitudine che aveva da sempre. Con una famiglia così allargata come quella dei Montgomery, era facile dimenticare che Wes e Storm condividevano un legame ancora più speciale.

Storm spalancò gli occhi e Wes andò incontro al gruppo con un sorriso stampato in faccia. "Ehi, che piacere conoscervi, finalmente." Guardò Tabby attentamente. "Sapevamo che sarebbero arrivati? Non ho visto nessuna nota sulla tua agenda."

Lei alzò gli occhi al cielo mentre gli altri scoppiavano a ridere. I fratelli sapevano della sua ossessione per la pianificazione, ma non avevano idea che Wes fosse quasi più ossessivo di lei. Quasi.

"Volevamo farle una sorpresa," spiegò Dare.

Storm le lanciò di nuovo un'occhiata prima di salutare i fratelli. Tabby non capiva perché le sembrasse così strano, ma da un po' aveva quella sensazione. Era come se due rami della famiglia si fossero finalmente conosciuti e lei non era sicura di come gestire la situazione.

"Dovresti prenderti il giorno libero," disse Wes. "Anzi, avresti potuto chiamare e dircelo e basta."

"Probabilmente possiamo sopravvivere per un giorno senza di te," disse Storm secco proprio mentre il telefono sulla scrivania di Tabitha iniziava a squillare. "Forse."

Lei scoppiò a ridere e andò a rispondere. I ragazzi potevano farcela a gestire le cose senza di lei, ma prima Tabitha voleva assicurarsi di preparare loro delle liste di cose da fare, per stare più tranquilla. Mentre lei prendeva appunti, i ragazzi parlarono tra di loro. Certo, avrebbe potuto rispondere Wes o Storm al telefono, ma a lei *piaceva* il suo lavoro e fintanto che era lì voleva occuparsene.

Quando riagganciò e si voltò, vide Alexander entrare in ufficio e bloccarsi, gli occhi spalancati come Storm poco prima. Dannazione. Tabby avrebbe voluto prima mandargli un messaggio per avvisarlo. Gli aveva fatto vedere delle foto dei fratelli, quindi lui doveva aver capito chi erano quei tre uomini, ma non era la stessa cosa sapere che probabilmente erano lì per affrontarlo.

"Alex," disse Dare a bassa voce.

"Dare, giusto?" disse Alexander tendendo la mano per presentarsi. "Non sapevo che foste qui."

"Le abbiamo fatto una sorpresa," disse Fox brusco, poi strinse anche lui la mano ad Alexander.

Loch si limitò a sollevare il mento in cenno di saluto e Alexander ricambiò nello stesso modo. Le cose stavano andando bene… giusto?

O forse no.

"Siamo anche venuti per assicuraci che sia al sicuro, sia al lavoro che a casa," disse alla fine Loch voltandosi verso Wes e Storm.

I gemelli assottigliarono lo sguardo. Tabby sperava con tutta se stessa che i due non provassero rabbia nei confronti dei fratelli, che avevano azzardato un commento del genere su quanto le era accaduto.

Sospirò e si spostò verso di loro nel tentativo di allentare la tensione. Alexander però le cinse le spalle con un braccio, aumentando la tensione ancora di più, almeno per i ragazzi nella stanza. Per lei, quel gesto fu calmante: la aiutò a ritrovare un po' di stabilità.

"Abbiamo aumentato la sicurezza," disse Storm dopo un istante. "Telecamere e sensori di movimento, e anche qualche altra cosetta."

"Inoltre, Tabby non è mai rimasta da sola in ufficio, dopo quella sera," aggiunse Wes.

"Bene," disse Dare. "Perché altrimenti non avrebbe più lavorato qui."

Quella frase la prese alla sprovvista. "E Alexander mi sta insegnando come difendermi da sola. Perché sapete io sono un'adulta. E nessuno, ripeto *nessuno* può decidere per me. In particolare i miei odiosi fratelli che pensano di potermi dire cosa devo o non devo fare. Sì, un uomo è venuto sul mio posto di lavoro e ha dato di matto, ma non accadrà di nuovo. Come ha detto Storm, abbiamo aumentato la sicurezza, ma non ho nessuna intenzione di farmi mettere in gabbia." Guardò dritto negli occhi ogni uomo presente nella stanza. "Da nessuno di voi."

I fratelli sostennero il suo sguardo e i gemelli annuirono, ma fu lo sguardo di Alexander a darle ancora più forza. Il rispetto che vi lesse la emozionò più di quanto sarebbe mai riuscita a esprimere a parole. Non che avesse intenzione di dire qualcosa di fronte agli altri.

"È al sicuro," disse Alexander. "Tutti i dipendenti lo sono. Ora, perché non andiamo a mangiare qualcosa visto che è quasi l'orario giusto? Così avrete tutto il tempo di farmi un bell'interrogatorio, come immagino vogliate fare."

Tabby tossì e gli diede una pacca sul ventre

perfettamente scolpito. L'allenamento stava davvero facendo miracoli. "Beh… che ne dite di evitare l'interrogatorio?"

Dare sorrise. "Oh, penso sia proprio necessario."

Fox mise le mani in tasca e dondolò avanti e indietro sulle gambe. "Direi di sì, sorellina. Mi dispiace dirtelo, ma noi siamo fatti così."

Lei guardò Loch che fece spallucce. "Scusa Tab, è nella nostra lista di cose da fare."

I ragazzi risero, anche i Montgomery, mentre lei non voleva far altro che battere i piedi come una bambina. Non solo avrebbero tartassato di domande l'uomo che stava frequentando, ma la prendevano anche in giro.

La famiglia. Fantastico.

Una volta certa che la Montgomery Inc. sarebbe sopravvissuta a un pomeriggio senza di lei, andarono tutti in un locale che lei frequentava spesso. Li avrebbe portati anche al Taboo, il bar di Hailey, ma temeva di incontrare altri Montgomery e di rendere la situazione ancora più… *impegnativa*. Visto che il Taboo e il Montgomery Ink, il negozio di tatuaggi della famiglia, erano proprio uno accanto all'altro, le probabilità che i suoi timori fossero fondati erano molto alte. Sarebbe stato quasi inevitabile.

Si accomodarono a un ampio tavolo sul retro del locale; per fortuna, Tabitha riuscì a sedersi accanto ad Alexander. Fox aveva provato a rubarle il posto, ma lei gli aveva fatto subito cambiare idea: sapeva impuntarsi, quando voleva.

"Allora," iniziò Alexander dopo che ebbero ordinato. "Cosa volete sapere?"

Loch lo guardò dritto negli occhi e Tabby appoggiò una mano sul ginocchio di Alexander. "Cosa pensi che dovremmo sapere su di te?"

"Ragazzi, smettetela," disse Tabby esasperata. "Non siamo al liceo e lui non è certo il ragazzo che deve accompagnarmi al ballo di fine anno. Sono una donna adulta, cazzo." Erano sul retro del locale e per fortuna non c'erano bambini in giro, altrimenti si sarebbe sentita in colpa per le parole che aveva appena usato. Considerando il resto della famiglia, immaginava che non sarebbe stata l'unica a imprecare in quel modo.

"Sono i tuoi fratelli," disse Alexander, calmo. "Se non fossi stato ubriaco marcio quando Meghan o Miranda erano fidanzate, avrei fatto la stessa cosa con Luc o con Decker. Quando Maya ha iniziato a frequentare Border e Jake, io ero in riabilitazione, quindi non ero nei paraggi neanche per lei." Sostenne lo sguardo dei fratelli di lei senza battere ciglio, rimanendo calmo come era stato per tutta la mattinata. "È questo che volevate sapere? Che sono un alcolista? Non è un segreto. Sarò sempre un alcolista, ma non bevo più. Non ho intenzione che quella parte della mia vita continui a definirmi, anche se rimarrà sempre parte di me. Non posso nasconderlo."

Fox imprecò e Loch annuì, ma fu Dare a parlare. "Il fatto che ti sia fatto aiutare dice molto di più sul tuo carattere di qualsiasi altra cosa."

"È stata la mia famiglia a convincermi ad andare in comunità," disse Alexander. "Non ero abbastanza forte per fare quel passo da solo."

"Ma sei stato abbastanza forte da rimanerci," disse piano Fox.

"Non tutti chiedono aiuto," aggiunse Loch. "E quelle persone hanno la tendenza a trascinare tutti a fondo insieme a loro."

Tabby si sentiva osservata e sapeva bene che stavano parlando di Michael. "Alexander sa tutto," disse. "Non ci sono segreti tra di noi." A parte il fatto che lei lo amava, ma non era pronta a dirglielo. Non ancora.

Alexander le strinse una mano e lei si rilassò

leggermente. "Cos'altro volete sapere? Sono un fotografo, ma probabilmente lo sapete già. Lavoro soprattutto come freelance, ho un taglio giornalistico, non da riviste o cataloghi. Quando hanno bisogno, lavoro anche per i parenti, ma più che altro mi muovo per conto mio, funziona così la mia professione. Vivo in un appartamentino e ho dei risparmi da parte. Non so quando comprerò una casa tutta mia, l'ho già fatto in passato e voglio aspettare di essere pronto, prima di fare nuovamente un passo del genere."

Era una novità anche per lei, ma non ci badò molto, mentre lui continuava a raccontare cose di sé che lei conosceva già. Alexander stava gestendo la situazione meglio di lei, non c'era che dire.

"Partecipo anche a dei combattimenti, se la cosa vi preoccupa," disse come ultima cosa e Tabby trattenne il respiro. Non aveva idea di come i fratelli potessero reagire.

"Combattimenti?" chiese Loch. Tabby non riusciva a capire se il fratello fosse curioso o arrabbiato. Era l'unico dei tre che lei non sapeva decifrare alla perfezione.

"Vado in una palestra in zona con un paio di amici, ho iniziato con la scusa di avere qualcosa da fare invece di stare a casa ad autocommiserarmi, dopo la faccenda del divorzio e la riabilitazione. Hanno un ring, così ho iniziato a prendere lezioni di pugilato. Voglio dire, già sapevo qualcosa dai tempi del liceo, ma non come adesso. Da qualche tempo partecipo a delle gare regolamentate con atleti nella mia stessa categoria di peso. Niente di squallido, tipo rissa da bar o roba del genere, ma mi piace perché mi aiuta ad allentare la tensione in un ambiente controllato. Se sarete sempre in città quando farò il prossimo incontro, dovreste venire. In realtà, ho convinto anche Tabitha a venire a vedermi."

I fratelli di Tabitha gli fecero qualche altra domanda sull'argomento e lei avrebbe tanto voluto sbattere la testa sul tavolo. L'idea di prendere a pugni qualcuno aveva allettato la curiosità dei fratelli. Erano tutti così pieni di testosterone che sembrava un miracolo che non si incastrassero nelle porte, entrando in una camera.

"Devo dirlo," disse Dare mentre la cameriera recuperava i piatti vuoti. "Mi sorprende che tu sia così aperto."

Tabitha gli lanciò un'occhiataccia, ma lui la liquidò facendo l'occhiolino. Dannazione.

"Ho dovuto imparare ad essere aperto quando ero in riabilitazione e agli incontri," disse Alexander. "Sto imparando a esserlo anche con la mia famiglia, ma con degli sconosciuti è più facile. Non sono persone che hai deluso." Tabby gli strinse una coscia. Odiava il fatto che Alexander si sentisse in quel modo, ma gli sarebbe rimasta accanto per aiutarlo.

"Lo capisco," disse piano Loch. "Direi che siamo a posto," aggiunse rivolto a Fox e Dare. "È stato un piacere conoscerti, Alex."

Guardò Tabby e lei sollevò il mento. "Tab…"

"No, niente 'Tab', Lochlan Collins. Voi tre non solo avete fatto comunella contro di me, ma anche contro il mio fidanzato. Siete fortunati che siamo in pubblico."

"Piccola," sussurrò Alexander. "Va tutto bene."

Lei guardò in cagnesco anche lui. "Assolutamente no." Si alzò in piedi, il mento sempre rivolto in alto. "Ora, voi andate a pagare il conto perché ce lo dovete. Poi vi farò fare un giro in città prima che torniate in albergo o in qualsiasi altro posto alloggiate. Perché non ho la minima intenzione di farvi stare a casa mia. Voglio comunque che amiate Denver tanto quanto me. Ora forza, in piedi ragazzi. *Non* fatemi aspettare. Oh, e vado in macchina con Alexander e voi potete seguirci con la mia e con quella che avete preso a noleggio. Niente discussioni."

Si allontanò ignorando gli sguardi degli altri quattro, che sorridevano mentre lei usciva dal locale. Maledetti gli uomini e la loro prepotenza. Era un miracolo che li amasse così tanto.

QUANDO LEI E Alexander rientrarono a casa, dopo che i fratelli le ebbero riportato la macchina, si sentiva esausta e più che sazia. I fratelli erano abituati a mangiare molto e avevano voluto provare diversi locali in centro. Lei li aveva accompagnati e anche Alexander aveva mangiato con loro. Ora però si sentiva troppo piena, pronta a scoppiare.

"Bene…" disse mentre si toglieva le scarpe.

Alexander le sorrise spogliandosi del cappotto. "Bene."

"È stato tutto inaspettato."

"Mi piacciono i tuoi fratelli. Se può essere d'aiuto."

Lei alzò gli occhi al cielo. "Non li capirò mai gli uomini, ma va bene così. Sono contenta che ti siano piaciuti e che non siano volati cazzotti. Deve pur contare qualcosa."

Alexander le si avvicinò, le cinse la vita con un

braccio e le passò l'altra mano tra i capelli. "Conta." Si baciarono delicatamente. "Vuoi andare a letto?" le sussurrò sulle labbra, provocandole un fremito in tutto il corpo.

Lei sorrise. "Non posso fare niente questa settimana." C'era stata un'altra sorpresa sgradevole quella mattina, oltre alla visita inaspettata dei fratelli.

Alexander fece spallucce e le diede un bacio sulla tempia. "Vorrà dire che ti abbraccerò mentre dormi. Ti serve una borsa dell'acqua calda o altro?"

Cavoli, non c'era da meravigliarsi che amasse quell'uomo.

"Mi basta che tu mi tenga stretta a te."

Lui la baciò di nuovo. "Andiamo a dormire, piccola." La portò in braccio fino alla camera da letto e Tabitha sospirò contro il suo petto. Dopo la giornata che aveva passato, un po' di coccole erano il modo perfetto per finire in bellezza.

Lei sperava soltanto che le cose continuassero ad andare in quel modo, perché se mai avesse dovuto lasciarlo andare, non era sicura che ci sarebbe riuscita.

Capitolo Dodici

"SEI SEMPRE PIÙ IN FORMA."

"Ripetimi perché ci stiamo allenando nel mio soggiorno e non in palestra?"

Alex sorrise. "Perché stanno allestendo la sala per l'incontro di stasera e io non volevo farti perdere una lezione. Tieni i gomiti in alto." Tabitha mise il broncio ma fece come le aveva detto. Alexander aveva il sospetto che facesse il broncio solo perché così sapeva di eccitarla. Si immaginò quelle labbra intorno all'uccello e per un istante gli si annebbiò la mente.

"In questo modo?" gli chiese, le sopracciglia aggrottate.

Era passata una settimana da quando i fratelli erano passati a farle visita per due giorni, prima di ritornare alle loro vite impegnate. Le cose erano… diverse, ma andavano decisamente meglio.

Tabitha indossava un reggiseno sportivo blu, molto sexy, con degli intrecci sul davanti che gli facevano venir voglia di affondare il viso tra i suoi seni. Seriamente, amava le sue tette e non ne aveva mai abbastanza, ma si trattenne, visto che le stava insegnando come difendersi. Lei indossava anche un paio di pantaloncini neri super aderenti che le modellavano il corpo come una seconda pelle. Avevano la vita alta e la coprivano fin sopra l'ombelico, lasciando scoperta solo la parte alta del ventre. Gli shorts avevano una riga blu lungo i fianchi e intorno alla vita, coordinata con il blu del reggiseno. Alexander amava il fatto che lei fosse sempre così curata, anche se non si sforzava minimamente di esserlo. Era semplicemente così, la sua Tabitha.

La *sua* Tabitha.

Fu scioccato dalla rapidità con cui si era adattato a pensare a lei in quel modo… e sapeva quanto fosse rischioso. Non sapeva cosa sarebbe successo tra loro, e la cosa lo spaventava, ma aveva deciso di avventurarsi nel futuro con i piedi ben saldi a terra. Non aveva altre opzioni.

"Stai andando alla grande, piccola," disse sincero.

"Davvero?" gli chiese radiosa. "Probabilmente non sono ancora abbastanza brava per combattere sul ring accanto a te," gli disse facendo l'occhiolino.

Lui fece una smorfia. "Non so se mi piacerebbe vederti combattere con un'altra donna per finire magari con un occhio nero. Sarei costretto a prendere a pugni qualcuno, se accadesse."

Tabitha alzò gli occhi al cielo. "Però se lo fai tu deve andarmi bene?"

Lui sospirò. "Non ho modo di spuntarla, vero?"

"No," gli rispose con un sorrisone. "Sei un bulletto sessista e non so più come fare con te."

Alexander stava proprio pensando a cosa avrebbe potuto fare con lei in quel momento e Tabitha gli diede un pugno leggero nello stomaco. "Ehi," borbottò. I suoi pugni stavano diventando sempre più decisi.

"Stai pensando al sesso e non mi pare proprio il caso."

Lui si leccò le labbra. "Piccola, io penso sempre al sesso in un modo o nell'altro, sono un uomo."

"Beh, io sono una donna e anche io penso al sesso. Incredibile come gli uomini se ne dimentichino."

Le si avvicinò per prenderla in braccio, ma lei mise le mani avanti e lo bloccò. "Che c'è? Ho solo intenzione di abbassarti i leggins, solo un po', in modo da incorniciarti il fondoschiena, poi ti scoperei da dietro con le gambe chiuse in modo da essere super stretta. Hai qualcosa in contrario?"

Quelle parole gli fecero fremere l'uccello e Tabitha sospirò, le guance arrossate. "Cristo santo, dobbiamo provare, ma non adesso. Sono ancora indolenzita da stamattina."

Alexander fece una smorfia. "Cazzo, scusami. Ci sono andato giù troppo forte." Avevano fatto sesso nella doccia e poi sul bordo del letto. Lui era stato veloce e forte, come mai prima di allora, chiaramente le aveva fatto male.

Tabitha gli andò subito incontro e lo abbracciò. "Ehi, non mi sto lamentando. Abbiamo fatto sesso *tre* volte stamattina e *tre* volte la notte scorsa. È un record anche per noi. Mi serve solo un po' di tempo per respirare, prima di cavalcarti come una vera cavallerizza stasera."

Lui sorrise e le baciò il naso. "Vuoi cavalcarmi?"

Lei annuì. "Sì. Potrei anche mettermi un bel cappello."

Alexander scoppiò a ridere e la baciò di nuovo. "Mi sembra un piano perfetto." Sospirò e le accarezzò la schiena. "Ti andrebbe di partecipare a una lezione insieme a me?" Non sapeva da dove gli fosse venuta quell'idea, ma continuò.

Lei si allontanò e lo guardò in faccia. "Che tipo di lezione?"

"Una lezione di autodifesa. Ho partecipato ad una lezione tempo fa e ho imparato diverse cose per poterti aiutare. Credo che sia meglio che tu partecipi ad una vera lezione. E a me piacerebbe imparare qualcosa in più sull'argomento. Sarò anche un ragazzone, ma non porto un'arma con me quando sono in giro per strada." Fece spallucce. Era più rivolto a lei, ed entrambi ne erano consapevoli, ma avrebbe fatto tutto il possibile per farla sentire al sicuro.

Lei si morse un labbro. "Io… penso che sarebbe carino. Non ci sono mai stata perché… beh… non mi sentivo pronta. Voglio dire, probabilmente avrei già dovuto farlo visto quello che è successo, ma per qualche ragione volevo soltanto allenarmi con te. Anche prima che tu e io cominciassimo a frequentarci. Allenarmi con te e sapere che sei sempre al mio fianco, non lo so… mi ha fatto sentire più forte. Io sono più forte insieme a te."

Alexander sospirò, la mente che vorticava. "Non ci sono abituato, lo sai." Lei si accigliò e lui proseguì. "Mi piace, non fraintendermi. Ma Jess, beh, lei non mi lasciava mai fare, capisci? Non lasciava mai che io la aiutassi, a meno che non fosse lei a mettermi alle strette. Non ti sto paragonando a lei, davvero, ma io mi sento *me stesso* quando sono con te." Non aveva programmato di dire tutte quelle cose, ma era contento di averlo fatto. Non voleva che ci fossero argomenti tabù tra di loro, anche se non sapeva che piega avrebbe preso la loro relazione. Sapeva soltanto che se avesse continuato a tacere sulla sua sobrietà o sui trascorsi con Jess, avrebbe mandato tutto all'aria.

Tabitha sgranò gli occhi. Probabilmente era più che sorpresa che lui avesse parlato di Jess, ma per il momento era meglio concentrarsi sul presente senza dimenticare completamente il passato per evitare di ripetere gli stessi errori. Almeno era quello che sperava.

"Penso di capire," disse lei dopo un istante.

"Visto che è il momento della sincerità, probabilmente dovrei dirti che ieri mi ha telefonato."

"Seriamente?" gli chiese con una leggera tensione nella voce.

"Io non ho risposto e lei non ha lasciato alcun messaggio. Se dovesse chiamare di nuovo, non ho intenzione di rispondere. In tutta sincerità, lei non ha bisogno di me, né vuole realmente parlarmi. Le piace essere al centro dell'attenzione e quando capirà che da me non avrà niente, sparirà. Non ha bisogno di me," ripeté. "E io non ho bisogno di lei. Non so neanche se sia mai stato così."

Si guardarono negli occhi e Tabitha si lasciò andare a un lungo sospiro. "Io ho bisogno di te," gli sussurrò, strofinando le labbra sulle sue mentre si alzava in punta di piedi.

Alexander si rilassò all'istante. "Anche io ho bisogno di te."

Non avevano mai parlato di quello che erano, non più di così, e forse, forse lui sarebbe stato abbastanza forte per poter diventare entrambi qualcosa di più. Prima o poi.

Forse sarebbe riuscito ad amare di nuovo, a rendersi vulnerabile.

Perché con Tabitha gli sembrava possibile.

E quella possibilità lo spaventava più di ogni altra cosa.

PIÙ TARDI, arrivarono in palestra, l'adrenalina gli pompava nelle vene al pensiero dell'incontro imminente. Tabitha era in piedi, appoggiata a lui, che non riusciva a stare fermo.

"Sei teso," gli disse con un sorriso.

Lui le fece l'occhiolino. "Puoi dirlo forte." Si abbassò per sussurrarle all'orecchio. "E probabilmente sarò ancora più teso stasera."

Lei gli sferrò una gomitata tra le costole mentre Wes e Storm li raggiungevano. "Fai il bravo."

"Sembra quasi che tu non mi conosca," disse con una risata mentre i gemelli si fermavano di fronte a loro. Cavolo, non avrebbe mai immaginato di poter avere qualcosa del genere nella sua vita. Aveva Tabitha accanto a sé e stava ridendo, in pubblico: sembrava una persona completamente diversa rispetto a quella che era prima che accadesse tutto. Dagli sguardi di Wes e Storm capì di non essere l'unico ad averlo notato.

"Ehi," disse Wes con aria leggermente preoccupata. "Avevi detto che non era un problema se fossimo passati; è stato Harper a darci tutte le informazioni."

Mentre Wes parlava, comparvero Harper e Brody. Harper gli fece l'occhiolino. "Spero non sia un problema."

Alex annuì, il braccio intorno alle spalle di Tabitha lo aiutava a rimanere calmo. "Sono contento che siate qui," disse in fretta. "Davvero."

Storm lo osservò attentamente. "Hai intenzione di farlo nero? Perché non mi va di passare la mia serata libera a guardare qualcuno che te le dà di santa ragione."

"Ehi, sii gentile," disse Jillian spostandosi tra Storm e Wes e rimettendoli a posto. "Ragazzi, scusatemi. Dovevo rispondere a una telefonata e ho fatto entrare da soli questi due."

Wes la fulminò con lo sguardo. "Continuo a pensare che non sia stata una buona idea lasciarti da sola là fuori."

Ma lei gli fece un cenno con la mano e anche Alex aggrottò la fronte come i fratelli. "Non ero da sola. Tu mi hai tenuta d'occhio per tutto il tempo." Agitò un dito davanti a Wes. "Sei più apprensivo di Storm; a quanto pare, voi non avete fiducia in me, pensate che non sia in grado di badare a me stessa."

Alex e Tabitha si irrigidirono. "Probabilmente è colpa mia," disse lei piano. "Qualche settimana fa sono stata aggredita in ufficio e da allora i ragazzi sono tutti sul chi va là."

Jillian sgranò gli occhi e si voltò verso Storm. "Perché non me lo hai detto? Cazzo." Si avvicinò a Tabitha e le porse le mani. "Mi dispiace tanto. Che figuraccia che ho fatto. Stai bene? Ne hai parlato con qualcuno?"

Tabitha si rilassò immediatamente e Alex capì perché Storm e Jillian stessero insieme. Lei era davvero una bella persona. Non sapeva bene cosa ci fosse tra di loro, ma se quella donna teneva veramente a Tabitha come le stava mostrando in quel momento, allora doveva considerarla un'amica.

"Sto bene," disse Tabitha. "Davvero. Alexander mi sta insegnando come difendermi da sola e parteciperemo anche ad una lezione insieme."

Jillian gli sorrise prima di tornare a rivolgersi a Tabitha. "Bene! Mi sembra un'ottima notizia. Di che lezione si tratta? Mi farebbe comodo un ripasso, se volete un'altra amica che venga con voi."

"Possiamo andare tutti insieme, se è una lezione mista," intervenne Storm. "Almeno tutti possiamo imparare qualcosa."

"Direi che è un piano perfetto," disse Wes.

"Verrei anche io, se non siamo troppi," aggiunse Brody.

"Idem," gli fece eco Harper.

Alex guardò Tabitha che stava sbattendo le ciglia per allontanare le lacrime. Sapeva che uno dei motivi della sua esitazione iniziale era il fatto di non sentirsi abbastanza sicura. Ora avrebbe avuto tutto un gruppo di persone che conosceva ad accompagnarla mentre cercava il proprio equilibrio. Alex non avrebbe potuto desiderare degli amici e dei parenti migliori di quelli.

"Penso che ci sia posto," disse lei piano. "E sì, mi farebbe davvero felice se ci foste anche voi."

"Perfetto!" esclamò allegra Jillian, non sentendo o forse ignorando volontariamente la tensione. Alex aveva la sensazione che la ignorasse apposta e ne fu felice. "So che la maggior parte delle lezioni di autodifesa sono per sole donne, ma adoro quelle rivolte a tutti. Solo perché uno ha un pene non vuol dire che sia al sicuro."

Gli uomini sussultarono e Tabitha scoppiò a ridere insieme a Jillian. Almeno trovava la cosa divertente.

"Devo finire di prepararmi," disse Alexander dopo un po'. "Ci sono due incontri prima del mio, poi tocca a me. Voglio essere preparato."

Tabitha si mise in punta dei piedi e lo baciò sulle labbra di fronte a tutti gli altri. "Vinci, per me. Intesi? Non scordarti del cappello."

Lui gemette pensando a quell'immagine e salutò tutto il gruppo che era scoppiato a ridere. Potevano non sapere esattamente a cosa si stesse riferendo Tabitha, ma lui aveva la sensazione che lo immaginassero.

Brody e Harper andarono con lui nello spogliatoio, visto che erano membri della palestra; lo aiutarono a sistemarsi. Sarebbero rimasti al suo angolo per tutto l'incontro e Brody avrebbe combattuto subito dopo di lui. Harper invece si era preso una serata di pausa, visto che la mattina successiva lo aspettava una consulenza importante, ma non si sarebbe mai perso lo spettacolo dei suoi amici sul ring.

Mentre Alex si fasciava le mani, si concentrò su quello che doveva fare. Per quanto desiderasse pensare alla donna deliziosa con cui aveva condiviso il letto fino a poco prima, per il momento doveva allontanarla dai propri pensieri. Avrebbe fatto un errore tremendo, se avesse pensato a lei invece che all'avversario che aveva di fronte. Sentiva l'adrenalina aumentare, ma non tanto quanto accadeva mentre aspettava il drink successivo.

Dannazione quanto amava quella sensazione.

Non aveva bisogno di una bevuta in quel momento, e non la voleva. Una piccolissima parte di lui desiderava ancora bere, ma era solo una parte minuscola. Steve, il suo sponsor, gli aveva detto più volte che già pensarla in quel modo era un progresso e Alex si fidava ciecamente di lui.

"Sei pronto?" gli chiese Brody mentre si sgranchiva il collo. "Questo tipo preferisce usare più il destro che il sinistro, anche se ho sentito più volte il suo allenatore riprenderlo. A quanto pare, non ascolta mai."

Alex annuì saltellando da un piede all'altro mentre cercava di rimanere concentrato sull'obiettivo. "Sì, ho visto. Sarà divertente," disse con un sorrisetto beffardo.

Harper alzò gli occhi al cielo, ma era divertito da quella scena. Era d'accordo con lui, anche se cercava di mantenere un atteggiamento impassibile.

"Forza, andiamo," disse Alex. Si scambiarono un pugno di incoraggiamento, poi Alex uscì dallo spogliatoio appena sentì annunciare il proprio nome. Non si trattava di un match notturno trasmesso sui canali a pagamento, ma era comunque divertente. Non voleva farsi tanto male da non poter lavorare o addirittura finire in ospedale. Voleva solo fare una cosa che lo faceva divertire senza mettere a rischio tutto quello per cui si era impegnato. Non era sicuro se avrebbe combattuto di nuovo dopo quell'incontro, ma per il momento tutto quello che doveva fare era vincere.

Non sentiva più il bisogno di avere il controllo su tutto come prima; forse era merito del tempo o della donna che lo stava guardando salire sul ring.

Lei era sempre al suo fianco; dannazione, Alex poteva vincere.

Quando la campana suonò, Alex si concentrò completamente sull'uomo che aveva di fronte e fece del suo meglio. L'altro non era in forma come lui, lo sapevano entrambi. Inoltre, usava tutta la forza per attaccare e quello non era lo stile di Alex.

Alex schivò il gancio destro dell'avversario e sfruttò all'istante il momento: l'altro aveva il fianco sinistro scoperto, così lo colpì dritto sulle costole, togliendogli il respiro. Alex si spostò di nuovo, stavolta più veloce, e lo colpì al mento.

L'avversario barcollò all'indietro, ma continuò a muoversi sul ring. Alex riuscì a schivare tutti i colpi, tranne uno. Era troppo lento per evitarli tutti e doveva trovare il modo di contrattaccare. Il colpo lo raggiunse sul mento, ma lui riuscì a bloccare i due successivi.

Sentì una carica improvvisa, il corpo che si muoveva velocemente e perfettamente in sincronia con quello che doveva fare. Quando beveva, non era esattamente così. Era sempre rallentato, sempre un passo indietro; si rifiutava di tornare ad essere quell'uomo.

Con un ultimo gancio, colpì l'avversario sul mento e lo mandò al tappeto. Non era svenuto, ma partì comunque il conteggio. L'arbitro sollevò il braccio di Alex e lo dichiarò vincitore dell'incontro mentre il suo nome compariva sul tabellone.

Un solo round e aveva distrutto l'avversario.

Niente male.

Andò al suo angolo e buttò giù dell'acqua che Harper gli versò addosso mentre gli altri esultavano. Passò sotto le corde e andò dritto verso Tabitha. Lei gli saltò in braccio e lui la strinse forte a sé senza neanche togliersi i guantoni.

"Hai vinto! Oh mio Dio, non so se riuscirò a guardare di nuovo un incontro. Non sopporto quando ti colpiscono."

Lui rise e le baciò una mano. "Penso che mi ritirerò da vincente, piccola. Che ne dici?"

Lei scivolò sul corpo sudato di Alex, che la rimise a terra. "Penso che dovremmo guardare Brody che fa nero il suo avversario e poi correre a casa: voglio giocare al dottore prima di trasformarmi in una cavallerizza."

Aveva detto quella frase con un tono di voce normale così i gemelli e il resto del gruppo l'avevano sentita, ma Alex sapeva che a nessuno di loro importava. E lui non vedeva l'ora di tornare a casa e godersela.

Lei era molto meglio di un incontro al giorno.

· · ·

DOPO L'INCONTRO DI BRODY, vinto e durato ancora meno di quello di Alex, si salutarono e loro due tornarono a casa di Tabitha. Gli faceva male l'uccello e avrebbe voluto scoparla direttamente in macchina, ma si trattenne.

In primis, non voleva che un poliziotto li fermasse, ma soprattutto perché sapeva che avrebbero rotto qualcosa, se ci avessero provato. Non aveva più diciassette anni e farlo nell'abitacolo stretto non era più come una volta.

Non appena la porta d'ingresso si richiuse alle loro spalle, Tabitha gli saltò addosso, le mani che perlustravano tutto il suo corpo e le labbra sigillate alle sue in un intreccio di lingue. *Cosa aveva fatto per essere così fortunato?*

Lei si staccò e gli fece l'occhiolino. "Baci bene e scopi anche meglio, per questo non ti lascio andare." Rise mentre lo diceva e in quel momento Alex si rese conto di aver pensato l'ultima frase ad alta voce. Cavolo, non aveva nessuna intenzione di farlo, non voleva scoprirsi a tal punto.

"Sono contento di sapere che scopo meglio di quanto baci," ansimò mentre la spogliava e baciava ogni centimetro di pelle che scopriva.

"E baci veramente alla grande," gli disse con un gemito.

Le strusciò l'uccello duro contro il ventre ed entrambi tremarono. "Voglio scoparti, ma prima voglio mangiarti. Sono passate ore dall'ultima volta in cui ho avuto la faccia tra le tue gambe."

Lei si leccò le labbra. "E sono passate ore dall'ultima volta che ho preso il tuo uccello nella bocca."

Santo cielo. Era davvero l'uomo più fortunato del pianeta. "Che ne dici di farlo contemporaneamente?"

Gli occhi di Tabitha brillarono. "Com'è possibile che non l'abbiamo ancora mai fatto?"

Lui si tolse i vestiti e si ritrovarono nudi, i loro corpi avvinghiati l'uno all'altro nel soggiorno mentre si toccavano, si esploravano. "Non ne ho idea, ma dobbiamo porre immediatamente rimedio a questa situazione."

La prese in braccio e si ritrovò la passera contro l'uccello mentre la portava in camera da letto. Era così bagnata che gli scivolava sopra ad ogni passo. Era una sensazione incredibile che quasi lo fece venire all'istante.

"Sei dannatamente eccitante," le sussurrò mentre l'adagiava sul letto. "Potrei venire anche solo guardandoti."

Lei si accarezzò i seni e si leccò le labbra. Con i

lunghi capelli rossi sparsi tutto intorno sul piumone, sembrava una tentatrice seducente di cui Alex non riusciva a fare a meno. "Penso di essere venuto solo guardandoti mentre ti masturbavi, una volta."

Gli sfuggì una risata roca mentre si stringeva l'uccello. "Avevi le mani sulla passera quando è successo, che donna! Ti stavi torturando il clitoride ed eri tutta un gemito di piacere. Sai quanto mi piace quel suono. Non c'è da meravigliarsi che siamo venuti tutti e due in pochi minuti."

Alex abbassò la testa, le prese un capezzolo in bocca e prese a leccarle le dita. "Adoro le tue tette. Adoro il fatto che sobbalzino quando ti scopo e che oscillino quando cammini in fretta con i tacchi alti. Vorrei prendere a pugni tutti quei tipi che le fissano, ma non posso biasimarli perché sono davvero magnifiche."

Lei inarcò la schiena e si pizzicò un capezzolo mentre lui le mordeva l'altro. "Le hai già scopate e ogni volta che lo fai adoro leccarti la punta dell'uccello. Non mi dispiace che siano così grosse, né dover sopportare il mal di schiena dopo una lunga giornata, perché so che appena arrivata a casa ci sarai tu pronto a prendertene cura."

Lui gemette, si mise in ginocchio sul letto e la prese per i fianchi. "Girati di fianco. Potrei stare io sopra o viceversa, ma in questo modo, se vado troppo veloce, non rischio di farti soffocare con il mio uccello."

Lei alzò gli occhi al cielo. "Hai guardato troppi porno."

Le diede una sculacciata sul fondoschiena mentre si stendeva su un fianco e si sistemava una gamba di lei sul collo. La passera rosa e bagnata che aveva davanti lo stava invitando. "Sei stata tu a farmi conoscere quel sito che ti piace tanto. Hai presente quello in cui nei primi venti minuti lui non fa altro che divorarla?"

"Era un indizio," gli disse ridendo, prima di prendergli l'uccello tra le labbra. Cavolo, Alex adorava il modo in cui glielo succhiava. Era davvero perfetta per lui.

Allontanò in fretta quei pensieri dalla mente e seguì il suggerimento di Tabitha. Quando iniziò a leccarle e succhiarle la passera, lei prese a roteare i fianchi sul suo viso. Alexander stava usando le mani e la bocca e adorava il modo in cui lei si muoveva, il suo sapore, i gemiti flebili che emetteva mentre gli succhiava l'uccello. Si leccò le dita prima di avvolgerle i fianchi e allargarle il fondoschiena per giocherellare con il suo ano. Non erano andati oltre in quel senso e non era sicuro che lo avrebbero mai fatto, ma a lei piaceva quando le scopava il culo con un dito mentre le divorava la passera. E anche a lui piaceva da morire.

Continuò a leccarle le piccole labbra prima di passare a torturarle il clitoride con la lingua. Era difficile pensare a qualcos'altro, con lei che giocherellava con i suoi testicoli, l'uccello in fondo alla gola e un dito che cercava di stimolargli la prostata.

Quando lo toccò in un punto particolarmente sensibile, Alexander strabuzzò gli occhi e si tirò indietro: non voleva venire subito.

"Non avevo ancora finito," si lamentò lei girandosi sulla schiena.

Lui le diede un bacio al volo, poi si sporse per prendere un preservativo e lo indossò. Si strinse la base dell'uccello in modo da poter durare qualche minuto in più.

"Non sono più così giovane e voglio che tu mi cavalchi come mi hai promesso, prima di venire di nuovo."

Lei sorrise e gli spinse indietro le spalle. Lui cadde disteso sul letto e prima che se ne rendesse conto si ritrovò con lei seduta sui suoi fianchi che gli scivolava sull'uccello mordendosi le labbra.

"Sei venuto tre volte stamani," scherzò lei roteando il bacino.

Lui strinse i denti, le mani che affondavano in quei fianchi morbidi mentre lo cavalcava. "No, tu sei venuta tre volte. Io solo una. Non ho più i tempi di recupero che avevo da ragazzino." Era stato un effetto collaterale dell'alcol, ma più tempo passava con lei, più stava recuperando. Se ne erano accorti entrambi.

Lei si acciglió e si abbassò su di lui, le mani appoggiate sulle sue spalle e i capelli che ricadevano tutto intorno a loro. "Lo sapevo," gli sussurrò. "Ho la tendenza a confondere le cose quando sono fuori di me."

Lui la tenne ferma per i fianchi e iniziò a fare dentro e fuori, lentamente. Quando fu lei a strabuzzare gli occhi, Alexander sorrise.

"Allora vediamo di farti venire di nuovo, no?"

Lei gemette, le unghie affondate nella sua pelle. "Pensavo di doverti cavalcare."

Ma lui aumentò il ritmo, facendo dentro e fuori con totale abbandono. "La prossima." Un affondo. "Volta." Ancora più forte.

Tabitha serrò lo sguardo e fece qualcosa con i muscoli interni che gli strappò un gemito di piacere. Era così vicino all'orgasmo che fu lei a prendere il comando e prese a cavalcarlo al ritmo che voleva.

Lui non poteva certo lamentarsi e si lasciò

andare, prese a strizzarle i seni mentre lei lo scopava come una vera cavallerizza.

Alla fine vennero all'unisono, senza fiato, sudati e completamente scarichi: Alexander non era mai stato così bene in tutta la vita. La tenne stretta a sé, l'uccello ancora affondato dentro di lei che cercava di riprendere fiato. Non dissero una parola e Alexander le fu grato perché non aveva la minima idea di cosa dire.

Non aveva messo in conto di avvicinarsi di nuovo così intimamente a qualcuna, ma Tabitha lo faceva sentire vulnerabile e puro, pronto per quello che lei poteva offrirle, anche per cose che lui non era sicuro di poter prendere. Lei non era nei suoi piani e neanche lui era in quelli di lei. Pregava soltanto di non ferirla, qualsiasi cosa gli riservasse il futuro. Perché Tabitha valeva molto, molto di più di tutto.

Infinitamente di più.

Capitolo Tredici

ALEX FECE SCIVOLARE UN BRACCIO SULLE SPALLE DI
Tabitha mentre camminavano verso la casa dei
Montgomery. Per qualche ragione, nonostante
avesse partecipato a varie riunioni di famiglia prima
di allora, si sentiva tremendamente nervoso. Certo,
quella era la prima volta che portava Tabitha con sé
e la prima volta da quando la famiglia aveva
scoperto che faceva pugilato. Anche se aveva quasi
preso la decisione di smettere con gli incontri, era
abbastanza sicuro che i genitori e i fratelli avrebbero
continuato a preoccuparsi.

Si sarebbero sempre preoccupati per lui.

Alex doveva accettarlo, perché almeno *aveva* una
famiglia che gli guardava le spalle e che lo aveva

aiutato durante la riabilitazione. Al centro alcolisti, conosceva tanti ragazzi che non avevano la sua stessa fortuna.

"Perché sono nervosa?" gli chiese Tabitha facendo eco ai suoi pensieri. "Voglio dire, partecipo a queste cene quasi tutti i mesi da un anno a questa parte. Eppure, ora vorrei mangiarmi le unghie e nascondermi dietro la siepe. Ho dovuto fare quattro cambi d'abito per capire cosa indossare stasera e sono quasi sicura che questi siano gli stessi vestiti che avevo alla cena di due mesi fa."

Alexander si fermò prima di arrivare al portone d'ingresso e si voltò verso di lei, senza lasciarla un attimo. "Anche io sono nervoso."

Lei socchiuse gli occhi e gli appoggiò le mani sul petto. "Il fatto che tu sia nervoso mi fa capire soltanto che anche io dovrei essere nervosa."

Le baciò la punta del naso e lei sospirò. "Vorrà dire che saremo nervosi insieme. Lo sai, vero, che la mia famiglia ti vuole un bene dell'anima? Immagino che i miei passeranno tutta la serata a gongolare solo per il fatto che tu sia qui. Stai tranquilla."

"Ma ora sto uscendo con il loro prezioso bambino."

Alexander sbuffò. "Non sono più il loro *bambino*

da tanto tempo." Si abbassò per baciarla, ma si immobilizzò quando sentì la madre che si schiariva la gola.

"Tu sarai sempre il mio bambino, Alex. Mi dispiace dirtelo, ma chiamo così anche Austin, quando ne ho voglia. È il diritto di una madre. Ora entra e smettila di sbaciucchiarti con Tabby in veranda. Fa freddo, fuori. Tabby, tesoro, adoro il tuo vestito. Stai benissimo."

Lui sorrise alla donna che aveva tra le braccia, che gli sorrise di rimando, e si rilassò un po'. *Posso farcela*, pensò. Un passo alla volta.

Scoprirono di essere arrivati per ultimi, ma non importava. Quella sera non toccava a loro aiutare per la cena e Alexander non voleva stare in mezzo ai piedi. In più, Tabitha ci aveva messo un bel po' per prepararsi. Non che gli importasse, visto che lei aveva passato quasi tutta la mattina con indosso soltanto un paio di mutandine e un reggiseno di pizzo mentre cercava il vestito adatto. Lui nel frattempo era rimasto disteso a letto con le mani incrociate dietro la testa a guardarla.

Una visione perfetta per iniziare la giornata, non aveva dubbi.

Quando entrarono in soggiorno, si ritrovarono

immersi nel consueto caos. Stranamente, Leif e Cliff stavano battibeccando con i più piccoli su chi dovesse prendere il posto di Colin, quasi due anni, sulla schiena del fratello tredicenne, inginocchiato a terra come fosse un cavallo. Nel frattempo, Cliff, nove anni, rincorreva Sasha, sette, in giro per la stanza prima di darsi il cambio con i più grandi e riprendere tutto il gioco daccapo.

Come sempre, ogni volta che vedeva i nipoti, Alex provava una fitta allo stomaco, ma allontanò immediatamente quella sensazione. I suoi bambini avrebbero avuto circa l'età di Cliff o di Sasha, il più piccolo quella di Colin. Se le cose fossero andate diversamente, magari sarebbe stato lui quello con un bambino sulla schiena mentre faceva finta di trotterellare come un cavallo.

Eppure, non lo aveva mai fatto. I fratelli giocavano di continuo con i bambini, ma lui si era sempre tenuto in disparte e non ricordava di aver tenuto in braccio nessuno a parte Sasha e Cliff appena nati. Certo, all'epoca non ne sapeva praticamente niente e Leif era nato solo da un paio di anni.

Non era sicuro di aver mai tenuto in braccio Colin o i nuovi arrivati che avevano allargato la famiglia negli ultimi mesi, quando tutte e tre le sorelle avevano partorito a poche settimane l'una dall'altra.

"Che succede?" gli sussurrò Tabitha.

Lui si abbassò così che solo lei potesse sentire. "Sono stato un pessimo zio," disse con la voce quasi spezzata.

Lei lo guardò negli occhi e capì subito. Era l'unica persona in grado di capirlo in quel modo e Alexander era abbastanza sicuro che sarebbe stato così per sempre. Non sapeva se aveva il coraggio di raccontare alla sua famiglia tutto quello che era successo. Alcune cose non erano fatte per essere condivise, se non con pochissimi intimi. Come Tabitha fosse riuscita a prendere il posto dei fratelli, lui non lo sapeva, ma non voleva farsi troppe domande al riguardo.

"Puoi diventare uno zio migliore adesso," gli disse piano. Gli indicò un angolo della stanza dove gli altri tre nipoti erano distesi a giocare su un tappetino sotto lo sguardo attento degli adulti. "Vai a prendere in braccio i tuoi nipoti, Alexander."

Lui sospirò. "Solo se vieni con me."

Lo sguardo di Tabitha si illuminò. "Mi stai chiedendo di coccolare un cucciolo dolcissimo? Penso proprio di potercela fare." Lo prese per mano e lo trascinò con sé dai nipotini. Superarono gli adulti presenti nella stanza e nel frattempo Alex li salutò con un cenno del capo, ma Tabitha era concentrata sulla sua missione e non si fermò.

Se si fosse fermata, comunque, Alex non avrebbe più trovato il coraggio di andare avanti.

Luc alzò gli occhi da terra e gli sorrise. "Vi unite anche voi al gruppo di sbavatori?"

Meghan, seduta anche lei sul tappetino, diede una spinta al marito. "Sbavano solo un po'. Sanno anche rotolarsi sulla schiena e giocherellare tra di loro." Si sdraiò a terra e fece il solletico alla figlia. "Sì, brava Emma, tesoro. Sei proprio forte."

"Non sono cuccioli di cane, amore," la prese in giro Luc.

"Ma sono adorabili," gli disse Alex. "Devo riconoscerlo, ragazzi. Avete un vero talento per fare dei figli così belli."

Meghan gli sorrise contenta, prima che un velo di tristezza le inondasse lo sguardo. Alex odiava essere la causa di quel cambio di umore, ma poteva forse biasimarla? Non aveva mai preso in braccio la figlia della sorella. Era stato troppo doloroso per lui e alla fine aveva ferito tutti col suo atteggiamento.

"Grazie, Alex."

Lui sospirò e strinse la mano di Tabitha mentre si sistemavano anche loro a sedere sul tappetino. "Pensi…" Si schiarì la voce. "Pensi che possa tenerla in braccio?"

"Certo," disse Luc visto che, a quanto pareva, Meghan aveva perso le parole. Sembrava anzi che la sorella stesse trattenendo le lacrime.

Alex era consapevole che tutti gli altri nella stanza li stavano osservando, ma li ignorò. Aveva occhi solo per la bambina che Luc gli sistemò tra le braccia. Emma aveva già cinque mesi e non era più lo scricciolo che aveva visto la prima volta, ma era ancora molto fragile.

Alex deglutì il groppo che aveva in gola mentre accoglieva in braccio la nipotina, più pesante di quanto lui si aspettasse, con i grandi occhi marroni che lo osservavano curiosi. Le tenne la testolina con una mano e lei gli sfiorò il viso con le manine minute. Aveva dei meravigliosi ricci neri che crescendo sarebbero diventati belli come quelli delle sorelle di Luc. Aveva la pelle morbida e profumata, non scura come quella del papà, ma di un delizioso color nocciola. Era davvero adorabile.

"Ciao, Emma," le disse piano, la voce quasi un sussurro.

Lei sbatté le palpebre, lo guardò e sorrise.

Alexander rise e guardò Meghan e Luc. "Sono sicuro che questa piccolina vi darà dei bei pensieri, in futuro."

Sasha corse accanto ad Alex e diede un bacetto sulla testolina della sorella. "È quello che dice sempre papà di me."

Tutti gli adulti nella stanza scoppiarono a ridere e Alex si sistemò Emma in braccio in modo da poter abbracciare anche Sasha. A quel punto Meghan stava piangendo mentre Tabitha aveva in braccio Noah, il figlio di Maya, e gli faceva delle facce buffe che facevano ridere il piccolo.

Quella era la sua famiglia, pensò Alexander. E aveva quasi perso tutto perché era troppo spaventato, troppo ferito e si stava nascondendo da tutti. Non era sicuro che sarebbe mai riuscito a raccontare agli altri cosa era accaduto con Jess e perché era arrivato a toccare il fondo, ma poteva provare a ricostruire i rapporti con loro, provare a essere quella nuova versione di Alex che ancora non conosceva bene neanche lui, ma che almeno era *presente*.

Tenne Emma ancora un po' con sé, poi fu il turno di Noah e Micah. Dopo si mise a rotolare con Colin e Sasha mentre Leif e Cliff ridevano. Provò una fitta in mezzo al petto, un dolore intenso mentre giocava, ma continuò lo stesso. Forse col tempo, guardando i nipoti crescere, avrebbe fatto un respiro profondo e il dolore sarebbe diventato più sopportabile.

Tabitha era sempre rimasta di fianco a lui, a ridere con lui, ma sempre con un occhio vigile. Cavolo, tutta la famiglia lo stava guardando con occhi vigili, ma lui sapeva che solo Tabitha aveva un vero motivo per farlo.

Non sapeva come fosse riuscita ad infondergli quella forza, per giocare e provare di nuovo ad essere un bravo zio, ma le era grato. Ora doveva solo capire come gestire tutte le altre emozioni che provava stando con lei.

In tutta sincerità, non era sicuro di poter rischiare di innamorarsi di nuovo.

E si sarebbe maledetto per sempre, se avesse fatto soffrire Tabitha.

Qualcosa sul suo viso doveva aver rivelato il corso dei suoi pensieri perché lei lo guardò in modo strano, poi si alzò e si mordicchiò un labbro. "Vado a controllare se tua madre ha bisogno di una mano in cucina."

"A dire il vero, è tutto pronto," disse la madre mentre li raggiungeva. "Pare che oggi senta tutte le vostre conversazioni," disse con una risata. "Bene ragazzi, è ora di cena," gridò al resto del gruppo. "Ognuno al proprio posto e ringraziamo Autumn e Griffin per l'aiuto."

Tabby gli porse la mano e Alex l'afferrò, attento a non trascinarla giù con sé mentre cercava di aiutarlo a rimettersi in piedi. "Tutto bene?"

Lui si abbassò e le diede un bacio sulla guancia. "Sì. Sì, tutto a posto."

Lei lo osservò attentamente, poi lo prese per mano e si spostarono insieme nella sala da pranzo, dove tutti si stavano mettendo a sedere. Alex pensò che era strano avere Tabitha lì con lui. L'ultima volta che erano stati a una di quelle cene, lui aveva fatto di tutto per non concentrarsi troppo su di lei e adesso erano lì come una coppia.

Aveva portato solo un'altra persona a quel genere di ritrovo, e Jess non si era mai integrata tra i Montgomery. Non era neanche sicuro che ci avesse mai provato, neanche quando erano al liceo e lui non era altro che un adolescente brufoloso fin troppo concentrato sul sesso per conoscere più a fondo la donna che diceva di amare.

Alex allontanò quei pensieri e si mise a sedere accanto a Tabitha. Non aveva senso continuare a rimuginarci, non quando non c'era più niente da fare riguardo al passato. Forse però poteva trovare un modo per rendere il presente, e magari anche il futuro, sopportabile.

Mangiarono tutti insieme, risero e scherzarono; però anche Alex partecipò attivamente. Mangiò a sufficienza, senza preoccuparsene troppo, e anche gli altri non ci fecero troppo caso. Mangiò fino a quando non si sentì sazio. Tabitha aveva ragione sul fatto che era troppo cauto, troppo vigile. Aveva così tanta paura di esagerare che alla fine aveva raggiunto un livello di stress eccessivo. Come in tutte le cose, doveva solo trovare il giusto equilibrio.

Dopo la cena, i bambini si spostarono in una delle stanze per giocare e guardare un film mentre i più piccoli facevano un riposino. Gli adulti rimasero nel grande soggiorno che ormai era quasi diventato troppo stretto per accogliere tutti i Montgomery e le loro dolci metà. Era incredibile pensare a quanto la famiglia si fosse allargata negli ultimi anni e quando Storm e Wes avrebbero trovato qualcuno da portare a quei raduni, sarebbero diventati ancora di più. Per non parlare del fatto che probabilmente ci sarebbero stati altri bambini, come era normale che fosse.

Si fermò.

Quando aveva iniziato a pensare a un futuro con Tabitha, un futuro in cui lei gli rimaneva sempre al fianco? Mandò giù il groppo che aveva in gola e bevve un sorso d'acqua. Cavolo, doveva pensare o qualcos'altro o avrebbe solo aumentato il suo livello di stress.

Avrebbe anche potuto fare quello che aveva pensato di fare ormai già da un po' di tempo.

Sistemare le cose.

Si schiarì la voce e si guardò intorno nella stanza. "Posso parlare con voi un minuto?" disse, la voce che tremava. Tabitha gli strinse la mano, poi si fece da parte per lasciargli un po' di spazio. Alex non capiva come facesse a leggergli sempre il pensiero, ma le era davvero grato che lo capisse così bene.

"Che succede, tesoro?" gli chiese sua madre mettendosi a sedere sulla grande poltrona reclinabile accanto al marito.

"Puoi dirci qualsiasi cosa," aggiunse lui.

Alex guardò in basso il bicchiere e annuì. "Ho parlato con ognuno di voi singolarmente, ma non abbastanza. Non è stato sufficiente, il che vuol dire che ci metterò un bel po'. Non so da dove iniziare o cosa dire di preciso, ma ho pensato che dovrei cominciare con delle parole che ho ripetuto molte volte. O almeno, con parole che ho ripetuto molte volte ad altre persone. Ciao, io sono Alex e sono un alcolista."

Fece un respiro profondo e guardò uno alla volta i fratelli e le rispettive consorti.

"Non sono più l'uomo che ero un tempo, prima di iniziare a bere, e sicuramente non sono l'uomo che ero quando bevevo. Non so come chiedervi scusa per tutte le cose che ho fatto, per le cose che ho detto. Non so se merito il vostro perdono per aver creato degli screzi nelle vostre vite. Voglio dire, ho detto cose tremende, fatto cose orribili. Non ero una brava persona e tuttora non so se lo sono diventato. Sto solo cercando di trovare un modo per poterlo essere. Durante tutto l'anno passato, mi sono concentrato solo su me stesso piuttosto che su tutto l'insieme, anche se ho sempre cercato di venire qui."

Si lasciò sfuggire un sospiro tremante, ma per fortuna tutti rimasero in silenzio.

"Non sapevo come integrarmi e molte volte ancora oggi non ci riesco. Bevevo perché..." Sospirò. "Bevevo perché avevo bisogno di dimenticare certe cose. Avevo bisogno di non sentire più niente perché mi sentivo come dentro una morsa, incapace di uscirne, e non riuscivo a trovare la forza per affrontare la situazione. Per certi aspetti, si può dire che bevevo perché era la scappatoia più semplice e all'inizio non me ne sono nemmeno reso conto. Un drink qua, una birra là. Lo fanno tutti, no? Qual è il problema? Il problema era che non riuscivo a fermarmi. Pian piano ho iniziato a osservarvi quando bevevate una birra con me o un bicchiere di vino: ognuno di voi sapeva quando era il momento di smettere o meno. Io non ho quel filtro. Non posso fermarmi dopo una o due birre. Per questo non devo bere niente."

"Sei fottutamente più forte di quanto pensi," intervenne Austin. "Magari non lo sei stato in passato e non ho idea di cosa sia stato a spingerti per quella strada, ma l'uomo che ho di fronte? È un uomo incredibilmente forte. È un uomo che sa chiedere aiuto e per quanto mi riguarda è stata la cosa più coraggiosa e più difficile che tu potessi fare."

"Cazzo, sì," disse Decker.

"Cazzo, sì," sussurrò Maya.

Alex si asciugò le lacrime, anche se non gli importava niente che la famiglia lo vedesse in quello stato. Lo avevano visto quando aveva toccato il fondo e di certo qualche lacrima non gli avrebbe rovinato la reputazione.

"Ho ferito ognuno di voi, lo so bene. Devo però una scusa in più a Miranda e Decker. Mi dispiace da morire essermi comportato in quel modo al vostro matrimonio. Ho fatto un errore a cui non potrò mai rimediare."

La sorella minore, l'unica dei figli Montgomery ad essere più giovane di lui, era seduta sulle gambe del marito; si alzò e andò dritta verso di lui. Gli cinse la vita con le braccia e gli diede un bacio sul mento.

"Ti voglio bene, Alex. Quando ripenso a quel giorno, lo rivivo come la data in cui ho sposato l'uomo dei miei sogni e in cui il mio fratellone ha iniziato il proprio percorso per stare di nuovo bene. Questo è tutto ciò che conta per me."

Alex stava tremando e Miranda lo abbracciò ancora più forte. Le diede un bacio sulla testa, poi sollevò lo sguardo verso Luc e Meghan e serrò le labbra.

"Vi ho feriti entrambi quel giorno, mi dispiace tantissimo."

Meghan scrollò il capo. "Adesso sei una persona diversa, tesoro. Lo vedo."

"Sarei pronto a rivivere quella scena centinaia

di volte solo per farti tornare da noi," intervenne Luc.

"Noi ti perdoniamo," disse piano Storm. "Ma tu devi perdonare te stesso, d'accordo?"

"Sei uno di noi, dannazione," disse Wes. "Non abbiamo intenzione di arrenderci con te così facilmente."

Alex strinse forte Miranda prima di lasciarla tornare da Decker. Incrociò lo sguardo di Tabitha e le fece un cenno per farle capire che stava bene. Doveva stare bene.

Poi sospirò. "Spero proprio che non vi arrendiate. Perché sono un alcolista. Sono un alcolista oggi e lo sarò anche domani e anche il giorno dopo. Posso promettervi però che oggi non berrò. E neanche domani. È tutto quello che posso fare." Aveva già pronunciato quelle parole in passato, ma solo adesso le sentiva vere fino in fondo. Non aveva altro da offrire se non quello e sperava che fosse abbastanza.

Tutti gli altri si alzarono in piedi e a turno andarono ad abbracciarlo e a baciarlo. Perfino Griffin gli diede un bacio a stampo sulle labbra e sorrise divertito. "Facciamo tutti delle cazzate, è così che si forma il carattere. Vedi però di non farle più, ok?"

Alex gli diede un pugno sulla spalla mentre

Tabitha lo raggiunse per abbracciarlo. "Sei uno stronzo."

"Siamo una famiglia, bello," disse Griffin. "Siamo stronzi che si vogliono bene."

Tabitha rise. "Penso che dovrebbe essere il motto dei Montgomery."

Anche la madre scoppiò a ridere tra le braccia del marito e si asciugò le lacrime. "I miei bambini sono proprio adorabili, sì."

Papà Montgomery baciò la moglie su una tempia e fece l'occhiolino ai figli. "Domani per prima cosa inizio a fare un cartello da appendere in salone. Penso che una bella insegna di ciliegio sarebbe perfetta."

"Ti aiuto io," disse Griffin.

"No!"

Alex non era sicuro di chi fosse stato il primo a dirlo, ma aveva sentito chiaramente un coro di almeno sei o sette voci. Gettò la testa all'indietro e scoppiò a ridere mentre Griffin mandava a quel paese tutti i presenti.

"È successo solo *una* volta con la sega," brontolò Griffin. "Solo una."

Autumn accarezzò il petto del marito. "Tesoro, per un incidente con una sega, anche solo una volta è troppo."

Alex scrollò il capo e rise con il resto della famiglia; era come se si fosse appena tolto un enorme macigno dal petto.

Poteva farcela, pensò. Poteva tornare ad essere un Montgomery.

Guardò Tabitha. Non gli rimaneva che capire come poter essere qualcosa di più.

QUANDO RIENTRARONO A CASA DI TABITHA, Alex era esausto. Non solo era emotivamente sfiancato, ma era sicuro di avere anche qualche livido. Austin e Luc avevano insistito per fare una partita di touch football a cui avevano partecipato tutti. In qualche modo, Alex si era ritrovato con il gomito di Maya conficcato sotto le costole e ora gli sembrava di essere un vecchietto pieno di acciacchi.

"Ti ha proprio steso, eh?" lo prese in giro Tabitha.

Alex inarcò un labbro come in un ringhio. "Zitta, malefica."

"Che c'è? Non è colpa mia se la mia squadra ha vinto e la tua è stata fatta a pezzi."

"Me la pagherai," brontolò e con le ultime forze che gli erano rimaste la sollevò in alto per poi rimetterla a terra di fronte a lui. "Farei di più, ma stasera non ho più fiato."

Tabitha gli sorrise, poi gli cinse il collo con le braccia. "Sei sexy, quando sei tutto sudato."

Lui le mordicchiò la mascella. "Anche tu."

Lei sospirò e gli appoggiò la testa sul petto inebriandolo con il proprio profumo. "Sono davvero orgogliosa di te. C'è da meravigliarsi se ti amo?"

Rimasero entrambi pietrificati e lentamente lei si staccò da lui. Alex aveva il cuore a mille e sbattè le ciglia, senza parole. Tabitha aveva gli occhi spalancati mentre un'espressione di puro orrore le attraversava il viso.

Lui non disse niente. Non sapeva come fare. Non sapeva cosa dire. L'unica altra persona che aveva amato e che gli aveva detto di amarlo era stata la stessa che gli aveva incasinato la vita e in quel momento non sapeva come comportarsi. Non era più la persona di un tempo, quella che amava senza esitazioni. E temeva che quel silenzio infinito uccidesse entrambi.

Non sapeva cosa dire. Non sapeva cosa fare.

Fu Tabitha la prima a parlare e Alex si sarebbe preso a schiaffi per non aver detto nulla. "Ho bisogno di fare una doccia e di darmi una bella ripulita prima di andare a letto. Non ci metterò molto."

Scappò via dalle sue braccia e Alexander capì di aver fatto un errore. Di nuovo.

CI teneva a lei, davvero. Ma non era sicuro di poter amare di nuovo. Tabitha si meritava molto di più di lui, ne era consapevole. Lo sapeva già prima che si baciassero per la prima volta, ma aveva comunque ignorato tutti i segnali.

E adesso forse era troppo tardi.

Cazzo. Ogni volta che pensava di essere quasi normale, mandava di nuovo tutto all'aria.

Probabilmente aveva bisogno di una doccia anche lui, ma non la raggiunse come avrebbe potuto fare fino a dieci minuti prima. Si infilò un paio di pantaloncini e una maglietta che aveva lasciato lì da lei e scivolò sotto le coperte. Lei uscì dal bagno dieci minuti dopo con indosso una maglietta lunga, gli sorrise, ma era un sorriso triste. Quando lei gli scivolò accanto, rimasero distanti per cinque lunghi secondi prima che lui sollevasse il braccio e lei gli si avvicinasse.

La tenne stretta al petto, ma non parlarono, neanche un sospiro. Lei non si mosse, non lo abbracciò, ma si rannicchiò con la testa sul suo cuore. Passarono delle ore, ma alla fine Tabitha riuscì ad addormentarsi. Potevano anche essere stretti l'un l'altro, ma c'era qualcosa di diverso.

Alexander pregò soltanto che le cose non fossero troppo diverse.

Perché se fosse stato così, allora l'aveva persa prima di capire veramente se era mai stata sua.

Capitolo Quattordici

Tabby si sentiva un'idiota e non c'era niente che potesse dire per smentirsi. Aveva detto l'unica cosa che nessuno dei due era pronto a sentire e aveva incasinato tutto.

Sì, amava Alexander Montgomery, ma a volte l'amore non bastava.

Da come lui aveva reagito a quelle parole, lei temeva che fosse proprio una di quelle volte.

La sera precedente, Alexander non aveva detto mezza parola e quella mattina le aveva dato un bacio sulla guancia e le aveva sussurrato che doveva tornare a casa per cambiarsi.

Lei non aveva avuto il coraggio di dirgli che aveva lavato i vestiti che aveva lasciato lì da lei la volta prima e che li aveva sistemati in un cassetto. Un cassetto apposta per lui.

Lui aveva un cavolo di cassetto a casa di Tabitha e non riusciva ad accettare che lei lo amasse.

Lei non capiva come fosse possibile, si sentiva ferita e arrabbiata allo stesso tempo, ma era proprio così.

Certo, la sera precedente era stata probabilmente l'occasione peggiore per dirgli che lo amava. Era troppo presto, stavano insieme da poco e Alexander era ancora scombussolato per quello che era successo alla cena di famiglia. Da quando avevano iniziato a frequentarsi, entrambi avevano dovuto affrontare i duri colpi del passato; anche se lei aveva perso la testa per lui, non voleva dire che anche per lui fosse lo stesso. Logicamente lo capiva, ma la logica non rendeva le cose più facili.

Guardò di sfuggita l'agenda mentre cercava di svegliarsi del tutto. Doveva finire di prepararsi e andare al lavoro. Non era nemmeno sicura che Alexander fosse in ufficio, visto che non ne avevano parlato. Non avevano parlato di niente.

Avrebbe voluto sbattere la testa sulla scrivania, ma non era una grande idea. Finì di bere il caffè e si mise le scarpe. Avrebbe affrontato la giornata come se non fosse accaduto niente. Quando lei e Alexander sarebbero stati di nuovo da soli, avrebbero avuto tutto il tempo per pensare e per parlare.

Davvero, cosa aveva in mente?

Lui.

Sempre lui.

Ma quando avrebbe iniziato a pensare a se stessa?

Si fermò un istante, ma allontanò anche quel pensiero. Prima doveva pensare al lavoro. La vita privata veniva dopo, per il momento.

Si infilò il cappotto e prese la borsa, concentrata su cosa l'aspettasse in ufficio invece che su quello che era successo la notte precedente. Certo, quei pensieri erano ancora lì, in un angolino della sua mente, ma li avrebbe affrontati più tardi.

Tabby mormorò tra sé mentre si chiudeva la porta alle spalle per raggiungere poi la macchina. Avrebbe continuato a nuotare, proprio come diceva il pesciolino blu nei cartoni animati. Non poteva fare altro se voleva rimanere lucida.

All'improvviso, le venne una strana pelle d'oca, così si voltò di scatto con i pugni alzati, ma ancora una volta fu troppo tardi. Delle mani grandi e forti la afferrarono per gli avambracci e la spinsero indietro verso il portico.

Charles, l'uomo che l'aveva aggredita in ufficio, l'uomo che *doveva* essere in prigione, la sbatté contro la porta. Tabby si lasciò sfuggire un gemito di dolore.

"Puttana! Per colpa tua mi hanno buttato fuori di casa. Mia moglie non voleva neanche pagare la cauzione, ma l'ho costretta. Non avrebbe dovuto farlo se non fosse stato per te. Perché non hai fatto quello che avresti dovuto fare fin da subito, puttana? Ora non c'è quel tipo grande e grosso a difenderti, eh? Ti ha lasciato da sola e sono sicuro che sia tutta colpa tua."

L'aveva osservata? Per quanto tempo?

Aveva la mente rallentata, ma la rabbia che aveva accumulato finalmente prese il sopravvento. Quando Charles le lasciò andare un braccio per darle un pugno, Tabitha sfruttò gli insegnamenti di Alexander e fece l'unica cosa che non era mai stata in grado di fare prima di allora.

Reagì.

Gli diede un calcio nelle palle con tutta la forza che aveva e usò la mano libera per spingerlo via. Charles cadde all'indietro, urlante di dolore mentre si portava una mano ai testicoli, così lei provò a liberarsi dalla sua presa. Però non fu abbastanza veloce e l'uomo le afferrò un braccio. Lo slancio la fece sbilanciare e Tabby scivolò sul gradino di pietra ricoperto di ghiaccio. Urlò quando sentì il braccio che colpiva il suolo con un'angolazione innaturale. Charles la strattonò e lei sentì chiaramente l'osso dell'avambraccio che si rompeva.

Il dolore le annebbiò la mente, si rotolò sul vialetto mentre portava il braccio al petto. Aveva anche sbattuto il viso sulla pietra, ma era il braccio che la stava facendo impazzire. Le gambe però erano a posto e fece quello che si era ripromessa di fare.

Scappò.

Si lasciò la borsa e il telefono alle spalle; aveva paura di perdere troppo tempo per recuperarli, quell'uomo l'avrebbe ferita di nuovo.

Prima ancora di raggiungere la casa del vicino per chiedere aiuto, l'anziano signore spalancò la porta e la fece entrare.

"Entra," le urlò col telefono vicino all'orecchio. "Sì, adesso è qui," gridò nella cornetta. "Il tipo è a terra, ma non so per quanto tempo ci rimarrà. Tabby è in casa con me, ma dovete mandare un'ambulanza."

Joe, il vicino, la guardò e imprecò "Siediti qui sul divano, cara. Presto saranno qui e si prenderanno cura di te. Non permetterò a quello stronzo di farti del male."

Non aveva mai sentito l'anziano vicino di casa imprecare in quel modo; fu quasi uno shock, uno shock che la risvegliò da quello stato di trance. Scoppiò a piangere e il dolore la travolse. Affondò nel divano mentre cercava di respirare, ma non ci riusciva.

Aveva la vista annebbiata e sentiva la bile risalirle nello stomaco. Era abbastanza sicura di avere una commozione cerebrale e probabilmente avrebbe dovuto rimanere sveglia. Le palpebre però erano troppo pesanti.

L'ultima cosa che sentì fu la voce di Joe che le ripeteva di rimanere sveglia.

Ma era troppo difficile.

Era tutto troppo difficile.

Almeno si era difesa.

Fu quello il suo ultimo pensiero prima di lasciarsi andare completamente sul divano, il dolore troppo intenso per rimanere cosciente.

ALEX SPALANCÒ la porta ed entrò di corsa nella sala d'attesa, Storm subito alle sue spalle. Non riusciva a credere di aver lasciato il telefono a casa di Tabitha. Non aveva mai attivato la linea fissa nel suo appartamento, così era rimasto isolato dal resto del mondo fino a quando Storm non aveva fatto irruzione da lui.

Gli sembrava quasi di avere una morsa intorno al petto che lo attanagliava senza farlo respirare, ma non poteva pensarci. Non quando Tabitha era ferita e tutta sola.

Dannazione.

Perché mai non era rimasto con lei?

Oh, giusto, perché era stato troppo codardo per affrontare i propri sentimenti, così se ne era andato e aveva permesso a quello stronzo di trovarla. Evidentemente quel figlio di puttana era uscito su cauzione dal giorno prima e in qualche modo era riuscito a scoprire dove abitava Tabitha. L'aveva aggredita quando era rimasta sola e Alex non si sarebbe mai perdonato per quello.

"Rallenta," mormorò Storm al suo fianco. Il fratello si stava muovendo alla sua stessa velocità per rimanere al passo. "La guardia ti butterà fuori se fai una scenata." Imprecò. "La nostra famiglia si è ritrovata in questo dannatissimo pronto soccorso fin troppe volte. O comunque in un posto del genere, visto che, a quanto pare, finiamo sempre qui, in un modo o nell'altro."

Alex gli ringhiò contro. "Tabitha non dovrebbe essere qui. Avrei dovuto stare con lei per proteggerla."

Storm lo afferrò per un braccio e lo trascinò in un angolo. Alex si infuriò, ma non reagì. Storm aveva ragione riguardo alla sicurezza dell'ospedale e Alex non poteva permettersi di essere buttato fuori. Non quando Tabitha era così vicina.

"Lei si è difesa. Hai sentito quando te l'ho detto? I poliziotti hanno detto che si è ferita perché quello stronzo l'ha afferrata all'ultimo secondo e ha trovato una lastra di ghiaccio sotto i piedi. Non si sarebbe fatta niente se non fosse caduta. Ma si è difesa e ha dato un calcio così forte a quel tipo da rompergli i testicoli, sul serio."

Alex trattenne una smorfia, ma non provava un briciolo di pietà per quell'uomo. "Avrebbe dovuto staccargli l'uccello."

"Se avesse avuto più tempo, probabilmente lo avrebbe fatto. Ha fatto come le hai insegnato tu ed è scappata. È corsa via. È quella la priorità, no? È scappata e ha chiesto aiuto. Se non fosse scivolata e se non ci fosse stato quello scalino, ora starebbe bene. Si è difesa, Alex. Tu l'hai aiutata. Ricordatelo, d'accordo?"

Alex sospirò, si sentiva lo stomaco sottosopra. Era tutto troppo, non riusciva a concentrarsi. In passato, sarebbe andato dritto a farsi un drink per affogare le emozioni, ma non poteva. Non poteva. Il fatto che ci avesse pensato però, voleva dire che era al limite della sopportazione.

Storm incrociò il suo sguardo e imprecò. "Dannazione. Cosa posso fare? Vuoi che chiami il tuo sponsor? Puoi gestire la situazione, Alex? Perché non puoi entrare là dentro pronto a prendere a pugni qualsiasi cosa per poi crollare di fronte a lei. Lei ora ha bisogno che tu sia forte. Puoi farcela?"

Alex non era sicuro di cosa era in grado di fare e quel dubbio doveva essere chiaro sul suo viso.

"Dannazione. Tabitha ha bisogno di te. Ma ha bisogno che tu stia bene. Cosa posso fare?" Storm aveva la voce rotta e quella, per Alex, fu l'ultima goccia.

La sua famiglia aveva sempre fatto *tutto* il possibile per lui, ma ciononostante lui continuava a mandare tutto all'aria. Lui non era mai abbastanza.

"Ho bisogno… ho bisogno di vederla." Si fermò. "Poi devo chiamare Steve."

Storm annuì. "Va bene, allora. Facciamo così."

Gli altri Montgomery erano già lì, ma Alex li

superò ignorando le domande e gli sguardi preoccupati. Non poteva occuparsene in quel momento.

"Solo una persona per volta," disse l'infermiera. "Lei è Alexander? Ha chiesto di lei."

Un altro pugno nello stomaco.

Annuì. "Sono io." Aveva la voce roca e stizzosa, ma l'infermiera non disse niente. Gli fece strada verso una stanzetta dove l'unica donna che pensava di poter amare giaceva su un letto, il viso pallido e le braccia distese mollemente lungo i fianchi.

"Tabitha."

Un respiro spezzato.

"Ciao."

Un piccolo vuoto.

L'infermiera li lasciò da soli e Alex si mise a fianco del letto, le mani che tremavano. Non poteva toccarla. Lei era così fragile e lui era fuori di sé. E se le avesse fatto del male perché non riusciva a controllarsi?

Aveva un taglio sulla fronte e tanti lividi che le costellavano in viso. Le avevano steccato il polso e si stava mordendo il labbro inferiore.

"Mi dispiace tantissimo, cazzo."

Lei lo guardò. Non c'erano lacrime nel suo

sguardo e Alexander non era sicuro se fosse un bene
o un male.

"Non dispiacerti. Non sei stato tu a farmi finire
qui. Anzi, è merito tuo se la situazione non è più
grave di così."

Alex trattenne un ringhio. Non riusciva a immaginare che potesse stare peggio di così.

"Devi andare a parlare con Steve," gli disse lei,
calma. "Stai tremando, piccolo. E non mi piace
vederti così, stai male."

Lui rise fiaccamente. "Sei tu quella in ospedale.
Sei tu quella con un braccio steccato e un livido sul
viso. Io sto bene."

Lei scrollò la testa e fece una smorfia. "No, non
è vero."

Alexander rimase in silenzio.

"Io sono quella con una commozione cerebrale
e che presto avrà un'ingessatura. La frattura è stata
netta, quindi per fortuna non mi devono operare. A
quanto pare, assumo abbastanza calcio da non
andare in mille pezzi. Forse mi terranno in osserva-
zione tutta la notte, ma quando mi lasceranno
tornare a casa, i tuoi genitori hanno deciso di
portarmi a casa da loro per tenermi sotto controllo.
Tua mamma non ha voluto sentire ragioni." Chiuse
gli occhi per un istante prima di riaprirli e guardarlo

senza esitazioni. "Devi andare, tesoro. Devi assicurarti di riuscire a gestire tutta la situazione. Devi andare, perché non voglio essere io la causa di un tuo crollo."

"Tabitha."

"Non posso essere io, Alexander. Non posso."

Si chinò e le sfiorò le labbra con un bacio. "Io… mi dispiace da morire. Ritornerò, d'accordo? Non ho intenzione di abbandonarti."

Tabitha accennò un sorriso. "Vai."

Alex si sentiva come se fosse lui quello a pezzi, ma se ne andò come lei gli aveva chiesto. Passò di fronte ai familiari, ignorando domande e sguardi, e andò dritto verso il parcheggio. Storm lo seguì in silenzio c Alex glicne fu grato. Era stato il fratello ad accompagnarlo lì, dopotutto.

"Devo fare una telefonata," disse Alex, la voce rotta.

"Dove devo portarti?" gli chiese Storm.

"Ancora non lo so."

Non sapeva niente.

Chiamò immediatamente Steve, che gli disse di incontrarlo al centro di riabilitazione. Storm lo accompagnò lì, ma rimasero in silenzio per tutto il tragitto. Il fratello non lo giudicò, non lo guardò male, si prese solo cura di lui.

Un giorno, Alex non avrebbe più avuto bisogno di tutto ciò, ma ancora non sapeva quando sarebbe arrivato quel giorno. Odiava quella parte di se stesso, ma era consapevole che non sarebbe mai andata via.

"Puoi entrare anche tu se vuoi," gli disse quando Storm si fermò nel parcheggio. "Per me non c'è problema."

Storm serrò le mani sul volante. "Stavolta no. Fatti aiutare. Capisci quello di cui hai bisogno. Poi ritorna, perché Tabby ha bisogno di te."

Lui annuì, ma non era convinto che quella fosse la verità. Non pensava minimamente che Tabitha avesse bisogno di lui. Perché mai avrebbe dovuto? Non poteva fare affidamento su di lui quando ne aveva più bisogno, quindi che senso aveva?

Quando Alex lo raggiunse, Steve aveva in mano due tazze di caffè. "Sono appena arrivato, ma mi sono fermato a prendere un po' di caffè. Prima di tutto: hai bevuto?"

"No."

"Bene."

"Non volevo bere," disse Alex. "Non come un tempo. Ci ho pensato solo per un istante mentre ero in ospedale, prima di vederla; avevo paura di non reggere a tutta la tensione. Ho mandato tutto all'aria, Steve. Tutto."

"Alex, non hai mandato niente all'aria. Siamo tutti un po' incasinati. Anche le persone che non hanno un passato da alcolisti combinano casini. Ma tu sei forte. Cavolo, sei proprio forte. Sei venuto qui da me per chiedere aiuto perché sapevi che ci sarei stato e io sono contento che tu mi abbia chiamato. Ho visto che ti ha accompagnato tuo fratello. Hai anche lui a guardarti le spalle se ne hai bisogno. Non ho dubbi. Hai una bella famiglia che ti ama e che ti è sempre stata accanto. Puoi fare affidamento su di loro. Ora puoi fare affidamento anche sulla tua donna. Puoi fare affidamento su di me. Ma non ti serve più l'alcol. Di questo ne sono sicuro."

Rimasero lì a parlare per più di un'ora, prima che Storm tornasse a prenderlo. Alex gli fece un cenno e il fratello si mise a sedere in disparte. Trascorse un'altra ora; Alex capì che sarebbe stato bene, almeno per il momento.

Il fatto era che, con Tabitha al proprio fianco, avrebbe potuto farcela. Ne era certo. Solo che non aveva voluto ferirla di nuovo. Era qualcosa che doveva affrontare quando si sarebbero rivisti. Non poteva continuare a scappare ogni volta che le cose

si facevano difficili. In passato correva verso la bottiglia, ma ora non poteva più correre via.

Quando ebbero finito, Storm lo accompagnò a
casa di Tabitha invece che a casa sua. "Mentre eri
con Steve, la mamma ha chiamato per dirmi che
stanno portando Tabitha a casa con loro," gli disse
il fratello. "Gli ha detto che hai una chiave di casa
sua per poter recuperare il cellulare. Giusto?"

Alex annuì. "Le manderò un messaggio per
sentire se vuole che passi."

"Tab? Perché non dovrebbe volerti vedere?"

"Io me ne sono andato, Storm. Lei mi ha detto
di andare e io l'ho fatto. Non avrei dovuto."

STORM SCROLLÒ il capo mentre accostava di
fronte a casa di Tabitha. Per fortuna la polizia aveva
già fatto tutti i sopralluoghi e Alex poteva entrare in
casa, la macchina di Tabitha ancora nel vialetto. Gli
sembrava passata una vita da quella mattina, lui che
la teneva stretta a sé, proprio in quella casa, incerto
su cosa fare.

Aveva bisogno di vederla, dannazione. Sperava
soltanto che lei volesse vederlo.

Appena recuperato il telefono, le mandò un
messaggio per assicurarsi che stesse bene.

Sto bene. Sto andando a dormire, anche se tua mamma mi sveglierà tra meno di un'ora per controllare come sto.

Alex sospirò e le rispose. *Vuoi che venga?*

La risposta di lei si fece attendere più di quanto avrebbe voluto. *Non oggi. Mi serve un po' di spazio per riprendermi. E penso che serva anche a te.*

Lui sbatté le palpebre per allontanare il bruciore improvviso che gli infiammava gli occhi e annuì, anche se lei non poteva vederlo. *Fammi sapere se hai bisogno di qualcosa. Ti penso, piccola.*

Anche io.

Alex mise il cellulare in tasca e risalì sull'auto di Storm. "Portami a casa."

Storm lo guardò preoccupato. "Sul serio? Non vai da lei?"

"Ha detto che ha bisogno di un po' di spazio."

"Cazzo. Mi dispiace."

"Non quanto a me."

Aveva mandato tutto all'aria e non sapeva cosa fare. Le avrebbe lasciato tutto lo spazio di cui aveva bisogno, perché lei se lo meritava. Si meritava molto di più di quanto lui potesse darle.

Poteva amarla?

Diavoli, l'amava?

L'amore era forse quell'eterna attrazione verso una persona senza cui non aveva più senso vivere?

Perché se quello era l'amore, allora era proprio quello che provava per lei. Solo che non sapeva se era abbastanza forte da sopravvivere a tutto ciò.

Perché Tabitha si meritava molto di più di un uomo rotto che non riusciva a starle accanto.

Avrebbe aspettato che lei fosse pronta.

Quando quel momento sarebbe arrivato, Alex sapeva che se non fosse stato all'altezza di quello che doveva essere, l'avrebbe persa per sempre.

E a quel punto si sarebbe meritato ogni dolore, ogni sofferenza che ne sarebbe derivata.

Capitolo Quindici

TABBY VOLEVA SCARAVENTARE IL TELEFONO dall'altra parte della stanza, ma non sarebbe servito a niente. Erano passati tre giorni da quando si era trasferita dai Montgomery. Sarebbe potuta tornare a casa dopo la prima notte, ma Mary sapeva essere molto convincente, quando voleva.

E probabilmente alla signora Montgomery non era sfuggito il fatto che suo figlio non fosse passato a far visita a Tabby neanche una volta.

Oh, lui ci aveva provato, ma Tabby lo aveva dissuaso. Era stata sincera quando gli aveva detto che aveva bisogno di spazio, anche se faceva male anche a lei. Avrebbe fatto *qualsiasi cosa* per quell'uomo, anche stargli lontano perché lo amava.

Aveva visto cosa poteva accadere quando

forzava troppo la mano, come aveva fatto con Michael, non aveva nessuna intenzione di fare lo stesso con Alexander. Se stare con lei gli impediva di essere quello che doveva essere per stare bene, allora lei non poteva stare con lui.

A lui serviva di più.

A lei serviva di più.

Negli ultimi tre giorni si erano scambiati molti messaggi, ma nessuna chiamata. Si stavano prendendo un po' di spazio, ma a che scopo? Lei non lo avrebbe *mai* incolpato per quello che era accaduto, soprattutto considerando che ciò che lui le aveva insegnato l'aveva aiutata a sopravvivere a quella seconda aggressione. E non gli avrebbe *mai* fatto una colpa per essere andato da Steve.

Avrebbe forse potuto incolparlo se non la amava solo per paura.

Era così, non poteva negarlo a se stessa.

Entrambi si erano buttati a capofitto nella relazione e avevano accelerato troppo, considerando i rispettivi passati. Entrambi avevano un bagaglio bello pesante, quindi non doveva sorprenderla il fatto che ora ci fossero dei problemi tra di loro.

Erano stati affrettati e dovevano affrontare le conseguenze.

Il telefono prese a squillare e Tabby si chiese

subito se fosse Alexander. Sullo schermo però era comparso il nome di Loch. Rispose.

"Ehi," disse fingendo un entusiasmo che non aveva.

"Ehi. Come stai? La testa?"

Appena era arrivata a casa dei Montgomery, dopo il primo messaggio di Alexander, aveva chiamato i familiari per raccontare loro cosa era accaduto. Sapeva di aver sbagliato a non dire niente dopo la prima aggressione e non voleva ripetere lo stesso errore. Come risultato, i Montgomery e i fratelli di Tabby avevano unito le forze per aumentare la sicurezza anche a casa sua.

Lei li aveva lasciati fare, non solo perché in quel modo loro erano più tranquilli, ma anche perché così anche lei si sentiva più sicura. Era stata aggredita due volte dallo stesso uomo e il giudice si sarebbe assicurato che non accadesse una terza volta. I genitori, insieme a Marie e Harry, le avevano assicurato che con i nuovi sistemi di sicurezza non avrebbe più avuto problemi e avrebbe potuto dormire più tranquilla la notte.

"A dire il vero sto bene. Mi fa un po' male il braccio, ma non come all'inizio. Il dottore ha detto che posso tornare al lavoro la prossima settimana."

"Mmm."

Tabby alzò gli occhi al cielo anche se lui non poteva vederla. "Sto bene, cavernicolo."

"Se stai così bene, perché Storm mi ha chiamato per dirmi che ancora non hai rivisto Alex?"

Chiuse gli occhi e brontolò qualcosa. "Quanti fratelli maggiori mi servono?"

"Beh, a quanto pare, noi non bastiamo, visto che stai male, sorellina."

"Se hai chiamato per parlare della mia relazione con Alexander, sono pronta a chiudere la chiamata. Capiremo cosa fare tra noi, quando saremo pronti. Da soli."

"Mmm."

"Loch."

"In realtà ho chiamato per parlare d'altro. Comunque non mi piace sapere che stai così, Tab."

Si mise a giocherellare con un filo del piumone. "Sto bene."

Loch, all'altro capo del telefono, sospirò e lei quasi gli fece eco. "Hanno trovato Michael, Tab."

Tabby scattò a sedere ignorando una fitta al braccio. "Cosa?"

"A quanto pare, ora è sobrio. Ha un lavoro e Angel va a scuola. Si sono trasferiti da Denver circa un mese fa e ora vivono a Cheyenne. Il mio contatto dice che stanno bene." Si fermò. "Non c'è più bisogno che tu vada a cercarli, sorellina. Lui sta bene. Anche tu devi stare bene."

Tabitha sbatté le palpebre un po' di volte mentre cercava di fare mente locale tra i pensieri. Negli ultimi quattro anni aveva trascorso una quantità infinita di ore a preoccuparsi per l'uomo che aveva fatto parte della sua vita e per la bambina che aveva amato così tanto. Lei non era stata abbastanza per loro due. Pensava di averli persi per sempre nel peggiore dei modi e si era incolpata a lungo per aver cacciato Michael quando la situazione era degenerata.

Se adesso lui era sobrio e Angel andava a scuola… allora era finita.

Almeno per lei.

Finalmente sarebbero stati bene.

Forse era giunto il momento anche per lei di stare bene.

"Grazie per avermelo detto."

"Dannazione, Tab. Dimmi a cosa stai pensando. Non riesco a capirlo dal telefono."

Tabby tirò su col naso e Loch imprecò. "Davvero, sto bene. So che l'ho già detto, ma non trovo altre parole. Li ho cercati così a lungo perché pensavo di doverli aiutare. Ma se loro ce la stanno facendo da soli e se la stanno cavando bene, beh, allora posso smettere di cercare. Non sono neanche più qui."

"No, non sono nella tua città, sorellina. Ma tu sì. E anche l'uomo che ami."

Si pietrificò. "Io non ti ho mai detto che lo amo."

"Te lo abbiamo letto sul viso appena ti abbiamo visto. Non capisco come abbia fatto lui a non rendersene conto."

"Non era pronto a vederlo," sussurrò lei.

"Beh, sarà meglio che si sbrighi a diventare pronto altrimenti torno lì e lo prendo a calci nel culo. Intesi?"

Lei sorrise alle parole del fratello e si mise a ridere, consapevole che non sarebbe mai stata sola. "Intesi, Loch."

Continuarono a parlare ancora un po' prima di salutarsi. Tabby si prese del tempo per raccogliere i pensieri, poi scese al piano di sotto. Era ora di tornare a casa, anche se era sicura che i Montgomery avrebbero voluto che rimanesse.

Era arrivato il momento.

"Ho già preparato la macchina, tesoro," le disse Harry facendo l'occhiolino. "Immaginavo che prima o poi avresti lasciato il nido."

Tabby sorrise. Dio, amava da morire quella

famiglia. Lo abbracciò e sospirò: era incredibile quanto lui e il figlio si assomigliassero. "Grazie per esservi presi cura di me."

"Sempre, Tabby. Sempre."

Anche Marie la abbracciò e Tabby ricacciò indietro le lacrime. "Qualsiasi cosa accada, piccolina, sei una di noi. Ok?"

Dannazione, quell'affetto la uccideva e non poteva fare a meno che volerli vicini. La aiutarono a sistemare le ultime cose rimaste in giro e l'accompagnarono a casa. Si sedette sul sedile posteriore, lo sguardo fisso sulla strada, mentre cercava di pensare a cosa fare. Doveva chiamare Alexander. Doveva chiamarlo *e* vederlo. Non era sicura di cosa sarebbe accaduto, ma il tempo per lasciarsi spazio era scaduto.

Quando accostarono davanti casa sua, però, si rese conto di non essere stata l'unica a formulare quel pensiero.

"Spero non sia un problema, gli ho telefonato," disse piano Harry. "Ho pensato che poteva aiutarmi a scaricare tutto dalla macchina. Ormai sono un vecchietto."

Lei alzò gli occhi al cielo e si sporse in avanti per dargli un bacio sulla guancia. "Non sei affatto vecchio, mister."

Harry sorrise e scese per primo dalla macchina, seguito da Marie che sembrava trattenere un sorriso. Non era proprio possibile sfuggire ai Montgomery. E la famiglia sapeva bene come intromettersi, a fin di bene.

"Tabitha."

Lo guardò e trattenne un singhiozzo. Gli era mancato da morire. "Ciao."

Non sapeva cos'altro dire. Tre giorni senza vederlo, senza sentire la sua voce, erano sembrati infiniti, eppure in quel momento non sapeva cosa dire.

"Noi sistemiamo le sue cose in casa," disse Harry. "Immagino tu abbia lasciato la porta aperta, figliolo. No?"

"Sì," rispose Alexander che aveva occhi solo per lei.

Tabitha corrugò la fronte e guardò la coppia di anziani. "Pensavo che avessi bisogno dell'aiuto di Alexander per prendere le mie cose dalla macchina, vecchietto."

Marie rise. "Chiudi il becco e smettila di pensare troppo alle nostre bugie, signorina. Ci vediamo in ufficio o a una delle prossime cene di famiglia." Scaricarono le sue cose e se ne andarono senza dire un'altra parola.

Alexander affondò le mani nelle tasche e non disse niente, mentre i genitori riprendevano la propria strada. "Hai freddo."

Lei sbatté le ciglia. "Cosa?"

Lui sorrise, ma nello sguardo non aveva traccia di quel sorriso. "Hai freddo, piccola. Siamo qui fuori a tremare perché nessuno dei due sa cosa dire. Entriamo e proviamo a parlare."

Lei sbuffò, ma acconsentì. Si tolsero i cappotti e si ritrovarono presto in soggiorno, sempre in silenzio.

"Mi dispiace averti allontanato," disse lei tutto d'un fiato.

Alexander scrollò il capo, poi si protese in avanti e le prese la mano che faceva capolino dal gesso. "A me dispiace. Sono io quello che se ne è andato. Sì, sei stata tu a chiedermelo, ma io me ne sono andato. Avevo bisogno di un attimo per capire se ero abbastanza stabile per poterti sostenere ed essere presente come avevi bisogno. Quando è passato il momento, ho continuato a tenermi a distanza perché non sapevo se volevi che tornassi."

Tabitha gli fece cenno di no con la testa. "Io ti volevo. E ti voglio ancora." Si stava rivelando di nuovo. Aperta. Cruda. Dirompente.

Alexander le prese il viso tra le mani e con i

pollici le asciugò le lacrime che le rigavano le guance. "Anche io ti volevo. E certo, ti voglio ancora. Sono rimasto in disparte perché avevo bisogno di capire cosa provavo. Avevo così tanta paura di amare di nuovo qualcuno che non mi sono reso conto di quello che stavo vivendo. Ho nascosto la testa sotto la sabbia e ti ho quasi persa."

Tabitha sentiva il cuore palpitare e il respiro che accelerava. "Non mi hai perso, Alexander. Non ancora."

Lui sospirò. "Avevo paura di amare perché temevo di avere troppo bisogno di te. Il fatto è che non è qualcosa che si può controllare. Io ho bisogno di te, Tabitha. Ho bisogno di te con ogni fibra del mio essere. Non perché non sono abbastanza forte senza di te, ma perché con te lo sono di più. Sono un uomo migliore con te nella mia vita e voglio essere l'uomo che ti ama. Io *sono* l'uomo che ti ama. Hai riportato alla luce una parte di me nascosta così in profondità che ho quasi perso il controllo. Mi sono sentito esposto, nudo, completamente *tuo*. Può sembrare che abbia odiato tutto ciò, ma è l'opposto. Non sento più quel fardello dentro di me, quel dolore che mi spingeva a correre e a mettermi al riparo dalle cose importanti. Io ti amo, Tabitha. Ti amo con tutto il mio essere e avrei dovuto amarti già da molto tempo. Vorrei tanto aver passato con te degli anni prima di arrivare a questo; vorrei non aver sprecato il mio tempo annegando nel dolore e nell'autocommiserazione. So che non possiamo tornare indietro, possiamo solo guardare avanti. Io ti amo, Tabitha. Ti amo da morire."

Le lacrime scorrevano copiose; Tabitha gli si avvicinò e lo baciò sulle labbra. "Tu sei… tu sei molto di più del tuo passato. Così come io sono molto più del mio. Ti amo, Alexander. Ti amo da più tempo di quanto avrei dovuto, ma ti amo ogni giorno di più. Anche tu hai abbattuto delle certezze in cui mi rifugiavo, ma hai ragione, è stato un crollo positivo. È stato un punto di rottura che ci permetterà di legarci ancora di più, per diventare quello che siamo destinati ad essere, e non più solo il risultato del nostro passato."

Lui la baciò ancora e lei sospirò. "Sono davvero contento che tu mi abbia capito. È Griffin quello bravo con le parole. Mi sembra solo di dire cose alla rinfusa, ma nonostante tutto voglio che tu sappia che ti amo. Io voglio stare con te, Tabitha. Voglio scoprire tutto di te, essere sempre al tuo fianco. Voglio poter vedere il tuo sorriso ogni mattina. Voglio poterti avere nel nostro letto, non nel mio, non nel tuo, ma nel *nostro*. Voglio te nella mia vita e voglio che tu ci sia… semplicemente che tu ci sia. Proprio come io voglio esserci."

Lei gli baciò il petto, il mento, le guance, infine le labbra. "Anche io voglio esserci. E io credo in te, piccolo. Credo tantissimo in te. "

"Ti ho preso una cosa," le sussurrò, si staccò da lei e prese una scatola rettangolare.

Lei si asciugò il viso e prese il pacchetto. "Cosa avresti fatto se ti avessi chiesto di andartene?"

Lui fece spallucce e si morse un labbro. "Ti avrei lasciato la scatola nascosta da qualche parte e poi avrei provato a persuaderti. Non ho intenzione di arrendermi così alla svelta con te."

"Anche io non voglio arrendermi con te." Sollevò il coperchio della scatola e si lasciò sfuggire un gridolino.

Alexander non disse niente. All'interno c'era una cornice di legno fatta a mano, all'interno una foto in bianco e nero. Era la foto che le aveva scattato in ufficio, lei con la testa china e le labbra che accennavano un timido sorriso. Tabitha si ricordò di quel giorno, di quanto volesse nascondersi quando le aveva scattato quella foto, temendo di rivelarsi troppo.

Si rese conto che quel timore era fondato.

L'amore che provava verso quell'uomo risuonava perfettamente in quello scatto. Eppure, trapelava anche l'amore del fotografo, il *suo* fotografo.

Non era stata però la foto a farla sussultare.

Nascosto dentro una piccola sporgenza della cornice c'era un anello d'oro bianco con un solitario incastonato.

Tabitha appoggiò la scatola sul tavolo con le mani che le tremavano; prese l'anello delicatamente mentre con l'altra mano teneva la cornice.

"Alexander?" sospirò piano.

Lo guardò, in ginocchio davanti a lei, e quasi perse i sensi.

"So che è presto, so che dovremmo aspettare, e lo faremo se vogliamo, ma volevo che tu sapessi che ti amo e che voglio che tu sia mia moglie. Voglio sposarti, voglio essere tuo marito. Voglio che tu diventi una Montgomery una volta per tutte e voglio affrontare il futuro insieme a te, consapevoli che possiamo essere tutto, fare tutto e affrontare tutto finché rimaniamo l'uno a fianco dell'altra."

Lei tirò su col naso e scivolò in ginocchio di fronte a lui, poi appoggiò la cornice per terra accanto a loro. "Sì," sussurrò. "Sì, per tutto. Sì, sì, sì."

Una lacrima scivolò sulla guancia di Alexander e Tabitha la baciò. Lui le catturò le labbra in un tenero bacio prima di staccarsi e metterle l'anello al dito.

"Sarò una Montgomery," disse lei dopo un momento, ed entrambi scoppiarono a ridere.

"Sinceramente non sapevo se lo avresti visto come un pro o un contro," disse Alexander ridendo.

"Un pro," gli rispose. "Decisamente un pro."

Tabitha si sporse in avanti e baciò senza remore il suo fidanzato, Alexander Montgomery. Perché sì, sarebbe diventata una Montgomery dopotutto, aveva solo dovuto innamorarsi dell'unico uomo con cui non pensava dovesse accadere.

Sembrava proprio la fine di un piano perfetto.

****

La prossima uscita nel mondo della Montgomery Ink:
ESPRESSIONI DI PELLE

Una nota di Carrie Ann

Un immenso grazie per aver letto **SENZA SEGRETI**. Se ti è piaciuta questa storia, gradirei tanto una recensione! Le recensioni aiutano gli autori *e* i lettori.

Sono onorata che tu abbia scelto di leggere questo libro e che abbia amato i Montgomery tanto quanto me!

La serie continua con ESPRESSIONI DI PELLE e con tutti gli altri Montgomery di Denver. Dopo di che, comincia una nuova serie con "Sotto pressione" (Montgomery Ink: Colorado Springs Libro 1). Adrienne, Thea e Roxie sono le sorelle di Shep, pronte per i rispettivi amori felici. Adrienne è la prima con SOTTO PRESSIONE.

Non dimenticare che i fratelli di Jake, di

MARCHIO INDELEBILE, hanno una serie tutta loro: la serie sui Fratelli Gallagher. RITORNO ALL'AMORE è il primo libro. Anche i fratelli di Tabby, di SENZA SEGRETI, hanno la loro serie. La serie Whiskey e bugie. Il primo libro si intitola: I SEGRETI DEL WHISKEY.

Montgomery Ink:

Libro 0.5: Tatuaggio ispirato

Libro 0.6: Destino a tre

Libro 1: Tatuaggio spinoso

Libro 1.5: Sulla pelle per sempre

Libro 2: I confini della tentazione

Libro 3: Un passo difficile

Libro 4: Stampato sulla pelle

Libro 5: Marchio indelebile

Libro 6: Senza Segreti

Libro 7: Espressioni di pelle

Altre storie a venire!

I fratelli Gallagher:

Libro 1: Ritorno all'amore

TI INTERESSA ESSERE UN BLOGGER E REVISORE PER CARRIE ANN RYAN? REGISTRATI QUI!

Se vuoi ricevere tutte le mie ultime novità, puoi iscriverti alla mia newsletter sul sito www.Carrie-AnnRyan.com; oppure puoi seguirmi su Twitter, il mio account è @CarrieAnnRyan, o puoi mettere un like sulla mia pagina Facebook. C'è anche un Fan Club su Facebook dove vengono pubblicate domande, indovinelli, chiacchiere e altri annunci. I miei lettori sono il motivo per cui scrivo le mie storie, quindi grazie.

Buona lettura!